Primer padre

JOAN LLENSA

Primer padre

Grijalbo

Papel certificado por el Forest Stewardship Council®

MIXTO
Papel | Apoyando la
silvicultura responsable
FSC® C117695

Penguin
Random House
Grupo Editorial

Primera edición: julio de 2024

© 2024, Joan Llensa
© 2024, Penguin Random House Grupo Editorial, S. A. U.
Travessera de Gràcia, 47-49. 08021 Barcelona

Printed in Spain – Impreso en España

ISBN: 978-84-253-6751-9
Depósito legal: B-10.322-2024

Compuesto en Llibresimes

Impreso en Liberdúplex
Sant Llorenç d'Hortons (Barcelona)

GR 6 7 5 1 9

Téngase en cuenta que este libro es una obra de ficción. Sin embargo, las localizaciones mencionadas en él y algunos de los crímenes relatados están inspirados en lugares y hechos reales. Ninguna de las descripciones es completamente fiel; me he tomado licencias artísticas cuando lo he considerado conveniente y ciertas libertades con la cronología y la geografía. Nombres y acontecimientos reales han sido modificados para salvaguardar el anonimato de los implicados.

*A todas aquellas lucecitas que se
ocultan en las sombras.
¡Es hora de brillar!*

En lo profundo de la tierra, mi amor está mintiendo, y debo llorar solo.

EDGAR ALLAN POE

1

—Mi dulce Diamante. Mi dulce y codiciado Diamante.

2

ANTES

Octubre de 1992

El pequeño hoyo, de no más de metro y medio, destacaba en la nieve virgen que había caído durante todo el día.

Un saco de esparto, con manchas carmesí, abultado con el cuerpo en su interior y atado con cinta americana en el extremo. No lo había arrastrado por el suelo, ya que, de lo contrario, se habría dibujado un surco en la nieve. De haberlo hecho, tampoco parecía preocuparle mucho. Cargó con él, anduvo unos metros y lo tiró al suelo. Luego se puso con la pala. No habló ni se despidió. Lo metió en el hoyo de una patada y, con una sonrisa gélida en el rostro, hizo una disonante inhalación.

Rojo y blanco. Blanco y rojo.

Allí, bajo tierra, se descompondría, con el silencio que traen las nevadas, lejos de miradas ajenas. Y en unos pocos meses, las flores rosa pálido del cerezo serían más hermosas y vívidas que el año anterior, y su fruto, más jugoso y dulce de lo que jamás había sido. Al igual que lo harían otros árboles frutales próximos que custodiaban sus respectivos hoyos, sus respectivos tesoros.

Desde el segundo piso de la casa, cuatro niños observaban lo que ocurría fuera. La copiosa nevada no llegó a cubrir lo que el hombre hacía. De repente se giró y fijó la mirada en la ventana. No por temor a que lo descubrieran, más bien esperando que así fuese. La mejor de las advertencias. Los pequeños se agacharon casi en el mismo instante. Y, aunque sus jóvenes mentes no alcanzaban a comprender lo que sucedía, el más pequeño preguntó:

—¿Nos ha visto? —Temblaba como una hoja azotada por la tormenta—. ¿Nos hará lo mismo?

—No —respondió tajante el niño mayor. Le puso el brazo alrededor de los hombros acercándolo a su cuerpo y apremiándolo a regresar a la cama del dormitorio en cuclillas—. ¡No lo permitiré!

DÍA UNO

29 de diciembre de 2023

3

AHORA

Catalina Solans no lo sabe, pero, a sus ochenta años, está a punto de enfrentarse a uno de sus demonios.

Se coloca bien las orejeras sin dejar de andar a paso firme por la congelada acera. Los sabañones de sus pies, manos y orejas se quejan. Son dolorosos y persisten una eternidad antes de sanar, así que es mejor protegerse bien que arriesgarse al lamento después. El gorro de lana, ajustado a la altura de los ojos azules, le confiere un aspecto huraño. Y el abrigo de plumas de ganso largo hasta los pies, los guantes y las botas de agua, regalo de su marido Dionisio, la aíslan casi por completo del gélido aire exterior.

Este año está siendo más frío de lo habitual, pero lo que Catalina percibe en su interior no es la temperatura. Hace tantos años que desea poder escapar del silencio, de la culpabilidad, que un hielo punzante le recubre los huesos y las articulaciones.

Trató de hablar con el jefe de policía, a quien conocía desde pequeños, pero cada vez que lo intentaba, las palabras se le quedaban atrapadas en la garganta. La opresión en el pecho aumentaba. Los ojos se le llenaban de lágrimas.

Anda por la calle principal teniendo especial cuidado en donde las placas de hielo ocupan las sombras. Se detiene en varias ocasiones a contemplar el paisaje invernal. Una estampa que le trae recuerdos sórdidos y… ciertamente malignos.

Las noches en vela por las pesadillas ya son algo habitual en ella; como el respirar, el comer o la ducha calentita antes de acostarse. Nada surte efecto. Nada la apacigua del todo.

Ha bajado por el caminito, al lado del río Fluvià, que llega a la antigua iglesia románica con la esperanza de encontrarla abierta. No lo está. Insiste y vuelve a empujar el portón, ahora con más fuerza, pero este se mantiene ajeno a la insignificante presión.

Un sonido la pone en alerta. Deja de respirar y se concentra. Allí está de nuevo.

Escucha el crepitar de pasos en la nieve.

Cuando Catalina se da cuenta de que hay alguien detrás de ella, sabe que se trata del mismísimo demonio. El aliento de este es caliente y forma una nubecita de vaho. Quiere girarse. Quiere verle la cara. Pero su cuerpo está clavado al suelo y sus manos en el relieve del portón. Los latidos de su corazón son tambores que golpean sus oídos. Siente como la boca se le seca y sus labios se sellan, impidiéndole hablar.

¿Qué podía decir? ¿Implorar clemencia? ¿Pedir auxilio?

Sus ojos se llenan de lágrimas. Le resbalan por las mejillas hasta caer a la nieve y el hielo que cubren el suelo. ¿Es este el momento que tanto ha deseado? ¿Es así como terminará su calvario?

Sí. Comprende que ha llegado su hora.

—Con tu silencio permitiste que sucediera —susurra él con voz áspera.

Catalina no es capaz de responder. Siente como la mano del hombre le cubre la boca, desaparece y la lleva hacia atrás.

Debe correr, huir, escapar de este infierno que se abre ante ella. Pero no puede. Aprieta los puños con fuerza y cierra los ojos aceptando su destino. Con calma, con cierto alivio al saber lo que le viene encima. Luego, un breve escalofrío le recorre el cuello flácido seguido del agradable calor de su sangre. Cayéndole a borbotones. Empapando el abrigo.

Catalina se deja llevar por la sensación de liberación. Uno tras otro, va sintiendo los músculos desfallecer. Sus manos se posan, por instinto, una en el cuello y la otra en la del hombre. Le parece percibir una fragancia salina. Quizá la loción para después del afeitado. Abre la boca, y es consciente de que no podrá decir nada. Se ahoga con su propia sangre. Le quema la garganta, el pecho. Las piernas sucumben al calor. Se ha orinado encima.

No puede hacer más. Él es demasiado fuerte. Deja caer los brazos a ambos lados. El hombre afloja la presión y Catalina cae de rodillas al suelo. Luego, su cuerpo se precipita y queda tendido en la superficie sagrada. Lucecitas de colores brillantes le bailan delante de los ojos. La visión se le va tornando borrosa. Y el color desaparece hasta volverse un trazo en blanco y negro. En gris y negro. En negro sobre negro. No hay luz al final del túnel. No hay nadie que vaya a esperarla.

El sabor de su boca desaparece, ya no percibe ningún aroma y ni siquiera el dolor del corte en el cuello se asemeja a un recuerdo.

El cuerpo de Catalina yace moribundo a los pies del templo.

4

—¿Acaso crees que soy boba? —pregunta la inspectora Irina Pons.

—No he dicho eso —replica el sargento Roger Bosch.

—No, claro. Viene implícito en ello. Si me cuentas esa historia es para que pique. Y, para rematarlo, veintiocho fue ayer. Día de los Inocentes. —Levanta dos veces las cejas y le saca el dedo corazón—. No me pillas.

Ella se mantiene escéptica hasta la médula. Según Bosch, un acto de defensa contra él. Pero Irina sabe que se trata de una defensa generada por volver al lugar donde vivió durante la infancia.

—Es lo que he leído. Un poder global intentará dominar el mundo en poco tiempo. Y creen que la preparación del evento ya ha empezado.

Irina pone los ojos en blanco otra vez y se muerde la lengua. «¿Para qué rebatir?», piensa.

—Tú sigue creyéndote toda esa basura y verás cómo se te derrite el cerebro.

—¿Lo de siempre, Irina? —La camarera sonríe con cordialidad.

Irina asiente con una presión en el pecho. Volver a Los Álamos, la ciudad que la vio crecer, es de todo menos motivo de orgullo. Y ya que la reciban como a una amiga más en el Llampec, el bar-cafetería-restaurante de las afueras, no la hace sentir, precisamente, bien.

Roger también asiente.

—Genial —canturrea la camarera—. Marchando dos cafés dobles, un bocadillo de beicon y butifarra y un vegetal con pollo.

Irina se gira hacia su compañero.

—En serio, no sé cómo puedes meterte todo eso de buena mañana…

Se ríe.

—Un día de estos tienes que venir con los chicos y sabrás lo que es un desayuno no apto para turistas.

«No apto para turistas» significa de todo menos sano y saludable. Una infame ingesta de calorías en forma de embutidos, grasas y demás clásicos de la comarca.

Irina abre la boca para replicar cuando le suena el móvil. Lo saca del bolsillo de su chaqueta y mira la pantalla.

—El comisario —anuncia a Bosch. Luego le da al botón verde.

—Comisario…

—Tengo algo para usted, Pons. La quiero de inmediato en el viejo monasterio de Los Álamos.

—¿De qué se trata?

—Han encontrado un cadáver en la entrada.

—¿Un indigente? ¿Fallecimiento por hipotermia, quizá? —aventura Irina frente a la cara interrogativa de Roger.

—No, listilla. Para eso no le haría perder el tiempo. —Su gruesa voz no suena nada divertida y, aún menos, cordial—. Es una vecina de Los Álamos. Y el cuerpo todavía está caliente.

—¿Qué dice?

—Que la quiero en el monasterio, ¡ya!

Irina se queda sin palabras, pero cuando le empieza a salir el aire de los pulmones para preguntar, ve que el comisario ya ha colgado.

Bosch alza las manos esperando una explicación. No la obtiene.

—¡Vamos! —Irina se levanta del taburete metiéndose el teléfono en el bolsillo—. Ha habido un asesinato.

Pons y Bosch llegan en apenas veinte minutos al monasterio. El tráfico a esa hora aún es fluido, a pesar de los montones de camiones que llevan los cerdos al matadero comarcal.

El camino de acceso al templo está custodiado por dos patrullas de la policía local, que no permiten la entrada a miradas curiosas.

—Se han dado mucha prisa, ¿no crees? —observa Bosch. Irina no responde.

Roger aparca el coche a un lado y bajan. El viento parece más frío allí. El rumor del río, impasible, ocupa casi la totalidad del ambiente. Y el contraste de la copiosa nevada con la cinta policial que acordona la escena dará una buena portada a la prensa.

Pons y Bosch caminan hasta el portón del monasterio. Roger sigue masticando el bocadillo. La camarera se los ha envuelto a velocidad hipersónica de superheroína en el tiempo que Irina ha rematado el café quemándose el gañote. Bosch se ha metido hasta el de Irina en un plis plas.

Varios agentes de Policía y forenses ya están tomando muestras, atareados.

—Buenos días. ¿Qué ha ocurrido? —pregunta Pons al agente al mando.

—Inspectora. —Un gesto de reconocimiento aflora en el joven—. El comisario Culebras nos ha avisado de que venía de camino y que no tocáramos el cuerpo.

El cuerpo tendido en el suelo sorprende a la inspectora, que no esperaba que al hablar de «la víctima» se tratase de una anciana. La sangre, que había emanado del arrugado cuerpo formando un charco cuajado, era aún más chillona en contraste con la nieve que el amarillo del cordón policial.

—¿Tenéis idea de quién es... la víctima?

—No hemos tocado nada. Esperamos a que venga el juez.

Del interior de la carpa de plástico que han instalado a un lado aparece Juan Pérez, forense y experto en criminalística.

—Irina Pons, no sabe lo contento que estoy de poder conocerla al fin —dice con voz alegre sacudiéndose las manos en las pantorrillas—. A pesar de las circunstancias, claro.

—Me han hablado muy bien de ti, Pérez. Así que cuéntame, ¿qué tenemos aquí?

—Directa al grano. Me gusta. Sígueme y te ilustro.

Irina asiente. Se protege el oscuro cabello con un gorro de papel, se pone unos guantes de látex y se agacha al lado de la anciana, copiando los movimientos de Pérez.

—Muerte sin violencia ni forcejeo. Un solo corte en el cuello, aquí. —Juan Pérez va señalando a medida que relata y con una especie de puntero de acero mueve, con cuidado, el cadáver—. Sin *rigor mortis*. Y con el frío que hace hoy... diría que no lleva muerta más de un par de horas.

La inspectora frunce el ceño.

Si Irina había recibido la llamada del comisario hacía unos veinte minutos, y la anciana había sido asesinada menos de dos horas antes, solo había un margen de noventa minutos, como mucho, para que alguien hubiera cometido el crimen y se hubiese ido.

Mira alrededor. Hay alguna casita en la parte superior del camino, el río a un lado, la nada al otro, y el acceso al cementerio en el restante. Se pregunta si el asesino será un vecino.

—¿Huellas de pisadas?

—Varias. Ya hemos tomado muestras por si podemos cotejarlas.

—¿Quién la encontró?

—Emilio Bueno, encargado del mantenimiento del cementerio, del jardín del templo y tareas varias en la comunidad. Lo tienes allí sentado, con un técnico de urgencias, sigue en estado de *shock*. Conocía a la víctima. ¿Quieres hablar con él?

—Bosch, encárgate tú. Voy enseguida.

El sargento asiente.

—*Ipso facto*, jefa. —Termina de meterse en la boca el último trozo de bocadillo y se chupa los dedos.

Irina suelta un suspiro y vuelve su interés por Pérez.

—¿Algún indicio de robo?

—También lo pensé en un principio —concede el forense—. Pero tiene la cartera en el bolsillo del abrigo y no parece, a simple vista, que le falte nada. —Señala los pendientes de las orejas, los anillos de los dedos y la gruesa cadena del cuello, ahora teñida de color rojo oscuro—. No a primera vista. Pendientes, colgante y gargantilla, pulsera. Todo de oro.

—¿Entonces? —pregunta Irina—. ¿Estaba en el lugar incorrecto?

—Es tu trabajo, inspectora. Yo no puedo decirte nada más hasta haberla estudiado a fondo en casa. —«En casa —piensa Irina—. ¿Quién llama casa a la morgue?»—. Y para ello tiene que venir el juez. Que, por cierto, ya está tardando.

—¿Has podido hurgar en la cartera para saber de quién se trata por lo menos? —Vuelve la mirada a la anciana.

—La información la obtuvimos de Emilio Bueno, pero sí, lo confirmé con su DNI. Toda la documentación estaba en la cartera. Es Catalina Solans, ochenta años, casada con Dionisio Ayats, de ochenta y ocho.

Entonces Irina reconoce a la mujer muerta, aunque llevaba años sin verla. Los Ayats. Uno de los apellidos más conocidos de Los Álamos, de la comarca y del país. Empresarios del plástico con un imperio casi incalculable.

Cuando Irina Pons entra en la carpa de plástico, se sorprende al ver que Emilio Bueno —deduce que es él por el mono verde y amarillo con franjas reflectantes en brazos y piernas— llora desconsolado. A su lado, un hombre, más tieso que un palo y repeinado con la raya marcada en el lado izquierdo, le da golpecitos en el hombro. Dos agentes los custodian —o mejor dicho, bostezan visiblemente a disgusto—, un técnico de urgencias que... poco o nada hace, y Bosch, de pie. Este la mira como si le hubiese salvado la vida.

—Tranquilo, Emilio —le dice el hombre de mediana edad repeinado—. No podías hacer nada. Tranquilo.

—Buenos días —corta Irina y todos se yerguen menos Bueno—. Soy la inspectora Irina Pons, encargada de la investigación.

—¡Por Dios! —exclama el hombre tieso y repeinado—. Dígale a su compañero que deje que Emilio se vaya a casa. ¿Es que no ven cómo está?

Irina se gira hacia Roger y este le devuelve una mirada en blanco.

—Serán solo unos minutos, señor...

—Hipólito Casellas —responde enderezándose como un pavo—, párroco de la ciudad.

—¿Estaba aquí cuando el señor Bueno encontró el cadáver, reverendo Casellas?

—No. Estaba de camino. No sabe lo duro que es tener que llevar la fe a cada pueblo y ciudad de esta comarca. —Niega con la cabeza—. Cada día somos menos y nos tocan más por cabeza.

«Charlatanes», piensa Irina.

—Así que usted —Irina se gira dejando de lado al reverendo y se centra en el hombre desesperado—, Emilio, fue quien encontró...

Emilio asiente.

—Cuénteme cómo fue.

El hombre levanta la cabeza y fija la vista más allá de la tienda.

—Llegué como cada día sobre las ocho y media. En invierno los días tardan en llegar, así que vengo más tarde. Aparqué la furgoneta aquí al lado del monasterio. Luego saqué mis herramientas y empecé a quitar la nieve del camino. Esta noche ha nevado mucho y vine antes porque imaginé que habría más trabajo de lo habitual.

—¿Qué hizo entonces?

—Subí andando hasta el cementerio —señala con el dedo la pequeña colina, coronada por el suelo consagrado y amurallado por altas paredes blancas—, solo para ver si había daños; en los cipreses más que nada. Son árboles frágiles, ¿sabe? Al asegurarme de que no había grandes destrozos, más que alguna rama caída, regresé a por una carretilla y..., mientras bajaba..., vi... —Rompe a llorar.

—¿Qué vio, Emilio? —Irina le da unos golpecitos con la mano en el hombro.

—Vi a Cati. —Su voz se desgarra y sus ojos derraman lágrimas. Tiene el rostro demacrado y agotado.

—¿Supo que era ella desde allí arriba? —inquiere Irina.

—No. Pensé que alguien habría dejado una bolsa de desperdicios. Yo qué sé. A veces los jóvenes de la zona vienen aquí y montan botellones y hacen... esas cosas. Ya sabe. Pero al acercarme... vi que era ella y me asusté mucho.

—¿Tocó el cadáver?

—No. Bueno, sí. Primero pensé que se había caído e intenté ayudarla...

Un silencio demasiado largo. Irina no tiene la paciencia necesaria para aguardar a que Emilio se decida a hablar de nuevo.

—¿Qué hizo exactamente, Emilio? ¿Qué tocó?

—La... la zarandeé así —hace un movimiento de vaivén con los brazos—, por los hombros. La llamé porque la reconocí enseguida. Pero cuando le vi el cuello..., toda la sangre..., el corte..., sus ojos... me caí al suelo temblando del susto y del miedo.

—¿Algún detalle más que recuerde? ¿Vio a alguien huir del lugar? ¿Algún movimiento sospechoso que le llamase la atención?

—No. Avisé enseguida al reverendo y a ustedes.

—Buena decisión, Emilio. —Irina curva los labios y asiente.

—Inspectora —la llama él—, ¿cree que el asesino estaba aquí? ¿Cree que me ha visto? ¿Vendrá a por mí ahora?

—No tiene de qué preocuparse —lo calma—. No parece que estemos ante un..., digámosle, «perfil criminal» de este estilo.

Emilio suelta un suspiro de alivio.

—Me deja más tranquilo, señora. ¡Gracias a Dios!

—Ya basta, ¿no? —se entromete el reverendo. Su rostro aguileño de ojos pequeños le confiere un aspecto amenazante—. El señor Bueno ha sufrido bastante ya.

—El señor Bueno, estimado reverendo, es quien ha dado aviso de un cadáver que se encuentra en las inmediaciones del monasterio y debemos conocer todos los detalles que rodean al caso.

—Lo que tienen que hacer es detener a quien hizo esta barbarie y hacérselo pagar. Ese es su trabajo, inspectora.

—Cierto, pero también lo es descubrir a los mentirosos que se ocultan tras máscaras muy bien preparadas. —Una pausa. El reverendo aprieta las mandíbulas. Se le ha perlado la frente—. Ahora, si deja que hagamos nuestro trabajo, les pido que acompañen al sargento Bosch hasta comisaría.

—No será necesario —alza la voz el reverendo—. El señor Bueno ya les ha contado todo lo que sabía y yo no he visto más que usted.

—Y yo le digo que sí. —Irina sonríe y se acerca más a él—. Quiero una declaración jurada y por escrito de lo que han hecho y visto hoy. Los dos. Y puede que a usted lo retenga durante la semana entera por…, digamos, ¿obstrucción policial?

—¿Qué dice? —se altera—. Tengo asuntos que atender y feligreses que esperan la misa. Yo no…

—Usted, sí, reverendo. Bosch —Irina llama a su compañero—, acerca a nuestros testigos a comisaria y asegúrate de que estén cómodos. Que tomen declaración al señor Bueno primero.

—Entendido, jefa. —Su voz es seria y autoritaria a la vez. Luego, mirando a los testigos dice—: Si son tan amables de acompañarme.

Ambos siguen a Roger Bosch y salen de la carpa policial. Uno con el rostro destrozado y el otro con el rostro enojado.

—No sabe con quién se está metiendo, inspectora Pons

—escupe el reverendo—. Esto no acabará así. No puede hacerme esto a mí.

—Tampoco le dieron a elegir a la señora que está allí tumbada con el cuello rebanado, ¿verdad? Además, reverendo Casellas, su inestimable colaboración nos será de una ayuda infinita. La suya y la de Dios, claro.

No hay respuesta.

Bosch, Bueno y el reverendo salen de la carpa. Irina apenas ha tomado una bocanada de aire cuando el comisario Culebras entra hecho una furia.

—Pons, Pons, Pons —resopla. La cara roja. Las venas del cuello hinchadas—. ¿El cura? ¿El cura detenido? ¿Cómo se le ocurre?

—Una declaración es el procedimiento oficial, señor. En ningún momento he detenido al reverendo. Si no está acostumbrado a dar explicaciones... Mire usted, es su problema. Que le eche la culpa al asesino.

—No me toque los huevos, Pons —gruñe al tiempo que se desabrocha el cuello de la camisa—. Está aquí porque es buena, pero no puede abusar de su autoridad.

—¿Buena? Soy la mejor, comisario.

—Y que Santos esté indispuesto también le ha dado puntos a su favor. Y dejémoslo aquí que si no... Solo tenga en cuenta que al más mínimo error, al más mínimo exceso, la echo a patadas a la otra punta del país.

Santos era el jefe de la BAE, la Brigada de Asuntos Especiales, una unidad con células operativas en todo el país. Y en esos momentos se encontraba involucrado en medio de una trama de corrupción que él mismo había desentrañado. El comisario creyó oportuno retirarlo del servicio activo hasta la finalización del juicio. Era difícil estimar una fecha precisa para la vista, con la lentitud burocrática del país, pero a él, a Santos, le había parecido mejor; una especie de prejubilación o algo por el estilo. Y, además, él mismo había propuesto a la inspectora Pons para ponerse al frente de la BAE en su lugar.

—En cuanto cierre este caso —arremete Irina—, si le apetece, yo misma le escribiré mi carta de dimisión, comisario. Los Álamos…, esta comarca, todo… es la mismísima brasa del infierno. Y no me apetece quedarme con el culo chamuscado como otros. ¿Me entiende?

—No me dé tanta satisfacción, Pons. Usted hágalo y punto.

—En cuanto termine con esto. Ni un minuto más. Por el momento, necesito que se levante el cadáver y que Juan Pérez se lo pueda llevar a casa para inspeccionarlo en condiciones. Soy la inspectora jefa del caso, ¿verdad, comisario?

—Por ahora, sí. Haga lo que crea conveniente y manténgame informado antes de cada movimiento que vaya a realizar. No quiero estar con el culo al aire.

—Bien. Entonces, que sepa que ahora mismo voy a casa de la señora Catalina Solans a ver a su esposo. Quizá tenga alguna idea interesante que debamos conocer.

—No sea muy agresiva con él, Pons. Es un hombre muy mayor y un disgusto así… puede llevárselo al otro barrio.

—No se preocupe. Seré yo misma.

—Precisamente es eso lo que me preocupa. —Salen al frío sin la protección de la carpa y parece que la temperatura ha caído unos grados.

—No —dice Irina al ver al chico de pelo castaño, repeinado y con gafas de pasta, que la observa con una sonrisa nerviosa.

«El novato —piensa ella—. Lo que me faltaba».

—Sí, Pons. —Ahora el comisario Culebras sonríe de oreja a oreja, hace un gesto al joven y este empieza a andar hacia ellos—. Inspectora Pons, el agente Hernán. Él la acompañará a casa de los Ayats.

«¡Bien!», se le dibuja en el rostro a Hernán.

«¡Y una mierda!», piensa Irina.

«Que te jodan», dice la sonrisa del comisario.

5

Irina detiene el coche en cuanto la voz del GPS le dice: «Ha llegado a su destino». Pronto, será un hervidero de medios a la caza de la última hora.

Se abrocha la chaqueta hasta el cuello y echa una ojeada al barrio. Los Álamos no siempre ha sido el nido de lujo que tiene ante los ojos. Era más bien uno de esos pueblos pequeños que terminan absorbidos por el crecimiento debido a la explotación urbanística. Rápidamente pasó de ser un remanso de paz —aparente, pues los chismes y secretos se ocultan a ojos ajenos— a tener su barrio rico, su barrio marginado y su barrio medio. Por supuesto, cada uno de ellos con sus propias necesidades.

Los Ayats. Empresarios de éxito. Residentes en el barrio más ostentoso de Los Álamos. Aquí todas las casas son enormes y rimbombantes con jardines inmensos. Un coche patrulla está «discretamente» aparcado frente a ellos. Los agentes los miran y los saludan antes de salir del vehículo.

—Inspectora —llama Hernán sin alzar mucho la voz—. ¿Lo ha hecho alguna vez?

Irina lo mira con asombro. Joven de ojos claros, azulados,

mirada curiosa e insegura, y un cabello corto y oscuro. No le responde.

—Buenos días —saludan ellos y se colocan la gorra en la cabeza como dos autómatas.

—Buenas. No habréis entrado ni comunicado nada aún al señor Ayats, ¿verdad?

—No, la esperábamos a usted.

—¿Algún movimiento?

—Ninguno, inspectora. Aparte de un vecino de paseo para sacar al perro y las luces de la planta baja encendidas en alguna propiedad, nada más.

Irina se queda satisfecha. Les da la espalda a los agentes y emprende el camino a la mansión.

—Por cierto, inspectora —la llama uno de ellos, el de ojos claros—. En la casa no hay nadie.

—¿Y cómo diablos lo sabes? —La pregunta le sale más aguda y afilada de lo que hubiera deseado.

—Lo comprobamos en cuanto llegamos.

—¡Maldito imbécil! —grita—. ¿Qué parte de «apoyo sin acción» no entiendes?

—Yo... lo... Pensé que...

—El factor sorpresa debe jugar a nuestro favor y te lo has cargado.

—Es un anciano. Y... creí que sería bueno prepararle para...

—¿Para qué? ¿Para que piense en una coartada? ¿Para que vosotros contaminéis el factor sorpresa?

—Lo lamento, inspectora —responde con la mandíbula tensa—. No creerá que él tiene algo que ver, ¿no?

—¡Ni lamentos ni hostias! —Se gira sin responderle y retoma el caminito que llega hasta la puerta—. Putos inútiles.

—Espere, ¿quiere que los acompañemos?

La inspectora se detiene y Hernán casi se tropieza con ella.

—¿En serio? —Le saca el dedo.

Irina recuerda cuando ella misma era una oficial de a pie. Con sus inseguridades, su temor a equivocarse, su… incompetencia. Sí, porque cuando empiezas un trabajo nuevo, sea el que sea, las expectativas que te has montado en tu cabeza, tus acciones y la realidad que te encuentras no van de la mano. Y sus primeros años fueron de lo peor. Por eso se largó de Los Álamos en cuanto pudo. Quería alejarse del pueblo en el que habían muerto su padre y su hermano, y, años después, otra tragedia familiar la había hecho regresar.

Ya en la puerta gigantesca de madera, Irina toca el timbre. El sonido se escucha durante un rato, reverberando como las campanadas de una iglesia. No hay respuesta.

Llama de nuevo, ahora usando el picaporte dorado con forma de garra de halcón. También los golpes reverberan. Nada.

Irina asoma la nariz por el ventanal. En el interior distingue un salón inmaculado. Muebles de lujo, relieves dorados y plateados, cortinas exuberantes, cuadros que una inspectora de policía no podría pagar ni con el sueldo de un año…

—Hernán. Rodea la casa por ese lado. —Hace un movimiento con la barbilla hacia el este—. Revisa ventanas y puertas. Hemos de entrar. Yo iré por aquí.

Hernán se queda anclado en el carísimo mármol del suelo.

—¿Entiendes lo que te he dicho? —pregunta Irina.

—Es que… —balbucea—. ¿No sería mejor esperar a tener una orden?

Irina resopla, pone los ojos en blanco y levanta las cejas.

—En la BAE tenemos carta blanca, Hernán. —No ha sonado tan agresiva como con los otros agentes—. El comisario ya se encarga de que tengamos toda la burocracia bajo control.

Él asiente con un ligero rubor en sus mejillas.

—¡Vamos! —dice Irina mientras se gira para que Hernán no vea la sonrisa que se dibuja en sus labios—. Que se me están helando los ovarios.

La inspectora recorre con cautela la periferia de la mansión. Se pregunta si será normal que no haya ningún servicio de protección privada. Ha visto los carteles metálicos en la entrada, pero no hay presencia de ellos. Luego se encargará.

Se detiene en seco al llegar a la parte trasera. En la nieve que hay en el escenario invernal se distinguen un par de huellas que proceden de la alameda que limita con el jardín y terminan en la puerta de cristal, «de la cocina», deduce. Y otro par de huellas paralelas a las primeras, pero en dirección contraria.

Irina saca su pistola de la funda.

«Puede que el señor Ayats saliera a por leña», piensa. El instinto, sin embargo, le dice que nunca es tan sencillo.

Ahora, frente a la puerta de cristal, Irina ve que está abierta. Un par de centímetros, pero abierta.

Termina de abrirla con el cañón de la pistola y se cuela en el ambiente doméstico. Para su sorpresa, la temperatura en el interior es considerablemente alta.

—Señor Ayats —vocifera—. ¿Está usted bien?

Ella sabe que no debe gritar. También sabe —o más bien intuye— que quienquiera que hubiera entrado en la casa ya no se encuentra en ella.

En la cocina, un enorme espacio presidido por una isla central, no hay señales de violencia.

Irina se dirige a la puerta con cautela y, en el pasillo, el frío exterior parece haberse colado de golpe como un tsunami helado.

Las paredes, los cuadros colgados en ellas y el suelo parecen un cuadro modernista pintado por un amante del carmesí.

37

El olor metálico invade las fosas nasales de la inspectora. Sus ojos bailan de un lado a otro, visualizando la escena marcha atrás.

En la puerta más alejada, distingue lo que parece un trozo de carne. Quizá un pie.

Avanza teniendo especial cuidado de no pisar las salpicaduras. En cuanto el ángulo de visión se lo permite, percibe el cuerpo de un hombre tumbado boca abajo. Tiene la bata de seda encharcada, la espalda manchada y cubierta de sangre alrededor de lo que le parecen cortes. El suelo es un charco de sangre y la cabeza del hombre está ladeada en un ángulo antinatural.

Se acerca a él con mucho cuidado. Es difícil encontrar un hueco que no esté manchado. Lo logra.

El cuerpo de Irina se inclina en modo automático para dirigir dos dedos hacia la yugular y comprobar sus pulsaciones, pero su mente toma el control y le dice que pare. No hay nada que hacer.

Desanda sus pasos sin prisa hasta la cocina, saca el teléfono móvil y llama a Bosch. Cuando este descuelga el aparato, ella no le da tiempo a hablar.

—Trae de inmediato un equipo forense al domicilio de los Ayats. Y tened cuidado. En la parte trasera hay huellas. Que venga Pérez. Debemos tomar muestras. Ah, y avisa al comisario.

Cuelga.

Cuando Bosch llega a la residencia de los Ayats, Irina lo espera en el exterior. Un poco más lejos alcanza a ver a Hernán con el rostro pálido. Se olvida de él y dirige su atención hacia Roger Bosch.

—Ya era hora… —se queja ella.

—Me he escapado. El equipo vendrá en cuanto terminen su trabajo en el monasterio, que no es poco.

—¿Y Culebras?

—El comisario estaba de camino a la ciudad para tomar un avión hacia Málaga. No le ha hecho nada de gracia tener que regresar sin un motivo.

Irina se ríe.

—¿Qué te parece tan divertido? —pregunta Bosch.

—Con ese humor de perros que lo caracteriza, espera cuando vea que debe cancelar sus vacaciones «sin motivo».

—¿Tan grave es?

—Si ya lo es que hayan matado a una anciana…, esto lo empeora con creces. Compruébalo por ti mismo.

Irina y Roger entran en la mansión.

—¡Por Dios! —exclama Bosch.

—¿Qué te parece? ¿Hay motivo para joderle las vacaciones al comisario? ¿Sí o no?

—Pero ¿quién haría algo así?

—Por lo que he visto, me atrevería a decir que ha sido alguien que lo quería mucho.

—¿Y Hernán? ¿Dónde está?

—En cuanto puso un pie afuera echó la pota. —Levanta las manos y brazos a modo de disculpa al ver la cara de su compañero—. ¿Qué? Es su primera vez. Es normal. Supongo que el frío le habrá hecho bien. Yo qué sé.

—Siempre tan sensible y empática.

—Las sensiblerías no son buenas en nuestra profesión, Bosch. Deberías saberlo ya. Y la empatía solamente te trae disgustos.

Bosch la mira fijamente.

—Tú no eres tan fría, Irina. —Bosch se acerca a ella para

ponerle una mano en el hombro—. Por mucho que quieras aparentarlo.

—Qué sabrás tú.

Se lo aparta de un manotazo.

—Que nos hayamos acostado alguna vez no significa que me conozcas en absoluto.

—Te equivocas —la corta él—. Me da que soy el único de la brigada, de la comisaría, que ha conocido a la Irina Pons de verdad.

—Pobrecito…

—Di lo que quieras, Irina. Pero sabes que estaré aquí cuando me necesites.

—Como para no saberlo. Ocupas tanto espacio que casi no puedo respirar.

Se dirige a la puerta exterior.

—Bosch —lo llama antes de salir—. Llama a Rayo y que elabore un informe exhaustivo de las víctimas. Quiero saberlo todo: finanzas, amistades, familia. Todo. Pon al día al comisario y que los forenses no pierdan el tiempo. Primera reunión de equipo al mediodía.

—¿No quieres ver el primer análisis?

—Ya iré a «la casa de los muertos» cuando Pérez los examine.

—¿A dónde vas tú ahora?

—No es de tu incumbencia.

6

Siente una extraña percepción de ingravidez. Ha logrado acabar con la pareja que lo había hecho considerarse como una mierda. Impasibles. Indelebles. Suponiéndose que debían ser todo lo contrario.

Durante años —demasiados años—, la presión que sentía en el pecho lo había mantenido recluido en una cárcel invisible. Por más que gritara, nadie escuchaba sus lamentos. Por más que llorara, la arena del dolor le absorbía las lágrimas hasta hacerlas desaparecer.

Ahora, desnudo en el corazón del bosque, mira su ropa ardiendo en la pequeña hoguera. Columnas de humo se alzan por encima del crepitar de las llamas.

Hace frío. Mucho frío. Pero él ya no siente nada. No es como el resto de las personas. Hacía años que había desaparecido todo en él, excepto el deseo de venganza.

Es un hombre adulto en un cuerpo musculoso. Y, allí de pie, empieza a creer de nuevo en él. Porque, al fin, ha logrado llevar a cabo su plan. Los vejestorios han pagado el precio que se merecían. Le hubiese gustado que sufrieran más. Claro que sí. Que supieran lo que es el dolor de verdad.

Aunque, ¿qué le iba a hacer?, era su primera vez. De nada servía lamentarlo.

Ya mejoraría.

Vamos si lo haría.

Lo que ahora importa es no dejar rastros que lo incriminen. Que nevara tanto ha sido un imprevisto. Odioso. Lamentable. Las huellas en la nieve son un hilo que puede llevar a la policía hasta él. Pero también son un hilo fino y delgado, efímero, y es posible que, en realidad, se rompa y quede como un cabo suelto.

Se da la vuelta. El sonido del agua en esa parte del bosque es agradable. Un remanso de paz. Por eso mismo lo había elegido. Recorre el tramo hasta la orilla y mete los pies en el río. El agua helada son miles de agujas que penetran su piel, sus músculos. Se clavan en los huesos mordiéndole. Alimañas diminutas alimentándose de él.

Puede sentirlas moviéndose, clavándole unos dientes afilados. Sonríe. Sin detenerse incluso cuando el agua le llega a la cintura. Sentirse comido en vida. Sentirse al límite de la vida y la muerte le otorga cierta libertad. Aquella que jamás ha tenido en realidad. Aquella que le fue arrebatada. Aquella a la que al fin puede darle caza.

Hunde la cabeza bajo la superficie y permanece así unos instantes. Una reminiscencia del placer que siente un bebé nonato en el interior del saco amniótico quizá. Una comparación que lleva años imaginando. Volver a empezar. Cambiarlo todo y empezar de cero.

Cuando sale del río, su piel se ha tornado en un amasijo de ronchas azuladas y rojizas. Avanza hasta la mochila que descansa junto a la hoguera que todavía no ha terminado de consumirse.

Abre la mochila y saca una muda de ropa.

Se viste sin secarse.

Luego, se queda de pie esperando a que la hoguera se extinga del todo. Se pone la mochila a la espalda y empieza a andar bosque adentro susurrando con una sonrisa:

—Ya voy, papá. Ya voy.

7

Irina se adentra en el ambiente cargado del geriátrico con paso firme. Saluda a las enfermeras y escucha un breve informe con interés impasible; sin empeorar. Sin mejorar.

No le ha dicho a dónde iba y Bosch no merece eso. Él es parte de su vida y no se atreve a mezclarlo con su anterior yo.

—Buenos días, Rosario —saluda al entrar en la insulsa habitación a sabiendas de que no obtendrá respuesta alguna.

La mujer sentada frente a la ventana en la silla acolchada ni siquiera parpadea. Tiene el cabello largo suelto de un gris plateado. Lleva un camisón color azul celeste típico de hospital y, encima, una bata de lino con motivos florales que a ella —suponen— le gusta mucho. La piel de sus manos, antebrazos y rostro, surcada de arrugas profundas. Aparenta cada uno de los setenta y cinco años que pesan sobre ella.

Irina coge la silla metálica, se sienta al lado de su suegra y la mira a los ojos. Aún conservan un color oscuro, como los de Daniel. Sin embargo, parecen haber perdido brillo.

—¿Cómo te encuentras? —pregunta de nuevo sin esperar una respuesta—. Yo, por si te interesa, he vuelto a vivir en Los Álamos. Ya sé que hace poco, pero tenemos un caso nuevo.

Aún nos estamos adaptando a la vida aquí sin... Y sigo pensando en ellos... Supongo que tú también tienes a tu hijo Daniel muy presente todos los días. Pero no quiero hablar de eso ahora.

Ni ahora ni nunca. Desde el accidente, hace ya cuatro años, Irina no puede enfrentarse a una nueva realidad terrorífica; había perdido a su marido y a su hijo. Ni los psicólogos del cuerpo de policía ni sus compañeros habían podido modificar aquel sentimiento de culpabilidad que le atenazaba el alma y reconvertirlo en un aprendizaje positivo.

Bosch fue el único que se preocupó por su estado. Y a ella le fue bien utilizarlo a su antojo.

—Solo quería ver cómo estabas y... decirte que tanto las niñas como yo seguimos intentando avanzar. Esperando que un día decidas hablarnos de nuevo.

Silencio.

—¿Sabes? —pregunta—. Nos vendría bien tu ayuda. Y tenerte cerca.

A Irina le parece ver un tenue resplandor en los ojos de Rosario. Pero no le responde.

—Bueno, Rosario. —Irina se levanta de golpe arrastrando la silla con ella y un chirrido se apodera de la habitación—. Tengo trabajo.

Se aleja como alma que lleva el diablo. Pensar que ella misma podría estar allí sentada y ajena a todo la atormenta. Quizá lo merecía, sí. Pero no ahora. No en ese instante.

Llega a comisaría, un edificio moderno de ladrillo y chapa, sin dejar de pensar en su futuro inmediato. Dos adolescentes en casa que parecen fantasmas, un marido bajo tierra y el hijo menor a su lado de manera simbólica, ya que jamás se encontró el cuerpo. Y, cómo no, la madre de Daniel con la cabeza ida.

«¿Cómo terminaré yo?», se pregunta.

Luego alza la vista. Bosch la llama desde lo alto de las escaleras con el brazo levantado.

—Ven y abrázame —le dice en voz baja.

Apaga el motor del coche y sale de él dando un fuerte portazo.

—¿Algo nuevo a tener en cuenta?

—Ya están todos, Irina —le avanza él—. No les hagamos esperar. —Se fija mejor en ella y junta las cejas—. ¿Estás bien?

—Mejor que nunca —miente.

En la sala de reuniones todos aguardan su llegada manteniendo una conversación bastante amena. En cuanto Irina entra, se callan. Algunos toman asiento en las sillas y otros apoyan el trasero en la mesa. «¿Estamos en el instituto?», piensa.

Irina otea la sala.

Juan Pérez, el forense. Javier Hernán, el novato. Alicia Bueno, que ha trabajado con Santos y, además, es hija de Emilio Bueno, el hombre que encontró el cadáver de Catalina. Ming-Chen Lao, más conocida por el apodo de «Rayo», experta en informática y demás dotes no tan «legales», por decirlo de un modo suave. Y Anna Arenas, una agente que parece sacada de una serie de Netflix.

Irina se posiciona frente a la pizarra blanca y da el pistoletazo de inicio a la reunión. Empieza con una breve introducción de lo poco que tienen y le pasa el turno al forense.

—Pérez, ¿algo destacable?

Este carraspea mientras se levanta en dirección a la puerta.

—Con el poco tiempo que me has dado… —se queja. Lue-

46

go sigue—: Tienes el informe aquí mismo, Irina. Arenas repartirá unas copias impresas. La he puesto al día a con los últimos datos, pero ella ha estado presente en primera instancia. Así que...

—¿Te marchas? —Irina abre mucho los ojos.

—¿Sabes lo que tengo en casa? —«La casa de los muertos», piensa ella—. Esos ancianos merecen mi atención más que vosotros ahora mismo. Así que si me disculpáis...

—Está bien. —La inspectora hace unos movimientos con las manos como si quisiera sacudírselo de encima—. Lárgate de una vez, pero tenme informada al instante. ¿Estamos?

—Da gracias de que los pase delante de otras autopsias.

«¿Tantos asesinatos hay en la comarca?», se pregunta ella.

—Está bien, Pérez. Vete. Esta noche quizá tengas algo más que poner encima de la mesa.

Él abandona la reunión.

Irina se vuelve hacia el resto del equipo: Bosch, Arenas, Bueno, Ming-Chen Lao y Hernán.

—Todos sabéis que esta mañana ha aparecido el cuerpo degollado de una anciana, Catalina Solans, en el viejo monasterio. Poco después, al desplazarnos al domicilio familiar para informar al marido, hemos descubierto que él, Dionisio Ayats, también ha sido asesinado. Barajamos la posibilidad de que los asesinatos hayan sido perpetrados por una misma persona, aunque el *modus operandi* sea, visiblemente, muy distinto.

Irina mira a Anna Arenas, expectante con las hojas del informe preliminar que le ha dado Pérez.

—Adelante, Arenas. —Irina se aparta a un lado y da paso a la oficial con el brazo—. Cuéntanos algo más.

—Veamos... —Carraspea—. Las víctimas son el matrimonio formado por Dionisio Ayats y Catalina Solans, de ochenta y ocho y ochenta años, respectivamente. Ambos crímenes tienen un patrón similar, aunque diferente en cuanto a ejecución.

—Sigue.

—La señora presenta un corte de veintidós centímetros en la región infrahioidea del cuello dejando visible la tráquea a esa altura. Sufrimiento casi agónico. Resistencia nula por parte de la víctima. Motivo de la muerte: ahogamiento con su propia sangre.

—Así que fue sorprendida por el asesino. ¿Podemos descartar el robo casual?

—No exactamente. Mi impresión. Bueno, la de Pérez, es que ambos, asesino y víctima, se conocían; el escenario del crimen era limpio, ordenado y no hay nada que sugiera una resistencia por parte de la víctima, pero no estará del todo seguro hasta que realice un examen más minucioso del cuerpo y de sus valores químicos, que son los que determinarán si la señora Catalina quiere contarnos más.

—Bien, ¿y Dionisio?

—Con él lo que nos encontramos es un escenario totalmente opuesto al de su esposa.

—¿Quizá podemos hablar de dos asesinos? —preguntó Bosch.

—Es pronto para saberlo, sargento.

—No tenemos todo el día, Arenas. Al grano.

—Por las salpicaduras de sangre en el suelo y las paredes, todo indica que el señor Ayats se encontró de frente con su asesino. Quizá lo sorprendió entrando en la casa. Luego emprendió una huida por el pasillo y terminó precipitándose al suelo, donde recibió una treintena de puñaladas en la espalda, y acabó con un certero corte en el cuello muy parecido al de su esposa.

—Por Dios.

—Como ven, las dos escenas son distintas, sin embargo, el punto y final lo dio, en mi opinión, el mismo cuchillo; uno grande de carnicero. Y por el *modus operandi*, me atrevería a decir que el agresor y asesino conocía a sus víctimas.

—¿Sabemos algo de las huellas de pisadas encontradas en los escenarios?

—A eso iba ahora. Obtuvimos el molde enseguida y nos dio resultado en el acto al cotejarlo con nuestras bases de datos. Botas militares. Número cuarenta y cuatro. Nada que las haga únicas excepto… que son unas Soubirac Klipper III Sympatex.

—Menos mal que dicen poco pues. —Bosch da un silbido.

—A mí no me dice nada, señor profesional en botas militares —añade Irina con mala gana—. ¿Nos ilumina el señor?

Bosch mira a Arenas y esta le devuelve un asentimiento con la cabeza.

—Son una marca muy común entre motoristas por su aislamiento al frío y a la humedad. Reforzadas en todos sus puntos y con unas suelas con montaje soldado. Y sin tener en cuenta que son increíblemente fáciles de colocar.

—Eres una caja de sorpresas, Bosch.

—Qué va. Me compré unas hará un par de años para las rutas en invierno y la verdad es que siguen impecables.

—Gracias por tu aporte personal, pero no veo en qué nos puede ayudar que nuestro asesino lleve unas Soubirac. ¿Acaso es motorista?

—Puede. No lo sé. Tendremos que investigar.

—Pons, permítame que añada que las Soubirac tienen un precio más alto que otras botas por el estilo; alcanzan unos doscientos euros.

Irina mira a Bosch.

—Se nota que tienes buen sueldo, chico.

Él niega y chasquea la lengua. Arenas sigue:

—Se adquieren por internet. Y esto sí es bueno porque quizá sabremos si alguien de la zona ha encargado unas.

—Y esto convierte a Roger Bosch en sospechoso. Arréstenlo de inmediato —bromea Irina.

—Aunque su resistencia y durabilidad nos crean un problema latente: ¿hasta cuándo debemos tirar atrás en el tiempo? ¿Dos años? ¿Tres?

—Por el estado de la marca en la nieve —se apresura Arenas—, diría que son relativamente nuevas. Si me traes las tuyas puedo ser más exacta.

—Está bien. Pero solo si me das por escrito que dejo de ser sospechoso. —Se ríe Bosch.

—Bien. Rayo, ¿has trazado algún perfil de las víctimas?

Ming-Chen Lao, la informática-*hacker* de la BAE, es una asiática gótica no muy dada al habla, pero con un conocimiento sobresaliente en las artes digitales.

Se levanta con la cabeza inclinada hacia delante entre agresiva y adocenada. Con una mano se aparta el pelo negro con mechas verdes y se lo coloca detrás de la oreja, dejando al descubierto su blanquecino rostro.

—Matrimonio acaudalado del mundo del plástico. Su imperio logró entrar en los mercados mundiales gracias al crecimiento y uso de dicho material. Ahora, con la sociedad queriendo eliminar su uso, las acciones de la compañía han caído en picado. Despidos masivos en las empresas y un declive, prácticamente, imposible de salvar. En la *dark web* he encontrado información de un cierre total de cara al próximo año. Y, según ciertas hipótesis, el magnate de las criptomonedas, Julius Hastings, estaría interesado en adquirir, no una, sino todas las sociedades de los Ayats.

—Interesante. ¿Algún heredero del imperio Ayats? ¿Hijos? ¿Primos? ¿Alguien que esté molesto con ellos?

—Los Ayats siempre se han involucrado con organizaciones sin ánimo de lucro. Han aportado, durante toda su vida, millones de euros para dichas sociedades y son muy queridos y estimados, tanto a nivel de calle como en las altas esferas y organismos gubernamentales.

—Me da que no es oro todo lo que reluce a simple vista, Lao. —«Demasiado queridos —piensa—, demasiado perfectos»—. Si se los han cargado, y el móvil no es el robo, es evidente que no todo el mundo sentía simpatía por ellos. ¿Quizá uno de sus empleados estuviera descontento?

—Aquí va *otra* interesante punto.

—Dirás que «aquí va otro punto interesante», ¿no, Ming-Chen? —corrige Bosch.

Las mejillas de Lao adquieren un ligero tono rosado. Es guapa, incluso con su blanquecina, casi translúcida, piel.

—Gracias, Bosch. —Asiente brevemente con la cabeza y sigue hablando—. El caso es que cada despido que han realizado ha sido remunerado con el máximo que marca la ley.

—Me dan un poco de grima ese tipo de gente que van de buenos. Alguien debía de estar a disgusto con ellos, coño. Si por lo menos fuera un robo…

—No —responde Bosch—. En el registro preliminar no se ha detectado más desorden del encontrado en la cocina, el pasillo y el salón. El asesino fue a por Dionisio. Solo a por él.

—Lao, dime por lo menos que tienen parientes o alguien que debamos investigar interesados en su herencia.

—Un hijo, Fernando Ayats. Ni primos ni parientes conocidos.

—¡Bingo! —exclama Irina—. Haber empezado por ahí, Lao. Siempre tan críptica. Podrías dedicarte a escribir novela negra o *thriller*. —Un silencio planea en la oficina y todos asienten—. Y, dinos, ¿dónde vive ese hijo? ¿En Nueva York, Tokio, París...?

—En la casa de al lado.

—¡¿Qué?! —exclaman todos.

—En la casa de al lado.

—Lao, lo hemos oído bien a la primera. Es una pregunta retórica.

—Ah, lo siento.

—Me extraña que no haya salido a ver qué sucedía. Las luces de los coches oficiales no son lo que llamaríamos discretas.

—Es posible que haya salido del país... de vacaciones quizá.

—No, inspectora. Lo he comprobado y no ha adquirido ningún vuelo ni billete de tren y, para estar más segura, he revisado las matrículas de sus coches y no hay ni rastro en las cámaras de las autopistas.

—Excelente, Lao. ¿Qué más puedes contarnos del señor Fernando?

—Tiene cincuenta y nueve años. Soltero. Sin relaciones conocidas. Nunca ha trabajado más allá de las visitas esporádicas a las empresas de sus padres. Digamos que no siente interés por ello.

—¿Y por el dinero?

—Vive sin preocupaciones. Nunca le ha faltado nada y ha tenido lo que ha querido.

—Aficiones.

—Acostumbraba a estar más activo en relación con los donativos de sus padres. Visitas a centros sociales, comedores para necesitados, acogidas de menores, etcétera.

—¿Alguno de esos están cerca?

—Sí, colaboraba en más ocasiones con el orfanato de Rocanegra, a unos veinte kilómetros de Los Álamos, adentrándose en el bosque.

—Bien. Lao, tira de tus hilos, averigua lo que puedas sobre esas colaboraciones y pásame un correo electrónico en cuanto tengas algo. Quiero que encuentres a Fernando Ayats. Ah, y una lista con todos los compradores de botas Soubirac en los últimos doce meses.

—Hecho.

—A todos, la prioridad absoluta en este momento es encontrar a Fernando Ayats, principal sospechoso del homicidio de sus padres.

»Hernán y Arenas, id a casa del hijo y entrad. Espero que no lo encontréis muerto también. —Piensa en lo que ha dicho—. Quiero un retrato psicológico de quién es este hombre. Llamad puerta a puerta a ver qué nos pueden contar los vecinos.

»Bueno, ocúpate de las declaraciones. Tu padre puede irse, pero al reverendo apriétale las tuercas. Que te hable de Fernando y su relación con la Iglesia.

»Lao, lo dicho, ponte a lo tuyo y llámame en cuanto sepas más. Lo quiero todo de esa gente.

»Bosch, tú conmigo. Vamos a Rocanegra.

8

Anna Arenas y Javier Hernán saludan a los agentes de uniforme que hacen guardia en la casa de los ancianos.

—Es raro de narices que el hijo no haya salido al ver el alboroto que se ha montado fuera —dice Arenas.

—¿Y si también lo han asesinado? —aporta Hernán caminando detrás de ella hasta la puerta.

Anna se detiene y lo mira muy seria.

—Si eso es cierto, tendremos un asesino en serie en Los Álamos. O quizá a un heredero desconocido.

Se vuelve y toca el timbre.

No hay respuesta.

—¿Qué hacemos? —pregunta Hernán.

Anna Arenas agarra el picaporte y le da tres fuertes golpes, que retumban en todo el barrio.

Nada.

—Revisemos las ventanas. —Señala con la cabeza a la derecha y Hernán asiente.

Arenas da cuatro pasos y mira el interior a través del ventanal.

Un comedor amplio más grande que su ínfimo apartamento. Una barra enorme que lo une a la cocina y..., ¿qué es eso? Parece un cuenco con llaves dentro.

Las puertas y ventanas no ceden. Todo está cerrado a cal y canto.

En la parte trasera se encuentra con Hernán.

—¿Ha habido suerte?

Niega.

—Nada fuera de lugar.

—Por aquí, igual, pero tanto silencio me incomoda. ¿A dónde habrá ido Fernando?

—Puede que la inspectora Pons tenga razón y él sea quien ha matado a sus padres y ahora se ha dado a la fuga.

—Quizá.

Arenas le señala con la cabeza una construcción anexa. Tiene la impresión de que se trata de un garaje por el camino que conduce hasta la valla de la propiedad, con dos portones muy grandes.

Se acercan y prueba a empujar y tirar.

El portón se abre.

Efectivamente, Arenas tenía razón. Se trata de un garaje inmenso con varios modelos de automóviles.

—Son coches carísimos. —Hernán babea con la boca abierta.

—Con razón son una familia rica. —Arenas da unos pasos cautos al interior—. Suplantar las carencias emocionales con artefactos de lujo.

—¿Artefactos?

—Artefactos engloba muchas cosas, Hernán —le dice observando con cautela—. Automóviles, casas de campo, apartamentos en la costa, joyas y un larguísimo etcétera de «artefactos sustitutorios de afecto».

Hernán abre la boca y asiente.

—Ahora te entiendo. —Se ríe.

Arenas le devuelve la sonrisa. Luego, se detiene en seco mirando a un lado. Hernán, que se ha visto sorprendido, se le echa encima.

—¡Coño! —exclama Arenas.

—Dis-disculpa, es que no pensé que te ibas a parar.

Pero Arenas no dice nada.

Hernán sigue la dirección de sus ojos y, en cuanto ve lo mismo que ella, dice:

—Falta uno. —Las marcas amarillas que dividen el suelo entre los vehículos dan fe de ello. El espacio se le antoja enorme.

9

—¿De verdad crees que ha sido el hijo, Irina?

—No sería tan raro, Bosch. —Sus ojos no se mueven de la carretera. Conducir a una velocidad tan elevada en una secundaria plagada de curvas es muy peligroso—. ¿Cuántos parricidios ha habido en el país el último año?

—No dispongo de datos, pero aún no tenemos ninguna prueba que nos dirija a él.

—Tú lo has dicho: «aún». Aunque el dinero que heredará puede ser considerado como tal.

Bosch asiente.

—Ya. Pero de eso a que los matase él... y con tal grado de violencia.

El paisaje exterior se sucede invariable. Las copas de los árboles cubren por encima de ellos la visión del cielo y el espesor de la vegetación a ambos lados hace imposible adivinar qué hay más allá de la cuneta.

—Estos bosques me dan escalofríos —dice Irina en voz alta.

—Son tan antiguos como las leyendas que pueblan la comarca. ¿Quién mandaría construir un orfanato tan alejado de la civilización?

—Y pensar que con eso creían estar haciendo un bien a los chavales... Me pregunto si se mantiene activo por algún motivo.

—Según la página web, Rocanegra sigue activo, pero más como residencia de estudio y remanso de paz que como hogar para jóvenes problemáticos.

—Bosch. Esto es la fachada.

El bosque desaparece y, en su lugar, frente a Irina y Bosch, emerge un gran edificio rectangular de tres pisos de alto.

—Y menuda fachada. —Suelta un largo silbido pegándose al cristal para verlo mejor.

Una construcción de piedra y ladrillo rojo oscurecidos por la humedad y el paso del tiempo. Grandes columnas y arcos. Las ventanas con relieves de piedra y amenazantes gárgolas en cada esquina del techado.

—Espero no tener que registrar este lugar. Es enorme.

La inspectora no responde. Un extraño *déjà vu* la inquieta. Sigue con el coche por el camino de piedrecitas hasta la entrada. Detiene el motor, saca las llaves y sale al frío exterior. Ante ella se alza ese edificio: cuando era niña, su nombre siempre le había inspirado algo parecido al temor sin saber por qué, una sensación de la que no se ha librado del todo.

Bosch estira la espalda y le cruje el cuello. Irina lo observa. Su espalda se ve fuerte y musculosa. Se muerde el labio inferior y sacude la cabeza.

«No es momento de tener esos pensamientos».

La puerta principal se abre.

—Buenos días tengan, inspectores —saluda una mujer que roza el límite de lo que se consideraría un esqueleto andante. Una falsa línea en el rostro huesudo simula una sonrisa. Y sus cabellos negros apretados en un moño actúan a modo de «sujetapieles»—. Magnolia Mortz, para servirles.

—Inspectora Irina Pons y el sargento Roger Bosch. Nos gustaría hacerle unas preguntas, si no es molestia.

—Faltaría más. —Irina distingue la nariz aguileña cuando Magnolia da un paso atrás y extiende el brazo para que entren—. Pasen, por favor. La chimenea está encendida.

Si por fuera el edificio daba escalofríos, el interior los transporta a varios cientos de años en el tiempo; paredes de piedras volcánicas como la iglesia, otras cubiertas en papel floral, lámparas de araña, luces de velas en las medianeras, suelo rústico con alfombras inmensas. El salón es una extensión del recibidor, con el añadido de una mesa tosca de, por lo menos, diez metros de largo que parece una mesa de carnicero por los surcos que hay en ella.

El fuego crepita frente a dos sillones individuales y un sofá de tres plazas. De piel. Quizá de vaca.

La directora de Rocanegra se sienta en uno de los sillones individuales y los inspectores, en el de tres plazas.

—Este lugar se ve muy antiguo —sentencia Irina.

—Su construcción data de 1778, aunque se inició muchísimo antes. En el ala este puede apreciarse con claridad el edificio primigenio, ya en desuso.

—Tenemos entendido que Rocanegra fue un orfanato durante su época dorada.

—No me haga reír, inspectora. Rocanegra es muchas cosas, pero le aseguro que nunca ha tenido una época dorada.

—¿A qué se refiere, señora Mortz?

—Señorita Mortz, si no le importa. Casarme con la institución no es lo mismo que casarse con un hombre. Ya me entiende.

No. Irina no lo entiende. Y Bosch, por sus ojos tremendamente abiertos, tampoco.

Aun así, dice:

—De acuerdo, señorita Mortz. Cuéntenos, ¿cómo ha sido dirigir Rocanegra?

—La labor de mi vida, inspectora. No ha sido nada sencillo, pero nos ha ido bien. Hemos subsistido tantos años gracias a las donaciones y aportaciones de buenas personas, y el legado se ha mantenido hasta hoy en día. Aunque no les voy a mentir, los tiempos han cambiado, y es mucho más complicado mantenerse a flote que antes.

—Pero la Iglesia… algo debe ayudarles.

—¿La Iglesia? ¿Acaso cree que al Vaticano le importan las personas que viven aquí? Ellos, con sus conventos y demás patrañas, se dan por satisfechos.

—Creí que su labor venía a ser la misma que la de ellos. Mantener saludables a los jóvenes sin familia hasta que los adoptaran nuevas familias.

—Así era de cara al público. Pero los niños que terminaban aquí pocas oportunidades de salir tenían. En los conventos de monjas sí que les limpiaban un poco la cara, y ahora con los servicios sociales y la decadente caída de la religión en los hogares y las nuevas generaciones, prácticamente han desaparecido. Rocanegra alberga desde siempre a chicos y chicas especiales.

—¿Especiales?

—Lisiados, deformes, retrasados, enfermos… Disculpe mi descripción, pero lo digo así para que le sea más sencillo de imaginar.

«¿Acaso cree que soy imbécil?».

—Los niñitos que llegaban aquí lo hacían en cestos de mimbre o arropados en mantas sucias, harapientas y húmedas. Sin nombre. Sin pasado. Sin relación con el exterior. Abandonados. Aquí les damos una razón para vivir y un respeto que de otro modo jamás tendrían.

—Ha dicho «damos». Me da a entender que el orfanato sigue activo...

—Pues claro, inspectora Pons. Nunca se da por terminada nuestra labor por el bien de los muchachos. Nunca han dejado de llegar enfermos necesitados de atención.

—¿Cuántos críos residen ahora mismo aquí?

—Muy pocos. Hace años, muchos llegaban aquí por ser el fruto del pecado. Hijos no deseados. Hijos bastardos. Engendros deformes. Hoy en día, la sociedad ha cambiado mucho y existen otras opciones para esos niños. Aun así, algunos todavía terminan aquí.

—¿Qué significa exactamente eso, señorita Mortz?

—Pues que los residentes del presente son niños para los que el sistema no ha encontrado lugar. Es obvio que los tiempos han cambiado, pero siempre hay criaturas a las que no consigue acoger.

Por el tono en la voz de Mortz, Irina intuye que es una obra muy ensayada. Como un anuncio de televisión que te cuenta lo que quieres oír. Que los padres se queden tranquilos abandonando a sus hijos en aquel ataúd enorme.

Irina piensa en sus propias hijas. ¿También las ha abandonado? Se sacude la idea de la cabeza y reconduce su mente.

—Hablando de ahora. Tenemos entendido que Fernando Ayats era un benefactor muy importante de Rocanegra.

—¡Y lo sigue siendo!

—¿Qué puede decirnos de él?

—Fernando Ayats es una maravillosa persona, un ser muy querido en nuestra institución y los niños lo adoran.

—Así que sus donaciones... les han mantenido en activo.

—Sus donaciones y su buen corazón, inspectora Pons. Él es mucho más que una billetera. No sabe lo querido que es.

—Y ¿cuándo fue la última vez que lo vio, Magnolia?

La mujer empalidece incluso más de su tono habitual.

—No me diga que le ha ocurrido algo… ¡Por Dios bendito!

—Solo puedo decirle que aún no estamos seguros. Pero si se le ocurre dónde puede estar, nos sería de gran ayuda.

—¡Por Dios! Ruego que lo encuentren pronto. No imagino qué haríamos sin él ni cómo se lo tomarían los niños.

—¿Cuándo fue la última vez que lo vio?

—El día de Navidad. Estuvo aquí todo el día y… ¡Por Dios! Si es una bellísima persona. ¿Quién podría quererle mal?

—No hemos dicho que esté mal. Cálmese. De momento, queremos encontrarle para hacerle unas preguntas. Nada más.

—Deseo que sea verdad. No soportaríamos una pérdida así…

«¿Ha dicho "una pérdida"?», se pregunta Irina.

—¿Qué puede contarnos de Fernando?

—Ya se lo he dicho. Es una bellísima persona con un corazón enorme. No solo por el dinero que dona a la institución desde hace décadas, que no es poco. Nando, que es como siempre lo han llamado los niños, nos ha obsequiado con obras de teatro, circos privados, celebraciones señaladas… Siempre tiene algún que otro detalle extra con ellos.

—Detalles… ¿de qué tipo?

—Golosinas, pastelitos, cosas así. A veces se ha llevado algún niño a su casa. Lo acogía como un padre postizo. Le enseñaba la vida exterior y lo alentaba a estudiar para labrarse un futuro.

—Pensé que había dicho que los niños nunca se marchaban de aquí. Que eran… ¿especiales?

—Algunos sí. Nando ha hecho de enlace en muchas ocasiones. Era un intermediario entre la institución y las posibles familias de acogida.

—¿Tiene una lista de los niños que salían y encontraron nuevas familias gracias a él?

—Por supuesto que sí.

—Nos gustaría echarle un ojo.

—Por supuesto que no, inspectora. Son datos confidenciales. Y hoy en día, compartir esos datos está considerado un delito muy grave. ¿Acaso no lo sabe?

—Entiendo. —Piensa que es imposible que las listas estén en internet, así que Lao no podrá encontrarlas, y, lo peor, que no le darán una puñetera orden judicial para hacerse con ellas sin nada serio que lo justifique—. ¿Alguien a quien pudiera caerle mal?

—No. No. Imposible.

—¿Recuerda si el día de Navidad se comportó diferente, distante, preocupado?

Alza la mirada al techo antes de responder.

—No. Es un hombre decente, alegre y divertido. Muy querido y respetable.

—Bien. Muchas gracias por su tiempo.

Irina y Bosch se levantan.

—Si recuerda algo, por insignificante que pueda parecerle, le agradeceríamos que nos avisara. —Le alarga la mano con una tarjeta—. O si vuelve por aquí, claro.

—Por supuesto, inspectora Pons. Así lo haré.

Irina se dirige hacia la puerta principal cuando un movimiento por el rabillo del ojo le llama la atención y el aire se vuelve denso. ¿Hay alguien en el piso superior escondido en las sombras?

Los chavales, apretujados en lo alto de la escalera, están tan tensos que no se dan cuenta de que por poco se caen escaleras abajo cuando las personas salen del salón.

En cuanto su pie derecho pisa el descansillo, es seguido de inmediato por su cabellera.

—¡Mierda! —susurra demasiado alto el chico de pelo ralo al tiempo que se echa hacia atrás.

Los cinco, tres chicos y dos chicas, caen de espaldas al suelo.

—Podrías vigilar un poco —maldice la chica.

—¡Callad! Que ya salen.

—Quiero ver a la policía.

El joven asoma la nariz y un ojo. Las pupilas se le dilatan al ver que la preciosa mujer mira en su dirección. ¿Lo estaría viendo? «No me ve —se dice él—. Las sombras me ocultan».

Es cierto.

La mujer se despide de la señorita Mortz y sale por la puerta principal. Luego, la directora de Rocanegra dirige la mirada de ojos entornados hacia las sombras y el joven nota cómo se le clavan alfileres en el rostro.

—¿Acaso no tenéis tareas por realizar, mocosos?

No responden.

Serpentean por el suelo sin hacer el menor ruido y se escabullen sin mediar palabra.

Los ha pillado espiando.

Y eso les traerá consecuencias.

Irina se sube al coche con una sensación opresiva en el pecho. Le falta algo. Sabe que le falta algo. Presiente que la señorita Mortz sabe más de lo que les ha contado y que esa persona que los estaba observando entre las sombras quizá quisiera decirle algo.

—¿Qué te ha parecido? —pregunta Bosch.

—Que oculta más de lo que cuenta.

—Estos sitios siempre me han dado repelús y mala espina —confirma él—. Y esa mujer... parece sacada de una película de terror. O mejor de un libro de R. L. Stine.

Por el rabillo del ojo... otro movimiento. Y el aire vuelve a cargarse. Sí. Irina está segura. En los setos, cerca de los árboles.

—Bosch. Conduce tú.

—¿Y eso? ¿Qué te ocurre?

—Hazme caso. Y ve despacio.

Bosch pone en marcha el coche. La gravilla del suelo ruge como una bestia en el silencio que envuelve todo. Cruza la valla de hierro y emprende el camino de ida.

—Cuando llegues a la curva —señala al frente sin apartar la vista del exterior del coche—, reduce la velocidad tanto como puedas sin detenerte.

—¿Qué pretendes, Irina?

—Espérame unos metros después. Quizá mejor allí abajo, donde no te capten las cámaras. Luego te cuento.

Bosch reduce al aviso de Irina. Ella salta del vehículo y se adentra en el follaje perenne y perpetuo de la zona. Su atención no se desvía ni un instante de las hojas y los claroscuros. No es hasta que llega al murete que rodea Rocanegra cuando un crujido le asegura que tiene razón.

—¿Hola? —pregunta al aire, en dirección al sonido.

Silencio.

El silbido del viento.

Un pájaro trinando.

—Sé que estás ahí —insiste.

Más silencio.

Incluso el pájaro se calla.

—No tienes de qué preocuparte. Nadie sabrá que hemos hablado —insiste—. ¿Hola?

El muro de piedra y cemento tiene una grieta que llega al suelo. Irina se acerca a ella. Un sonido como de pezuñas rasgando procede de su interior. Como si alguien estuviera friccionando.

El sonido se detiene. Irina también. Pone el ojo en la brecha intentando ver más allá. El color del ambiente opresivo se ha difuminado.

Un ojo, esmeralda, claro como un día sin nubes, brilla en el agujero oscuro. E igual de rápido que ha aparecido, desaparece.

—¡Espera! —grita Irina a los pasos que crepitan en la nieve y el follaje cada vez más lejos—, no te marches. Espera...

Es tarde. Quien fuera que había al otro lado del muro, ya no está. Irina maldice para sus adentros. Luego, se fija en que hay algo fuera de lugar. En la grieta...

Mete los dedos. El espacio negro y oscuro que rozan sus yemas le da escalofríos. Pero algo... de un color claro, demasiado, está justo allí.

Se muerde el labio por dentro y se apretuja más en el agujero hasta llegar a eso. Saca los dedos con cuidado y un trozo de tela raída y vieja, arrancado de algún lugar y doblegado varias veces, aparece del agujero.

Lo abre con sumo cuidado. Distingue unos trazos temblorosos en él. Son letras. Siente un mareo y las letras bailan en la tela. Irina lee lo que hay escrito:

«Necesitamos su ayuda».

10

Después de volver con Bosch al coche, contarle lo que había ocurrido en el muro y poner la nota en una bolsa de pruebas y dejarla en la guantera, Irina le pide que la lleve a casa.

—Que le hagan un análisis a fondo y me llamas enseguida.

Bosch asiente.

—¿Algo más?

—Ponte al día de lo que hayan avanzado los demás. A mí me espera bronca.

—¿Quieres que entre contigo?

—No. Tú haz lo que te he pedido. Este infierno es mío.

Irina cierra la puerta del coche y se queda de pie viendo cómo Bosch se aleja. Da media vuelta y camina hasta la vivienda.

—¿Chicas? Estoy en casa.

—En la cocina, mamá.

Irina cuelga la chaqueta en el perchero de detrás de la puerta y se quita las botas, que dejan un charco en el suelo de la entrada.

—Qué bien huele, cariño. Siento llegar a estas horas.

—No hay problema. Ya sabes.

Irina se acerca por detrás y le da un abrazo.

—¿Qué haría yo sin ti?

—Morirías de hambre —responde y ríe a carcajadas.

Sara es su hija mayor. Dieciséis años. Ojos verdes como Irina. Pelo castaño cortado a media melena. Una adolescente responsable. Y rebelde también, cómo no.

—¿Dónde está Laura? —pregunta Irina—. No estará durmiendo...

—En su habitación. Como siempre. —Levanta los hombros—. Supongo.

Laura ahora es la pequeña de la casa. Doce años. Ojos verdes. Morena. Pelo corto. En el primer año de instituto y en otro más de revolución.

Las tres habían sufrido mucho cuatro años atrás. Nadie ni nada te prepara para que tu padre y tu hermano mueran. Irina estuvo de baja y fuera del mundo en general cada día de cada mes de esos años.

Cuando le comunicaron que Daniel, su marido, había perdido el control del coche, con su hijo Abel de cuatro años en el asiento trasero, y se había precipitado por el acantilado, se desmayó.

Recuperó el conocimiento en el hospital horas después, aún creyendo que estaba dentro de una pesadilla.

No lo era. Era algo mucho peor.

¿Cómo se despide uno de quien ha sido el amor de su vida? ¿De ese ser que llenaba de luz cada paso que daba? Y para rizar el rizo, Abel no apareció. Nunca se encontró el cuerpo. Su hijito pequeño... ¿Qué Dios permite que no se sepa nada de un niño? ¿Qué mal podía haber hecho el pobrecito crío? ¿Dónde estaba entonces? ¿Se lo habrían llevado?

Martirio. Desesperación. Ni una pista que seguir.

¿Qué había hecho Irina para merecer semejante castigo?

Volvieron a Los Álamos. Su madre, Elvira, las visitaba a menudo. Comidas caseras, limpieza exhaustiva… Más bien podría decirse que les hacía de madre a las niñas como redención de lo poco maternal que había sido con Irina y con su hermano Toni. Quizá esa había sido una de las causas del suicidio de su hermano… Pero eso era algo en lo que todavía le dolía pensar.

Sara tomó las riendas de la casa con solo doce años, con la ayuda que obtuvieron de sus compañeros y amigos, quienes les empujaban en cuanto desfallecían. Cuidó de su hermana y de la propia Irina, que se mantenía arrebujada en un hoyo de lágrimas y dolor.

Pero Irina jamás lo superó. No de verdad. Ni siquiera lo aceptó. Las fases del duelo de poco sirvieron para ella. Cayó en el alcoholismo y se enganchó a las pastillas con receta.

Ahora es una sombra de aquello, y los psicólogos y psiquiatras, que siguen manteniendo un control constante sobre las tres mujeres, le permitieron —más bien aconsejaron— volver al trabajo, ya que la ayudaría a aceptarlo y a escribir una nueva página en su vida.

Eso, junto a que Santos, el jefe de la BAE antes que ella, la propusiera como candidata a jefa de grupo le dio arcadas y fuerza a partes iguales. Luego estaba Bosch; él fue más que un hombre en el que apoyarse y llorar. El sargento Roger Bosch era cariñoso, bueno, la trataba como a un cervatillo herido. Acostarse la primera vez era necesidad pura para ella. Y la segunda. Y la tercera. Lo utilizó como utilizaba los tampones; en cuanto le había servido, puerta y adiós. Le había causado mucho daño. Y, ahora, al fin, era plenamente consciente de esos años.

No le apetece pensar en ello en ese momento.

Sube al primer piso y apoya la cabeza en la puerta de su hija.

—¿Laura? —llama Irina dando unos golpecitos en la puerta.

Gira el pomo y abre unos centímetros. Laura está tumbada en la cama con los cascos amarillo chillón en las orejas. Los ojos cerrados.

Está a punto de dar media vuelta y regresar abajo. No lo hace. Entra despacio y se sienta en la cama, al lado de su hija. Al instante, Laura abre los ojos y se quita los cascos de un tirón con un grito de miedo.

—¡Por Dios, mamá! Me has dado un susto de muerte.

—Disculpa, cariño. No era mi intención.

—¿Qué quieres?

—Tu hermana ha hecho la comida.

—No tengo hambre. Ya picaré algo más tarde si acaso.

Laura se vuelve a poner los cascos en las orejas, se tumba de nuevo y da el tema por zanjado. A Irina se le encoge el estómago. Quiere abrazarla, estrujarla entre sus brazos, decirle que la quiere con toda el alma. Pero su pequeña ha cambiado. Ya no es la inocente y alegre Laura de antes. Ahora es esquiva, solitaria, impasible. Y lo peor de todo es que Irina sabe que eso mismo es lo que había estado haciendo ella los últimos cuatro años: apartar a quienes quería, hacer daño a los que amaba.

Irina suelta un suspiro de resignación. Cierra la puerta echando un último vistazo a Laura y baja a la cocina.

—No tiene hambre —anuncia a Sara—. Le guardaremos algo para después.

—Ya le he separado un poco para más tarde, mamá. Si quiere.

Irina ve un plato hondo humeante a un lado. Se sienta a la mesa.

—Qué bien huele —dice, aunque tampoco tiene hambre.

—Tallarines al pesto —anuncia Sara—. Nada del otro mundo.

Irina se lleva un montón a la boca y mastica.

—Están riquísimos, cielo.

—Gracias, mamá.

—A ti.

Es el final de la conversación. Comen en silencio. Toman un yogur de postre y recogen los platos sin que Laura baje en ningún momento.

—Debo regresar al trabajo —se excusa Irina con una mentira.

—¿Es por el asesinato de los ancianos? —quiere saber Sara.

«¿Ya lo sabe?», se pregunta.

—Sí. Un caso peculiar. —No quiere hablar del tema con ella ni puede hacerlo. Lo que quiere es ver a Bosch y que la haga sentir bien, que le llene ese vacío enorme en el pecho.

Se levanta y se dirige a la entrada.

—Ajá. —Tampoco ella parece realmente interesada.

Irina se pone la chaqueta y las botas.

—¿Mamá?

—Dime.

—Para Fin de Año quisiera ir a casa de Randall. Va a dar una pequeña fiesta con algunos amigos y tal.

Randall. El amigo-novio o como sea que lo llame ahora la juventud. Hijo de Julius Hastings, un agente financiero de éxito que era un hilo del que quizá podría tirar en su investigación.

—Lleváis bastante tiempo juntos, ¿no?

—Sí, inspectora —responde con sorna—. Somos buenos amigos.

—Y algo más también.

—Algo más también. —Se ríe—. ¿Es un sí?

—Claro que puedes ir, cielo. Nos las apañaremos sin ti por primera vez.

Sara sonríe de oreja a oreja y se le lanza a los brazos. ¿Cuánto hacía que no recibía una muestra física de cariño? Por Dios. Qué bien le sienta tenerla así. Irina cierra los ojos y aspira el aroma del perfume de su hija.

El teléfono móvil interrumpe el abrazo con su sonido y vibración.

Irina mira la pantalla. Es Rayo.

«Cambio de planes —se dice—. Nada de ir a ver a Bosch».

11

Laura abre la ventana de su habitación y deja que entre el aire gélido en el cuarto. Su madre se aleja a toda velocidad.

¿Por qué no pueden ser como las otras familias? ¿Tan difícil es? Laura solo desea un poco de atención. Que su madre la escuche y le dé consejos. Aunque no los vaya a seguir, claro. Pero no, ella y sus frases de policía. Sus normas y prohibiciones. Desde que su padre murió en aquel accidente y Abel desapareció, había hecho lo que le venía en gana. ¿Por qué cambiar ahora?

Se quita la blusa frente a la ventana. La brisa le endurece la piel y sus incipientes pechos de adolescente se tensan al instante.

Cierra los ojos y se deja llevar por los pensamientos. Los cortes debajo de sus senos ahora son montículos sensibles al contacto con las yemas de los dedos. Con la uña, rasga la costra y la hace saltar. Unas gotas de sangre se deslizan por la herida en dirección al ombligo. Y en su dedo manchado percibe un calor agradable.

Laura se lleva el dedo a los labios. Los abre levemente y chupa la sangre. El sabor metálico la hace pensar en su padre y su hermano. Ellos y ella comparten el mismo sabor, un mismo linaje y, quizá, un pedazo del mismo dolor.

12

Irina llega a comisaría y, para su sorpresa, Bosch ya la está esperando fuera.

—¿Quieres que conduzca yo? —pregunta él.

—Hay cosas que aún puedo hacer, Bosch. No soy imbécil.

«Y lo que te haría ahora no te lo puedo decir», piensa.

—No lo he sugerido, Irina. —Da la vuelta y se sienta en el asiento del copiloto.

—Por si acaso. —Sonríe, pone primera y acelera—. Así que Rayo tiene novedades.

—Eso es —afirma—, Lao es excelente en lo suyo.

—No me interesa ahora mismo su competencia, Bosch. Quiero las novedades. Ha sido muy críptica en la llamada. Y en el correo me ha pasado una lista de lugares, pero prefiero que me pongas al día con palabras.

—Entendido.

—Venga, ¿qué ocurre en el comedor social?

Los labios de Bosch dibujan una línea recta y sus ojos chispean antes de comenzar a hablar.

—Lao ha conseguido ver una relación de lugares que Fernando Ayats frecuentaba.

—¿Pubs, prostíbulos?

—Qué va.

—Era ironía, Bosch.

—Ah… En fin, de entre los lugares que frecuentaba, sobresale el comedor social del centro. De hecho, la última llamada que realizó fue allí.

—¿Y qué sabemos del local?

—Pertenece al ayuntamiento, que lo cedió hace un par de años. Situado en la planta baja de un edificio de viviendas recientemente reformadas.

—¿Y los vecinos de la zona? ¿Qué opinan?

—Se han denunciado peleas, alborotos e, incluso, venta de sustancias prohibidas enfrente mismo de sus casas. Pero nunca se ha encontrado ni podido confirmar que fuese cierto.

—Me hace mucha gracia.

—¿El qué, Irina?

—Pues que siempre ocurre igual. La gente es muy hipócrita, Bosch. Todos quieren ayudar a los sin techo, a los inmigrantes…, pero no están dispuestos a verlos. No quieren tenerlos cerca. Es más, me extrañaría si alguno de ellos aportara algo bueno a esa gente.

—Por el historial de denuncias que acumula el centro diría que estás en lo cierto. —Bosch alza la vista en cuanto Irina gira a la izquierda después del semáforo—. Es ahí delante —dice—. Mira, puedes aparcar aquí.

—Ja. ¿Y perder la ocasión de ver cómo reaccionan los vecinos?

Irina ahoga una risotada al tiempo que sube y aparca en la acera. Se baja del coche, mira hacia arriba y a ambos lados. Algunas personas se detienen para ver quiénes son. Quizá piensan que se trata de una banda de delincuentes y esperan un tiroteo o algo por el estilo.

—Bosch —llama—, ¿quién se encarga del local?

—Pensaba que no ibas a preguntarlo nunca.

—Pensaba que no debería preguntártelo.

Bosch resopla.

—Isabel Ragàs, treinta y siete años, soltera.

—Bien. Veamos qué puede decirnos.

Irina Pons y Roger Bosch se sientan a una mesa de plástico duro rectangular de unos tres metros de largo. Las sillas plegables de madera, incómodas, no invitan a estar mucho rato sentado en ellas. Isabel los mira con las piernas cruzadas y los dedos de las manos sin parar quietos.

—Es terrible —dice entre suspiros—. Pobre matrimonio, acabar así. ¿Quién...? —No termina la frase.

A Irina le exaspera que, de nuevo, la noticia está corriendo más rápido que ellos. Y que la falta de información empieza a crear una cadena de falsedades que deberán justificar.

—Tenemos entendido que usted tiene amistad con Fernando Ayats, el hijo del matrimonio. ¿Qué puede decirnos de él?

Isabel abre mucho los ojos.

—¿No... no estarán pensando que él ha tenido algo que ver?

«Ya empezamos», piensa Irina.

—Por el momento, estamos descartando posibilidades, Isabel. Y para ello es crucial tener los cabos bien atados y los puntos sobre las íes.

—Entiendo..., pero... Nando no...

«Así que Nando, ¿eh?».

—Debo entender que usted y Nando se conocen bien.

—No. Bueno, lo cierto es que sí. —Se apretuja las manos y su rostro empalidece—. Lleva muchos años colaborando con nosotros. Es un miembro respetable de la sociedad. —Carraspea.

—Eso ya lo sabemos, Isabel. No nos interesa lo bien que hace su trabajo para con la comunidad.

—Entonces...

—Lo que nos concierne ahora es conocerlo como persona. ¿Quién es de verdad? ¿Qué piensa usted de él?

—¿Yo...? —De nuevo el tartamudeo y el refregar de manos y dedos. Esta mujer no puede ocultar su nerviosismo.

—¿Cuándo fue la última vez que vio a Fernando?

—Ayer al anochecer.

—¿Cómo puede estar tan segura?

—Nando acostumbra a venir un par de días a la semana, o tres incluso. Y ayer se pasó.

—¿Hizo o dijo algo fuera de lo común o habitual?

—No..., él no... No entiendo a qué se refiere.

Bosch responde.

—Si notó algo extraño en él. Algo que le hiciese pensar que estaba preocupado, nervioso o con la cabeza en otro lugar. ¿Qué hizo?

—Pues no. —Isabel Ragàs no para de frotarse los dedos de las manos y le está contagiando el nerviosismo a Irina—. Entró en la cocina y ayudó a rellenar algunos platos cuando empezamos el servicio. Estuvo un rato y... luego se marchó.

—¿A qué hora fue eso?

—Llegó por la tarde, sobre las seis y media, y antes de las ocho ya se había ido.

—¿Cómo está tan segura?

—Es lo habitual en él. Ya le he dicho que acostumbra a venir y... nos gusta tenerlo por aquí ayudando. —Carraspea otra vez—. Es muy querido.

—¿Es posible que alguien le tuviera algún rencor, enfado?

—No creo... Nando es muy amable con todos.

—¿Y a sus padres?

—Menos aún… Eran unos ancianos adorables y queridísimos. —Sonríe. Los labios le tiemblan y sus ojos se han enrojecido—. Eran ellos los que aportaban el dinero y medios necesarios para que podamos seguir con nuestra labor. Eh, ¿no creerán que le han hecho algo?

—¿Qué le hace pensar eso?

—Usted me ha preguntado si alguien le guardaba rencor…

—Así es y, de momento, no hemos podido localizar su paradero.

—¡Por Dios! —exclama—, ¿le han asesinado?

—Especular es nuestro trabajo, Isabel. No se preocupe por ahora.

—Si no tienen más preguntas…, tengo trabajo por hacer y los primeros sin techo empiezan a llegar. —Un golpe de la brisa helada de fuera entra por la puerta. El hombre cubierto de trapos se queda dubitativo al ver a los inspectores.

—Bienvenido, Jaime. —Isabel saluda y se levanta de la silla—. Toma asiento. Enseguida te servimos algo calentito.

El hombre anda hasta la mesa en la otra punta del local sin perder de vista a Pons y Bosch, que también se han levantado.

—Si no tienen más preguntas…

Irina se fija en que el tono de la mujer ha regresado a una expresión más aguda.

—Por el momento, está bien, Isabel. —Irina le tiende una tarjeta—. Llámenos si recuerda algún dato que nos pueda ser de ayuda.

—Por supuesto. Lo haré. Ahora si me disculpan.

—Una cosa más. —Isabel se gira sorprendida—. Cuando pueda, pásese por comisaría. Nos gustaría tener su declaración oficial.

Asiente.

Sentados de nuevo en el coche; Bosch al volante e Irina de copiloto. Esta sonríe ante el alboroto que se ha montado fuera.

—Madre mía —aporta Bosch oteando la multitud—. Lo rápido que corre la curiosidad.

—No nos irá mal un poco de espectáculo, Bosch. Y menos con la actitud de Isabel Ragàs.

—Tú también te has dado cuenta de lo nerviosa que estaba, ¿eh?

—Es algo más. No he terminado de creerme ese papelón de que los Ayats, padres e hijo, fuesen tan buenos y queridos.

—Algo forzada sí que la he visto.

—Diría que es más que eso, Bosch. No lo sé.

—¿Y qué hacemos mientras?

—Presionar y ver qué ocurre. —Lo mira y sonríe—. Haz que vengan un par de agentes al centro. Quiero tener identificados a todos los empleados y colaboradores, así como a los que acudan a los servicios.

—Eso asustará a muchos.

—Tienes razón. Que no vengan con el uniforme. De paisano y con discreción. En lugar de estar fuera que hagan guardia en el interior.

—Me da que a Isabel Ragàs no le va a gustar.

—Que se niegue si quiere. Menos le va a gustar que la acusemos de obstrucción policial.

—Entendido. ¿A dónde vamos ahora?

—Te diría que me llevases a casa, pero luego tendrías que irte con mi coche.

—O me pido un taxi. Por mí no hay problema. Ya lo sabes.

El teléfono de Irina se ilumina con el nombre «Culebras» y dos opciones. Rojo y verde.

—¡Mierda!

—¿Qué ocurre?

—Es el comisario. Me había olvidado de que quería hablar conmigo sobre el caso.

—Será mejor que lo cojas —sugiere Bosch poniéndose la mano en el rostro.

Irina le da al verde.

—Señor...

Se calla.

—Bien. Hasta ahora.

—¿Qué? ¿Es grave?

—Nada de ir a casa aún. Me espera en comisaría.

Bosch pone la marcha y se incorpora al tráfico.

13

Irina deja la chaqueta en la silla de su mesa en la sala del caso, en comisaría, y va al despacho de Eduardo Culebras, que ha salido a esperarla apoyado en la puerta.

—¡Pons! —grita—. ¡Es para hoy!

Ella maldice para sus adentros y se cuela en el interior del cubículo. La temperatura allí es más elevada que en el resto del edificio.

—¡Tome asiento! —Irina obedece, intrigada—. ¿Se puede saber a qué juega?

—Disculpe, señor. No comprendo a qué se refiere.

—No, no, claro. Poner agentes a hacer el trabajo de vigilantes e incordiar y acusar a miembros respetables de la comarca sin prueba alguna en su contra es del todo comprensible.

—Supongo que se refiere al reverendo Hipólito Casellas, a la directora de Rocanegra o, quizá, a Isabel Ragàs, pero...

—¿Ha dicho Ragàs?

—Sí. —Irina hace una pausa y se arrepiente cuando ve que el comisario tuerce el rostro.

—¿Y puede decirme por qué demonios ha puesto vigilancia en el comedor social?

—Verá, señor. Aún no he tenido tiempo para informarle en condiciones y...

—¡Déjese de chorradas, Pons! Ya he tenido que cancelar mis planes en Málaga, y ahora como me joda los actos de Fin de Año con los diplomáticos... En fin, dígame, ¿qué tiene en contra de Isabel Ragàs?

—Es un pálpito, señor. Se ha puesto muy nerviosa cuando le hemos preguntado acerca de la relación del desaparecido Fernando Ayats con el comedor y con ella.

—Pero ¿tiene algo que apunte hacia ella o hacia el local?

—Aparte de los donativos y su colaboración...

—¡Nada! —grita de nuevo—. ¡No tiene nada! ¿O es que ahora serán sospechosos de algo aquellos que han colaborado desinteresadamente con alguna ONG?

—Solo intento tirar de los hilos para ver si nos lleva a algún sitio.

—Pues no tire tanto de hilos tontos y céntrese en lo que importa.

—¿Como guardar las apariencias?

—¿Qué está insinuando, Pons?

—Nada, señor. —Se muerde la lengua. No quiere que la aparten del caso ni que la cesen por indisciplinada. ¿Qué ejemplo sería para sus hijas? Opta por esconder el rabo entre las piernas—. Solo pienso que si alguien se molesta tanto es porque quizá tenga algo que ocultar.

—Lo que me jode es que tenga que enterarme de las novedades por ese tal Martínez de la prensa local y no por usted. Y sí, Magnolia Mortz es una respetable miembro de la comarca que ha hecho una gran labor durante décadas. Y si ella se siente molesta, también me jode a mí.

—Ese maldito periodista de pacotilla debe de tener una

fuente muy cercana, señor. —Extiende un brazo—. Quizá a alguno de esos agentes se le va más la lengua que la lealtad.

—¿Me está sugiriendo una auditoría interna?

—Eso es decisión suya, señor. —«¿Por qué le estoy hablando así al comisario? —piensa—. Estoy cavando mi propia tumba»—. Si me permite una sugerencia.

Se calla.

—Adelante, Pons. No se detenga.

—Creo que si queremos mantener a Mateo Martínez a raya, lo suyo sería darle lo que no quiere. Él busca ser el primero en sacar la noticia. Podríamos arrebatarle ese placer.

—Una rueda de prensa no es una mala idea, Pons.

—Si usted les proporciona la información justa y precisa, y les mantiene al día, a Martínez lo jodemos y calmamos el miedo colectivo.

El comisario asiente, pone su mano en el mentón y la mira.

—Bien pensado, Pons. Vaya a casa y téngame informado de cualquier novedad.

14

«A casa. Qué más quisiera que poder irme a casa», piensa Irina cuando aparca el coche en «la casa de los muertos». Así es como se conoce a la morgue de Juan Pérez.

Un edificio construido en madera y acero con grandes ventanales que desentona con las casas de ladrillo que están alrededor. Y que, en el sótano, esconde una morgue de alto nivel con la mejor y más puntera tecnología.

Toca el timbre y, automáticamente, se le eriza el vello de los brazos.

Tras unos instantes que son eternos, la puerta se abre.

—Mi querida inspectora —saluda Juan.

—Pérez…, no juegues conmigo, que estoy teniendo un día de perros. —Se cuela dentro—. ¿Tienes algo para mí?

—Si el tuyo es de perros, el mío es de perros muertos. Por el amor de Dios. Y no he podido esperarte, Irina. Me pillas in fraganti.

Incluso con la cabeza cubierta por el gorro y la bata por delante, Pérez tiene un porte señorial, casi como los de la *jet set* o un príncipe de la realeza.

—Me ha sido imposible venir antes. Lo siento, Juan.

—No te preocupes. Hemos estado casi todo el día divididos entre el monasterio y la residencia Ayats. El levantamiento de los cadáveres no ha sido nada rápido. Ven, vamos.

Juan Pérez la conduce a una puerta central que, tras unas escaleras bastante empinadas, dan a un sótano adaptado a su trabajo. El olor antiséptico, en un intento de esconder el hedor a muerte, inunda las fosas nasales de Irina. Algo que no sirve para nada. «Hoy no me quito el olor ni con una ducha de hora y media», se dice.

Allí, Juan le señala el equipo de protección: gorro, mono de cuerpo entero, calzas para los pies, una mascarilla y unas gafas.

—Hace dos horas que han traído los cuerpos —dice Juan mientras se va colocando los elementos del equipo que le faltan—. Hemos estado buscando muestras en los dos escenarios. Es muy interesante.

—Suéltalo —exige con la voz amortiguada por la mascarilla y la protección ocular empañada.

—He dicho «buscando» porque no hemos hallado nada fuera de lo común.

—¿Cómo dices?

Pasan una cortina de tiras de plástico grueso y, enfrente, encima de dos mesas de aluminio y a unos diez grados menos, los cadáveres de los ancianos aguardan la exhaustiva exploración de Pérez.

—En ambos escenarios, aunque diferentes en cuanto a ejecución, no hay evidencias ni signos externos.

—En cristiano, Pérez. Ni te atrevas a usar tecnicismos conmigo.

La mira y levanta las cejas.

—En el monasterio, por ejemplo, no hay rastro de fibras, pelos ni materiales extraños que puedan indicarnos la dirección que tomar. Salvo el dibujo de una pequeña mariposa en la puerta del templo. Aunque no parece importante. Y en la residencia, a pesar de la violencia con la que se ha ejecutado al anciano, todo está limpio, excepto, también, por una pequeña mariposa dibujada en el marco de la puerta. Extraño, pero sin significado aparente.

—¿Cómo es eso posible? Yo he visto la sangre en los cuadros, en el techo...

—Verás. —Juan se pone frente a la anciana, que desprende un olor tan desagradable que hace arrugar la nariz a Irina—. El cuerpo de Catalina no tiene un solo moratón —le gira ligeramente la cabeza—, ni siquiera en el cuello, los hombros o aquí —señala—, ni en el pecho ni en la espalda.

—Nadie la agarró a la fuerza —añade Irina.

—Cierto. Demuestra que, o bien la cogieron tan por sorpresa que ella no pudo reaccionar ni defenderse, o bien, creo yo, ella se entregó al asesino a sabiendas de que no le quedaba otra posibilidad.

—¿Entregarse al asesino? Eso significaría que...

—Sí, que lo conocía. Y, antes de que me digas nada o repliques, he comprobado los guantes para el frío por si había algún rastro de ADN que pudiera servir para identificar al agresor. ¿Y sabes qué?

—No lo hay.

—Exacto. Catalina murió del corte en la garganta que, como bien aventuré en su momento, ejecutó alguien de forma precisa y sin titubeos. No te puedo comentar mucho más. Apuesto a que se realizó con un cuchillo de grandes dimensiones, quizá uno de carnicero, o con un hacha pequeña, de unos veintidós centímetros y en un solo corte.

—¿Quién podría querer muerta a esta mujer?

—Ese es tu trabajo, Irina.

—Así pues, ¿podemos centrar la búsqueda en un varón?

—Por las huellas, diría que sí. Aunque, por el corte en el cuello, podría haberlo hecho cualquiera con la maña y el conocimiento adecuados.

—¿Es posible que el hijo…?

—No te lo puedo confirmar. Incluso si hubiera restos de él en el cuerpo o en la ropa, no te serviría de mucho. Es su hijo. Sería algo normal.

Irina siente el hedor pegado a su garganta y lucha para evitar que el contenido de su estómago salga disparado.

—Has dicho que también era interesante. ¿A qué te referías?

—Veamos primero al marido. —Se gira y aparta la sábana que cubre a Dionisio—. A primera vista, parece realizado por una persona diferente. El hombre, que conocía al agresor, igual que Catalina, o como mínimo le abrió la puerta o le sorprendió dentro…

—Muchas suposiciones.

—Lo hago para que te emociones un poco, Irina. Parece que no has ido de vientre en una semana.

—Será que no me apetecen nada este tipo de sucesos. Pero tú no te cortes, Juan. Sigue con tu perorata.

—El cuerpo presenta un total de treinta y cuatro puñaladas. Una de las primeras le perforó un pulmón, luego, le seccionó la médula espinal a la altura de las cervicales. Después, nuestro hombre descargó el resto de las puñaladas hasta que se hartó o se cansó. Con lo cual, el ensañamiento nos sugiere una rabia profunda hacia la víctima y un deseo de que sufriera.

—Por Dios. Si es un anciano…

—Para nosotros, sí. Para el asesino está claro que era algo más.

Hace una pausa con un segundo de silencio antes de reanudar la explicación.

—Murió por ahogamiento. Tiene los pulmones encharcados en sangre. Y el corte de la columna me hace pensar que le cortó la sensibilidad, así fue como entonces se precipitó al suelo, incapaz de moverse y no sintió más que los primeros pinchazos.

—¿Lo interesante...?

—Después.

Irina pone los ojos en blanco.

—Tras la descarga, nuestro asesino lo agarró de la frente, la echó para atrás ayudándose con un pie en la espalda, tiene una huella bien definida en ella, y lo degolló, terminando por desangrar al anciano en pocos minutos. Y... ahora sí.

—Suéltalo de una vez —dice Irina con el contenido de su estómago luchando por salir de un momento a otro.

—Te podría confirmar casi en el acto que se usó el mismo cuchillo en ambos cuerpos. Ya no por el tamaño de este, sino porque encontré muestras de sangre diferente que ya están procesando los técnicos de laboratorio, pero... me tomé la libertad de realizar un test rápido de grupo y Rh, y los resultados concuerdan con los de la mujer.

—¿Alguna muestra más que podamos cotejar?

—No. Aparte de esto nada más.

—Mierda.

—Ah, una cosa más une a los dos crímenes. Las botas.

—Sí, ya. Tengo a Rayo siguiendo ese hilo.

—Sí, sí. Pero no por la marca ni el modelo, ni siquiera por el número. Al inspeccionar más de cerca la huella que dejó la suela en la espalda del señor Dionisio Ayats, vi que las botas tienen un..., llamémosle, dibujo.

Juan Pérez le señala el lugar e Irina casi no puede aguantar más la arcada.

—Es... ¿una mariposa?

—Exacto, Irina. Por Dios. Lo que me costó a mí distinguir qué era. Mira. —Da la vuelta y coge un papel de la mesa metálica—. Tuve que dibujarlo aquí como si fuera una calcomanía. Pensé que no podía ser una marca cualquiera.

—¿Y por qué una mariposa? No lo entiendo.

—Yo tampoco te puedo ayudar en esto, Irina. Si habláramos de un tatuaje, sería diferente, pero un dibujo en la suela de un zapato… no lo he visto nunca.

El cuerpo emite un sonido gutural y el ambiente se llena aún más del hedor fétido a descomposición.

Juan Pérez se da cuenta de que Irina ha perdido tres grados de color en el rostro. Agarra un cubo y se lo pasa. Ella lo coge y tiene tiempo para girarse antes de que se vacíe por completo su estómago.

15

Cuando llega a casa es negra noche a pesar de que son las siete y media. El frío exterior ya es acusado y solo imagina el calor de la cama.

Mira a ambos lados de la calle y las luces tintineantes de colores le revuelven las tripas. Odia las Navidades, el Fin de Año... Si no fuera por las niñas... Aunque ellas ya son mayores y les da bastante igual.

Abre la puerta principal y la asalta un olor a comida que le hace rugir el estómago.

—Mamá. —El rostro de Sara se asoma por la puerta de la cocina—. Llegas «casi» justo a tiempo.

Irina cuelga la chaqueta en el gancho de la pared y se cambia las botas húmedas por unas zapatillas más cómodas. Luego, se va directa a la cocina.

—Qué bien huele. —Una bandeja de asado con verduras descansa en la encimera.

—La abuela ha dicho que hoy no podemos cenar solo un sándwich.

La frase le ha contraído el pecho.

—Ya sabes, cariño —le dice Elvira a su hija—, hay que

tener contento al estómago para poder reflejarlo por fuera.

—Gracias, mamá —le agradece Irina—. No tenías por qué hacerlo.

—No empecemos. —Sube un tono la voz, la mira y su semblante cambia—. Por todos los santos, hija. Qué cara me traes. ¿Te ocurre algo? ¿Te encuentras mal?

—Solo estoy cansada —miente. «Le daría un trago largo a ese coñac», piensa. Pero no lo hará, no con ellas delante—. Nada más.

—Date una ducha rápida —le ordena Elvira—. Tienes media hora para mejorar esa cara.

Antes de dejar la cocina ve como su madre agarra la botella de coñac, lo vierte encima del asado y las verduras e introduce la bandeja en el horno.

—¿Y Laura? ¿Dónde está?

—¿Dónde va a estar? —responde Sara poniendo cara de asco—. Encerrada en su habitación.

Irina sube y, antes de ir a la ducha, da un par de golpes a la puerta de Laura.

Nada.

Dos golpecitos más.

Nada.

Agarra el pomo, lo gira y abre cuatro centímetros.

Laura cierra el portátil, se quita los cascos y se yergue en la cama.

—¡Qué haces, mamá! —grita.

—Quería ver cómo estabas.

—Estoy bien.

—¿Has salido hoy?

—¿Para qué? Aquí estoy bien.

«No. No lo estás», piensa.

—Voy a darme una ducha.

—Bien. Cierra la puerta.

—¿Vendrás a cenar?

—No tengo hambre.

—Por favor, Laura —suplica Irina con ojos de corderito—. La abuela está haciendo asado con verduras.

—Cierra la puerta, mamá.

Fin de la conversación.

Tras la cena, a la cual Laura finalmente asiste sin llegar a mantener una conversación más allá de los monosílabos, Irina y su madre recogen y friegan mientras las chicas se van a sus respectivas habitaciones.

—¿Así que el caso de los Ayats te lo han asignado a ti? —pregunta Elvira.

—Sí, es una bienvenida de lo más calurosa.

—Pero te irá bien trabajar, distraer la mente.

—¿Investigando el asesinato de dos ancianos? ¿En serio, mamá?

—No lo digo por eso. Es espantoso lo que les han hecho. Si son casi de mi edad.

—No exageres. Eres más joven.

—Te acepto el piropo, Irina. Lástima de esa sonrisita que se te escapa.

—¿Tú los conocías?

—No en persona, pero sé quiénes son.

—¿Y crees que alguien podría querer hacerles daño?

—Por Dios, no.

—¿Y su hijo?

—A Fernando sí que lo había visto más por el barrio. ¿Por? ¿No pensaréis que tiene algo que ver con lo ocurrido?

—No podemos descartar ninguna hipótesis todavía.

—«¿Hasta dónde puedo contarle? —piensa—. Quizá esté contando demasiado»—. Pero…

Elvira se mantiene callada y a la expectativa.

—Ha desaparecido.

—Por Dios. Pobre hombre.

—¿Pobre hombre?

—Claro, hija. ¿Y si lo tienen retenido o está tirado en algún lugar?

«No lo había pensado».

—Él es la única conexión que tenemos con los dos crímenes. Y hasta que no aparezca… todo son hipótesis.

—Fernando es un buen chico. A pesar de que…

—¿De qué, mamá?

—Cuando era joven, los otros chicos se metían con él. Eran crueles. Siempre con sus bromitas y esas cosas. Ahora se vigila más, pero antes no. Cuando tenía siete años, intentó suicidarse.

—¿Qué dices? En su historial no aparece nada de esto.

—No sé de qué te extrañas, Irina. Antes no se llevaban unos controles tan precisos con los jóvenes y sus problemas. Además, su familia lo debió de callar con dinero. No creo ni que ellos sepan cuánto tienen.

—¿Qué más sabes tú? ¿Qué ocurrió con Fernando?

—Dijeron que algunos de los otros niños estuvieron a punto de estrangularlo, que tenía marcas en forma de dedos en el cuello.

—Entonces es un intento de asesinato, no un intento de suicidio.

—Déjame acabar, Irina. —Elvira abre las palmas de sus manos como reteniendo una fuerza invisible.

—Adelante, mamá. Disculpa.

—Ese día, Fernando regresó a su casa llorando. Sus padres no estaban. Creo que dijeron que estuvieron en un acto de esos que hacen los ricos. Cuando llegaron a casa, el agua inundaba el recibidor. Los Ayats se asustaron, pensando que había una fuga o que se había roto una cañería. Dionisio llamó al servicio para que mandara de inmediato a un fontanero, pero Catalina subió por las escaleras que parecían cataratas rosadas. Siguió el agua hasta el baño principal donde Fernando yacía en la bañera con las aguas de un tono más rojizo.

—¿Y cómo sabes tú todo esto?

—Tu padre, por aquel entonces, era amigo del mozo de los Ayats. Él fue el que se lo contó.

«Hay tanto que no sé de papá», se dijo.

—Sigue, mamá. ¿Qué sucedió después?

—Salvaron al chico de milagro. Enseguida llegó Magnolia Mortz con una enfermera y un médico y le atendieron.

—¿Magnolia Mortz? ¿De Rocanegra?

—La misma. Ella aconsejó ingresar a Fernando en el orfanato para poder ayudarlo en su recuperación y sanar su debilitada mente. Y así lo hicieron. Dijeron a todos que Fernando se había marchado a un colegio privado en París y ya nadie volvió a preguntar.

Irina se lamenta de no haber hablado con su madre antes. Los ancianos de Los Álamos quizá también sepan alguna cosa. «Debo encontrar al mozo o cualquier persona que trabajara en casa de los Ayats», se dice.

—¿Cuánto tiempo estuvo allí encerrado?

—Uf…, mucho, cariño. No le vimos más hasta que llegó siendo ya un hombre. Un hombre simpático, guapo, caballeroso… Sanaron su mente por completo. Desde luego que sí.

—¿Sabes si el mozo de los Ayats sigue vivo, mamá?

—No creo, cariño. Como mucho podrías mirar en la resi-

94

dencia de ancianos si queda algún empleado. Pero ya te digo que es difícil; estarían muy mayores y sus mentes... no serían para nada las más conscientes.

—Lo investigaré. Muchas gracias, mamá.

Elvira cambia el semblante y su seriedad pone nerviosa a Irina.

—¿Qué ocurre? —le pregunta.

—Tienes que avanzar —responde Elvira.

Irina no quiere entrar en ese tema. No ahora.

—Ya lo hago. A mi manera.

—Tus hijas te necesitan y yo no voy a vivir para siempre.

«No empieces».

—Son unas fechas complicadas de llevar y...

—¿Debo hacer como tú, mamá? —Se arrepiente en el momento en que la pregunta sale de su boca.

—Sigues pensando que no tengo el alma desgarrada. ¿Te gustaría verme destrozada?

—No, mamá. Discúlpame. No quería... Está siendo un día muy duro.

—No te excuses con el trabajo. Sé muy bien cómo te sientes. Al igual que sé que solo tú puedes dejarlo ir y pasar página.

—No quiero discutir, mamá.

—Ni yo. Me voy.

—¿Te llevo?

—No. Me irá bien un paseo.

16

El hombre abre los ojos. No ve nada excepto la oscuridad. Sus ojos no están vendados. Es algo que tiene en la cabeza. ¿Quizá un saco? Las manos atadas a la espalda le impiden comprobarlo.

Tiene el cuerpo adolorido. Las articulaciones se le quejan y los músculos entumecidos le dan sacudidas espasmódicas.

Siente el frío en los huesos. La humedad se le clava como diminutos alfileres en la piel que penetran hasta el tuétano de sus huesos. El suelo rugoso parece cemento bajo sus pies y piernas.

Se incorpora sobre las rodillas. Tirita de frío. Está desnudo. O eso le parece por cómo percibe el frío y el tacto. Sí, lo está. Las tripas le rugen. ¿Cuánto hace que no come? ¿Qué hora es? ¿Lo habrán echado de menos ya?

Llora.

Las lágrimas resbalan por sus mejillas y las siente calientes. Agradables. Tiene que orinar. Y no quiere hacérselo encima.

—¿Hola? —Su voz es un susurro. Un lamento de miedo. Miedo a que le respondan. Miedo a que no le respondan.

»Por favor... —suplica.

Su vejiga no puede aguantar más y se relaja. El esfínter deja salir la orina a borbotones. Las piernas y los pies reciben el líquido con alegría. Es agradable, calentito, casi demasiado, y un placer que nunca antes había experimentado como tal.

Sigue llorando.

¿Cómo ha llegado a esta situación?

¿Quién le estará haciendo esto?

Pum. Pum. Pum.

Los sollozos cesan.

¿Son pasos? ¿De dónde proceden?

El hombre gira la cabeza a un lado y a otro. No ve nada. El saco es grueso, pesado.

Pum. Pum. Pum.

Lo oye arriba.

Los pasos se detienen.

Una llave que se introduce en un cerrojo. Gira. Y gira otra vez. El sonido llega a molestarle en los oídos.

Una luz aparece a un lado, pero el hombre solo distingue cuadraditos oscuros. No ve más.

Pum. Pum. Pum.

Pasos de nuevo. Ahora de donde procede la luz. Una sombra se dibuja en los cuadraditos.

Y se detiene.

—¿Ho-la? —susurra.

—¿Cómo te sientes? —La voz corta el aire y se le clava en el pecho.

—Po-po-por favor… Le daré lo que me pida.

El hombre entre las sombras se ríe. No es una risa de diversión. Es como… una carcajada maligna.

—Solo hay una cosa que quiero de ti.

Está tan aterrado que no puede pensar con claridad.

—Lo que sea, señor. Le daré lo que sea.

Entonces, la sombra se acerca mucho a él. Tanto que puede sentir su aliento en la nuca. Caliente. Agradable. ¿Cómo puede parecerle agradable? Ese hombre lo tiene desnudo, atado y encerrado. Nada bueno puede sacar de ello. Pero su respiración sigue pareciéndole agradable, excitante. ¿Puede que se trate de algún juego sexual? Siente que algo le recorre el torso. ¿Le está tocando? ¿El hombre-sombra le está acariciando?

«Sí. Es un juego sexual», piensa.

No le gusta, pero quizá luego se ría también.

Siente el cosquilleo en su pene, que reacciona y se le pone duro.

—Lo que sea, señor —repite con un tono tan juguetón como puede—. Sus deseos son órdenes para mí.

17

ANTES

Marzo de 1993

Era de noche cuando oyeron los pasos que se acercaban.

—Ya viene —se lamentó el niño más pequeño.

—Lo sé. —Lo apretujó y subió la sábana hasta cubrirlo por encima de la nariz—. Hazte el dormido.

Él era el mayor, y su misión, protegerlos. No sabía cómo, pero por lo menos iba a intentarlo. Ya perdió en una ocasión, y ahora no quería que se repitiera de nuevo.

Se metió en su cama y apretó en su mano el tronco que había logrado esconder por la tarde. ¿Qué pensaba hacer? En cuanto entrara y se despistase un instante, plas, un golpe certero en el cogote y se desplomaría en el suelo. Luego, ellos podrían escapar de aquella prisión.

¿A dónde irían?

A por él. A rescatarlo. Y luego, cualquier lugar sería aceptable y mejor que aquello.

El cerrojo tronó en la habitación. Y las bisagras chirriaron cuando se abrió la puerta.

Los cuatro chavales cerraron los ojos. Demasiado apretados para aparentar un sueño profundo y engañar si los miraba de cerca.

Sus oídos escudriñaban el ambiente como ratas hambrientas que olfatean el siguiente bocado.

Un paso.

Luego otro.

¿A quién le tocaba hoy?

Un sollozo cortó la calma.

El más chico de ellos permanecía callado, asombrosamente silencioso, incluso para él. Entonces ¿quién estaba llorando?

El mayor apretó los dientes igual de fuerte que su mano agarraba el tronco. Debía ser valiente. Tragarse el miedo. Por ellos.

Aflojó la presión de sus párpados y dejó que la oscuridad le revelara dónde estaba él. No lo veía. ¿Acaso no estaba allí? ¿Acaso se había marchado ya? No. Imposible. Estaba seguro de que sí, lo había oído.

De golpe sintió como su aliento lo paralizaba. Luego, quizá solo un segundo después, pero tan eterno como una vida entera, vio la silueta del hombre dibujándose encima de él.

El chico dejó de respirar.

Rezó. A pesar de que no creía en Dios, rezó igualmente. ¿Lo había visto mirándolo? No, sus párpados ni siquiera llegaron a separarse. Menos lo habría visto el hombre.

Pero era listo. Sabía muchas cosas. Y siempre los pillaba cuando intentaban algo.

El chico se tensó y peleó con el hombre. Apartaba la sábana y se lanzaba encima. Un golpe tras otro. Uno tras otro. Y otro. Y otro. Pero era su mente la que combatía, de igual manera que lo inmovilizaba en la cama sin poder hacer nada.

—Hoy estás de suerte —le susurró el hombre al oído con un filo de voz casi inaudible—. Descansa, grandullón.

¿Le había hablado a él? Sí. No era ningún sueño. Ojalá fuese una pesadilla. Pero era real.

El hombre se alejó.

Luego… lamentos amortiguados.

¿A quién se estaba llevando?

Los pasos se alejaron.

Los lamentos también.

Luego el portazo.

Y el silencio.

—Se-lo-ha-lle-va-do —sollozó el pequeño.

—Mierda. —Apartó la sábana y se puso en pie sin soltar el tronco—. Tenemos que hacer algo.

Los chavales negaron en sus catres.

—¿Y qué hacemos? Yo tengo mucho miedo. No puedo.

—Yo tampoco…

Ni siquiera él, que era el de más edad, había podido hacer nada.

—No ha cerrado con llave.

—¿Qué dices? —preguntó el mayor.

—Que no ha cerrado con llave. Está abierto.

¿Era eso cierto?

Había escuchado los lamentos, los pasos y el portazo. Sí. Pero no el cerrojo al dar vueltas con la llave.

—Es nuestra oportunidad —dijo—. Vámonos.

DÍA DOS

30 de diciembre de 2023

18

AHORA

Son las cinco de la mañana y aún no ha pegado ojo. Apenas un par de cabezadas sentada en el viejo sillón, mientras la mirada se le perdía en la luz proyectada por la farola de la calle.

Desde que su madre le habló de la conexión entre el hijo de los Ayats y el orfanato, se le clavó una espina en el alma y no ha dejado de rozarle. Estaba convencida de que Magnolia Mortz le había ocultado información y quizá hubiera algo más si rascaba la superficie. Tenía que averiguar qué era.

Irina mira el reloj. Sabe que su mente no la dejará dormir nada, como siempre, así que se pone el chándal, unas deportivas viejas y sale a la calle. Correr le permitirá pensar con más claridad en sus siguientes movimientos.

Le gusta salir a correr a estas horas, cuando todos duermen. Siempre ha tenido la impresión de que no existe nadie más aparte de ella. Cuando Daniel y Abel desaparecieron de su vida, fue incapaz de hacerlo. Unas semanas después se convirtió en una terapia. Salía sin un rumbo fijo. Sus pies. La calle. «Corre. No te detengas», se decía. En esos momentos podía llorar con la seguridad de que el viento se llevaría sus lágrimas. Quizá al cielo. Quizá junto a ellos.

Había sufrido tanto de ese dolor invisible que todos creen comprender y se ven capaces de aconsejar. «Todo pasará —le decían—. El tiempo lo cura todo».

Y una mierda.

El tiempo jamás cura las heridas de un corazón roto. Jamás se cierra la lesión. La pérdida. El amor. Las palabras que quedaron sin decir. Cuánto lamento.

Y ahora Irina llora.

Aumenta la velocidad. El corazón le galopa veloz.

«¿Dan? —pregunta—. Dime que estás aquí. Dime que no me has dejado. Ayúdame a encontrar a Abel».

Es hora de visitar a Bibiana, su amiga y psiquiatra. La había ayudado y aconsejado, pero lo que Irina piensa en ese momento es en las pastillas que la tranquilizan lo suficiente como para dormir unas horas del tirón.

Sí. Hoy, en cuanto salga el sol, iré a verla. Hace semanas que no se ven. ¿Están peleadas? No. Simplemente, cada una hace su vida y el tiempo pasa veloz como las farolas al lado de Irina.

Dobla la esquina y ve el bloque de pisos, modernos y relucientes en la oscura y helada noche, y se detiene. Pone sus manos en las rodillas, encorvada ligeramente y calmando su respiración, sin apartar la vista del piso superior.

Su mente duda.

«¿Subo o no?».

Decide subir. Y lo hace por las escaleras.

En la puerta, no toca el timbre. No quiere alertar a los vecinos. Llama con tres golpecitos con los nudillos.

En poco menos de un minuto, la puerta se abre.

—¿Irina? ¿Qué haces aquí? ¿Qué ocurre?

Bosch tiene los ojos aún entornados. Lleva unos pantaloncitos de pijama sin nada más. Irina se muerde el interior del labio y la mejilla sin apartar la vista del torso desnudo y velludo. Quiere saltarle encima.

—¿Te apetece tomar algo?

—¿A estas horas? —Se revuelve el pelo con una mano y eso hace arder un poco más a Irina, que ya está entrando en el piso—. Pasa, pasa.

Bosch no ha tenido tiempo de apartarse e Irina se roza adrede con él.

—No podía dormir y he salido a correr —dice ella, coqueta—. Será mejor que te pongas algo encima, Bosch. Pareces el chico cañón de un anuncio de ropa interior.

Bosch se pierde hacia su habitación mientras Irina se sienta a la mesa de la cocina. Cuando él vuelve, se ha puesto una camiseta de tirantes estrecha que aumenta su atractivo.

—¿Qué te apetece? —pregunta él.

—Lo más fuerte que tengas. —Sus ojos le recorren entero.

Bosch saca un vaso ancho, una botella de whisky y vierte dos dedos en él.

—¿Hielo?

—No, gracias.

—Suéltalo —ordena Bosch e Irina casi se atraganta.

—¿Qué?

—Que lo sueltes. ¿En qué estás pensando?

«Si lo supieras. Oh, Bosch, te saltaría encima ahora mismo y no te soltaría hasta que saliera el sol».

No lo dice.

—Mi madre es la culpable. Debemos apretar un poco más a Mortz. Esa mujer sabe algo y descubriré qué oculta.

—¿La directora del orfanato?

—La misma.

—Pensaba que el comisario te había dicho que te alejaras de ella.

—¿Y desde cuándo le hago caso? —se burla. Luego, da otro buche y se termina el whisky—. Fernando Ayats estuvo ingresado en el orfanato.

—¿En serio? ¿Cómo lo has averiguado?

—La vieja de mi familia, Bosch. Debemos interrogar a los residentes del geriátrico. Quizá puedan aportar algo interesante a la investigación.

—Muchos de esos ancianos están seniles... Dudo que sea muy fiable escuchar sus historias. Y menos aún que las acepte un juez.

—Por eso mismo se lo encargaré a Hernán y Arenas. —Se ríe maliciosa.

—No les va a gustar.

—Ni a mí me gusta sentirme así.

«Mierda, ¿qué he dicho?».

—Y ¿cómo te sientes? —pregunta él.

Irina se muerde la lengua antes de que salgan las palabras. «Vacía, Bosch. Me siento vacía y helada. Y necesito que me des calor. Te necesito».

Se las traga, y en su lugar escupe:

—¿Acaso te crees mi puto psicólogo, Bosch?

—No, claro. Pero sabes que puedes contar conmigo. Para lo que necesites.

«Necesito meterme en tu cama. Ahora mismo».

—Necesito que espabiles. A las ocho, reunión de equipo.

Irina se levanta y se dirige a la puerta.

—¿Quieres que te lleve a casa con el coche? No me molesta.

—Me irá bien un poco de ejercicio.

—Está bien.

Bosch se queda apoyado en el marco de la puerta con los brazos cruzados y observa a Irina bajar las escaleras de dos en dos. No le gusta verla así de nerviosa. Y, aunque ella lo intente esconder, sigue sin estar bien del todo. Pero ¿qué puede hacer? ¿Qué más puede hacer? Es una mujer terca y orgullosa, no reconoce que necesita ayuda, y... ¿está bebiendo otra vez? Esto ya es más grave.

Cierra la puerta y se va a la ventana. Ella se aleja a paso ligero en el paisaje oscuro y blanco. Noche y nieve.

Da media vuelta, se quita la ropa y se mete en la ducha. Ya no podrá dormir. Irina lo ha desvelado.

El agua, casi ardiente, le enrojece la piel.

—¿A qué juegas, Irina? —pregunta al aire—. ¿A qué coño juegas?

Da un puñetazo a los azulejos. Luego, se mete el puño en la boca y muerde.

Debe centrar su atención en el caso. Solo en el caso. Nada más. Si Irina le necesita, estará allí para ayudarla en lo que sea. Ella ya lo sabe.

19

Inmediatamente después de llegar a casa, Irina se siente un poco mejor. Correr la mantiene despierta, pero ir a casa de Bosch ha sido una insensatez. Sabe que no buscaba la copa. Necesitaba hablar con él, verlo, aunque fuera un instante. Sí, en ocasiones la saca de quicio con su positivismo, pero verle sin ropa... Por Dios, es una tentación del diablo servida en bandeja de oro.

Se mete en la ducha y deja que el agua se lleve el sudor y los pensamientos de ella y Bosch. Luego, baja a la cocina y se prepara unas tostadas con mermelada y unos huevos revueltos.

Las chicas aún dormirán. Quizá un par de horas más. La casa está silenciosa y unos grados por debajo de lo confortable. Ahora ya no la necesitan como antes. Y, aunque fuera así, las ha dejado solas tanto tiempo... que se han visto obligadas a madurar.

Irina sube un pie en la silla y coge el móvil mientras le da un bocado a la tostada. Revisa los correos electrónicos. Tiene uno de Pérez y otro de Rayo.

Rayo estaba con el seguimiento de las donaciones, y Pérez

debe de haberle enviado el informe completo de las autopsias.

Abre el de Rayo.

Inspectora,

Le adjunto el listado completo de las donaciones que Ayats hijo realizó a Rocanegra. Verá que las cuantías son más que generosas, yo me atrevería a decir que demasiado elevadas. Lo dejo a su criterio.

También dispone del número de las cuentas a las que se realizó dicho pago, fecha y destino. Hay una sorpresa que le encantará.

Ah, por cierto, la búsqueda de los compradores de las botas militares Soubirac de los últimos tres años no ha sido satisfactoria. Nadie dejó constancia de su compra por ningún medio virtual. Sin embargo, sí he encontrado una tienda que ha facturado un total de cinco pares de ellas hace menos de seis meses. ¿Y adivina de qué número? Efectivamente, el cuarenta y cuatro.

La dirección también la tiene en archivos adjuntos.

Si necesita alguna cosa más, sabe dónde encontrarme, si no, nos vemos en comisaría.

Ming-Chen Lao

A Irina le choca ver el nombre completo de Rayo al final del correo. «Esta chica es un diez de diez», piensa. El apodo le viene como anillo al dedo.

Hace girar el suyo.

Abre los archivos adjuntos y lee el listado de cuentas y la dirección de la tienda.

En comisaría, Irina se sacude el agua que la ha empapado. Una fina aguanieve como partículas de polvo cae desde hace una hora. «Por suerte, no es nieve de la gorda», piensa mirando afuera.

—Buenos días, inspectora —saluda un agente uniformado.

Ella le devuelve el saludo con la cabeza y se dirige a la sala, pasando por el despacho del comisario Culebras, que, por suerte otra vez, no está sentado en su sillón.

—Chicos —llama la atención de los presentes cuando entra en la sala del caso—, tomad asiento.

Irina se pone frente a la pizarra y el panel de corcho en el que ya han dispuesto las fotos de los cadáveres de los Ayats matrimonio y la del hijo con un gran interrogante.

—Antes de nada, Rayo —esta se pone tensa—, excelente búsqueda. Y muy precisa. —Sonríe.

Rayo asiente orgullosa.

—Sabéis que tenemos en el punto de mira el orfanato Rocanegra y a su directora, la señora Magnolia Mortz. Bien, Lao ha hecho un seguimiento de las transacciones bancarias entre Ayats hijo y la fundación. El resultado…, unos números que ni juntando lo que cobraremos los de esta sala en toda nuestra vida llegamos ni a una décima parte.

Los ojos de todos se agrandan.

—Lao, pásales a todos una copia del mensaje. Debemos estrechar más el círculo y poner a esa mujer en la cuerda floja. Verán que las cuentas que recibieron el dinero tienen también como destino varias cuentas extranjeras.

—¿Está el comisario enterado? —pregunta Arenas y Pons la fulmina con la mirada.

—En cuanto llegue, yo misma le informo, Arenas. No te preocupes por eso. Por algo soy la jefa de equipo, ¿entiendes?

—Sí, jefa.

—Por cierto, Pérez me mandó un correo electrónico con el resultado de la autopsia realizada a ambos cadáveres. No hay nada que sobresalga más que lo que ya conocemos. Podéis verlo en los informes. Sin embargo, los crímenes están unidos por las huellas de las botas, el arma empleada y la marca en forma de mariposa trazada en las suelas. Es un detalle que no creo que sea casual.

—Curioso...

—¿Cómo dices, inspectora Bueno?

—No, solo es que...

—Si tienes en mente algo que nos pueda ser útil, por favor, no te lo calles y compártelo con todos.

Alicia Bueno asiente y se levanta.

—El símbolo de la mariposa me ha dado que pensar. Me gustaría estar segura, pero... creo que es un identificador que he visto antes.

—¿Un identificador? —pregunta Bosch, que ha estado callado hasta este momento—. ¿De qué?

—Cállate, Bosch —zanja Irina—. Sigue, Alicia.

—Verá, es solo una suposición, pero hay ciertos grupos, sobre todo en internet, que se tatúan símbolos, letras o animales.

—¿Y qué tiene eso de raro? —Irina se está poniendo nerviosa—. Los moteros hacen lo mismo. —Mira a Bosch recordando el símbolo que tiene tatuado en la ingle derecha, bajo el ombligo. Él la mira con ojos de corderito degollado.

—Es lo que le digo —carraspea—, inspectora. Me suena de haberlo visto antes, pero no logro situarlo.

—Está bien. Tira de la mariposa, Bueno. A ver si llegas a algo interesante que aportar. Pero... no sé si te apartarán del caso.

—¿Por mi padre? —Extiende los brazos—. Pero él... no...

—Tu padre encontró el cadáver de Catalina Solans. Hasta que no lo descartemos... ya conoces el protocolo.

—Él solamente lo encontró mientras hacía su trabajo.

—Por eso mismo, Bueno. Tu padre no es un sospechoso directo que tengamos en cuenta, pero hasta que lo descartemos completamente... es lo que hay. Hoy volverá a comisaría a declarar. Mientras el comisario no lo descarte, yo tampoco puedo. Además, tú trabajaste con Santos y él te tiene mucho aprecio y consideración.

Alicia se resigna, se muerde la lengua y se sienta en la silla.

—Sigue la investigación. Tu idea me parece buena. —Irina entiende su frustración, pero quizá deban apartarla del caso. Ya se verá.

La inspectora coloca una foto de las botas en la pizarra. Luego pone otra del geriátrico.

—Bien. Además del seguimiento del símbolo, tenemos una tienda —Irina escribe el nombre en la pizarra— que suministró o ha facturado dicho modelo. Todo en dinero en efectivo. Con lo cual, no disponemos de identificación por pago con tarjeta, PayPal u otro medio. Bosch y yo iremos a visitar al propietario y veremos qué podemos sacarle.

—Quizá las cámaras de seguridad de la zona hayan registrado a dicho comprador —sugiere Hernán.

—Es una zona céntrica y es posible que sí tengamos al comprador registrado —aporta Bosch—. Aunque para ello deberíamos tener una fecha de compra exacta.

—Además, mi madre, que todos sabéis que es una reliquia con patas, me dio buena información acerca del pasado de Fernando Ayats que desconocíamos. Sufrió acoso escolar y un ataque físico que indujo su ingreso en Rocanegra. Con lo cual, los hilos que unen el lugar con la familia Ayats son más grandes que una simple colaboración o unas donaciones millonarias.

Todos asienten mientras Irina escribe los últimos datos en la pizarra. Luego se gira y dice:

—Quiero que vosotros, Hernán y Arenas, os acerquéis al geriátrico y sonsaquéis a los ancianos tanto como podáis del pasado del matrimonio y de la infancia del hijo. Lo que sea.

—¿Tenemos acreditación para hacerlo? Quizá los familiares de los ancianos se nieguen a que hablen con nosotros. Quizá...

—Si os ponen alguna objeción para hablar con ellos decidles que es obstrucción policial a una investigación de asesinato múltiple. Y que si no colaboran con vosotros se les abrirá un expediente.

—Está bien. Pero ¿no sería más interesante apretar la correa a Magnolia Mortz?

—Mortz es mía, Arenas. Hoy la visitaré de nuevo. No te preocupes. Ahora, todos a trabajar. Quiero el caso cerrado cuanto antes.

Ya en el parking de comisaría, Irina suelta una maldición cuando ve llegar al comisario en su Mercedes negro. No tiene modo de escapar.

Aparca y baja del coche.

—Comisario —saluda Bosch.

—Bosch. Pons. ¿Qué tiene para mí?

—Le he puesto al día de todo hace unos minutos. Puede leerlo en el informe que le he dejado en su mesa o en el correo electrónico que le mandé.

—¿Nada que deba preocuparme?

—No. Solo que necesitamos poder hablar con los ancianos del geriátrico.

—¿Qué dice?

—Se lo detallo todo en el correo, señor. Hemos de salir ya, ¿verdad, Bosch? —Él asiente y abre la puerta de su coche—. Tenemos una pista de las botas del asesino.

—No me toque los huevos, Pons.

Irina se mete en el coche y le da un codazo a Bosch.

—¡Espabila! —grita entre dientes—. ¡Vamos!

Él obedece con un sonoro «¡Ay!». Se alejan dejando al comisario Culebras con la palabra en la boca.

—Nos lo va a hacer pagar —dice Bosch tocándose el hombro—. Lo sabes, ¿no?

—No si lo resolvemos, Bosch. No me jodas tú ahora.

—Solo digo que…

—No quiero un sermón. No eres mi padre.

—Muy madura, Irina.

—¡Calla y conduce!

20

La zona centro donde está ubicada la tienda no brilla por su acondicionamiento. La calle corre paralela a la médula de verdad de Los Álamos. Así que más bien se puede decir que los guías turísticos no acostumbran a mostrarla a nadie.

Accediendo por el callejón que apesta a meados, alcohol y algo más, llegan al local.

El Averno es todo menos una tienda de zapatos. El aparador es una cristalera cuadriculada de madera antigua con cristales gruesos de color ambarino.

—¿En serio es aquí? —se queja Bosch.

Irina le da un golpe con la palma de la mano y levanta la mirada hacia arriba.

—Allí hay una cámara de seguridad —dice—. Y he visto otra a la salida del callejón.

—¡Joder! Tienes vista de halcón, jefa. Pero dudo de que alguna funcione.

—¿Por qué crees que te lo digo? —Niega y resopla.

Irina abre la puerta y da un paso al frente. El aire que sale del local es más caliente, recargado y apestoso que el del callejón. Por lo menos allí fuera se mantiene a pocos grados.

Dentro, una barra de bar recorre la pared del frente con múltiples botellas de bebidas alcohólicas en la estantería de atrás. Dos surtidores de cerveza de barril. Unos taburetes y tres mesas cuadradas con sus sillas esparcidas en un lateral. Al otro lado, dos sillas de barbero. Una con un espejo de pared entero frente a ella. Y la otra con cachivaches, botes y… pistolas de tatuajes.

Lo demás no importa. Paredes pintadas con colores chillones y sin gusto. Unos cuadros que parecen dibujados por un artista demasiado colocado. Y unas lámparas de estilo barroco que no casan nada con el lugar.

—Buenos días —saluda Irina al hombre barbudo y barrigón que los observa detrás de la barra—. Está muy tranquilo esto, ¿no?

Un hombre mayor vestido con harapos levanta su vaso desde la mesa donde se encuentra y engulle el líquido de un trago.

—¿Desean algo? —pregunta el tipo de la barra con el rostro ceñudo—. No tengo todo el día, ¿saben?

Irina abre mucho los ojos mirando el local, extiende los brazos y se balancea.

—Disculpe, no pretendemos frenarlo ni evitar que llene la caja registradora de billetes de cincuenta. Si colabora con nosotros nos iremos en un visto y no visto.

—La pasma no es bien recibida aquí. —Señala un cartel de RESERVADO EL DERECHO DE ADMISIÓN con un dibujo de un tabernero echando a un poli a la calle.

—Por suerte, nosotros tenemos una invitación personal y especial. —Abre ligeramente su chaqueta mostrando la empuñadura de su pistola—. ¿No querrá ofenderla?

Silencio.

—Soy la inspectora Pons y él es el sargento Bosch. ¿Es usted Andrei Janovick, el propietario del local?

—El mismo.

—No tiene nada de acento, ¿sabe?

—Vine aquí de muy joven. ¿Qué es esto? ¿Una redada de inmigración? Tengo todos los papeles en regla.

—No. No, señor Janovick. Lo que necesitamos de usted es más sencillo.

No pregunta. Se queda con la mandíbula apretada esperando. Las venas de su cuello y frente se han hinchado.

—Hace algún tiempo, usted vendió unas botas militares Soubirac a alguno de sus clientes y nos gustaría saber a quién.

—¿Y cómo voy a saberlo? Aquí vendemos de todo.

—Me he dado cuenta, señor Janovick. Es por eso por lo que me asalta la duda de cuánto tardaríamos en conseguir que le cierren el local...

—No. No puede hacer eso.

—Vaya si puedo. —Irina se ríe y Bosch asiente—. Un bar que se dedica a la venta ilegal de artículos... ¿quizá robados? ¿De contrabando?

—Hija de puta bastarda.

Irina se pone un dedo en la boca y sisea.

—No sea tan mal hablado, Andrei. A una agente de la ley que quiere ayudarlo no puede tratarla de este modo.

—¿Ayudarme? ¿Con amenazas?

—Dígame a quién le vendió las botas y me olvidaré de que hemos hablado.

—No lo sé.

—No me haga reír. En fin... —Irina saca el teléfono móvil.

—Le digo la verdad, coño. No sé quién era ese tipo.

—Le escucho, Andrei.

—A veces, la gente viene y pide lo que necesita. Nos ayudamos. ¿Entiende?

—Veamos, me está diciendo que usted es como el servicio de Amazon en versión de calle. ¿Es así?

—No, aquí ninguno se beneficia del otro. Los clientes se ayudan. Así es como logran subsistir y seguir adelante. ¿Cree que se puede mantener el ritmo que llevan ustedes, los ricos?

«Si supieras lo que gana un policía no me dirías esto, cabrón».

—Tengo entendido que las botas en cuestión no son consideradas un artículo de primera necesidad. ¿Verdad, Bosch?

Él niega. Luego, añade:

—Doscientos a precio de mercado.

—¿Qué responde a eso, Andrei? Su cliente no es un superviviente cualquiera de la vida moderna, ¿verdad?

Su rostro cambia. Se destensa. Parece abatido y rendido.

—No sé quién es ese hombre. —Esquiva la mirada de Irina—. Se lo digo de verdad.

—Está bien —consiente y sonríe—. Empieza a recordar y eso es bueno.

—Le he dicho que no sé nada de él.

—Y yo sé que miente, Andrei. Cuéntenos lo que recuerde de él y no le cerramos el tugurio.

El hombre resopla, niega con la cabeza y se frota el mentón. Unos instantes después decide hablar.

—Está bien. El tipo llegó y se sentó en la barra. No se parecía mucho a mis clientes habituales. Bebía y bebía. Luego se marchaba y al día siguiente regresaba.

—¿Cómo era físicamente? —Bosch saca una libreta con espiral y un boli.

—Alto, moreno... Se veía fuerte. De esos que tienen el cuerpo trabajado en el gimnasio. O en la cárcel. Vestía muy normal. Ropa sucia y ancha. Y una gabardina.

—¿Y cómo sabe que estaba fuerte?

—Unos días después empezó a quitarse la gabardina y a arremangarse las mangas. Tenía unos brazos fuertes. Ya le digo: fibroso.

—¿Y el rostro? ¿Pudo verlo bien?

—No me fijé mucho. Pero se veía mayor. Ya le digo, como si hubiera vivido un infierno.

—Sin embargo, antes ha afirmado que no casaba muy bien con su clientela habitual.

—Así es. Él olía bien. No como si llevara tiempo en la calle. Ya le digo, me dio la impresión de que se parecía demasiado a un poli de incógnito.

—¿Un policía? —interpela Bosch.

—Eso pensé. Luego me pidió si le podía conseguir las botas. Que le habían dicho que yo podría y esas cosas. Ya le digo, no me fie de él. Pero como iba viniendo… supongo que terminó por ganarse mi confianza.

—¿Podría decirnos la fecha de dicha entrega de botas?

—Qué va…, imposible. Aunque me pagó de más y no volví a verlo por aquí. Desapareció.

—Bien.

—¿Y las cámaras de fuera? ¿Tiene grabación de circuito cerrado?

—¡Son de pega! De mentira. Eso solo sirve de posadero para los murciélagos.

—Esto es todo de momento, Andrei. Le estaríamos muy agradecidos si pudiera pasarse por comisaría para una declaración oficial.

—Ya les he dicho lo que sabía.

—Lo sé. Es el procedimiento habitual y solo es para decir lo mismo que nos ha contado a nosotros.

—Está bien. Supongo. Ya le digo que no me gustan los suyos.

Irina y Bosch se levantan y se disponen a salir del local cuando algo les llama la atención en el cuadro de la pared.

—Señor Janovick —Irina se gira hacia el hombre—. ¿Qué es este dibujo?

Andrei sale de detrás de la barra y a Irina le parece débil y vulnerable de golpe. El hombre tiene una ligera cojera en la pierna derecha y los kilos que le sobran lo hacen sudar.

Se pone frente al cuadro y fija la mirada en el lugar que señala la inspectora.

—¡Ah, eso! Es una mariposa o algo así. —Irina lanza una mirada furtiva a Bosch—. Cosas modernas de diseño, supongo.

—¿La dibujó usted, Andrei? —pregunta con las cejas unidas.

—¡Qué va! Ya le digo que ni pajolera idea de arte tengo.

—Entonces...

—Fue el hombre de las botas.

—¿Me está diciendo que el hombre que le encargó las botas hizo este dibujo en el cuadro?

—Sí. No recuerdo lo que dijo exactamente, pero creo que era algo así como: «Cuando el sufrimiento y el dolor terminan, aparece lo más maravilloso y bonito del mundo». No sé. A mí no me dice nada. Ya le digo, chorradas.

—¿Le importa si nos llevamos el cuadro?

—Aunque les diga que me importa o que no quiero, ustedes harán lo que les salga de la chorra, ¿no? O de los ovarios, vamos.

—Más o menos.

—Entonces, llévenselo. Ya le digo que me da igual mientras me dejen tranquilo en mi agujero.

—Gracias, Andrei. Nos ha sido de gran ayuda.

—¿Algo más? ¿Un whisky?

—No. La bebida quizá en otra ocasión. —Irina le guiña un ojo.

Bosch saca unas fotos del cuadro. Luego se pone unos guantes, lo descuelga con cuidado y se lo lleva al maletero del coche, donde lo cubre con una bolsa de plástico.

21

Irina busca en sus contactos telefónicos, le da a «llamar» y se acerca el móvil a la oreja sin dejar de pensar en su reciente encuentro.

Ha mandado a Bosch a comisaría para incluir el cuadro como posible prueba del caso. Será necesaria una inspección a fondo en busca de algo significativo y del análisis del dibujo, en concreto del trazo tan limpio de la mariposa, así como de su significado.

«¿Y si resulta que la inspectora Bueno estaba en lo cierto?».

—¿Irina? —pregunta la voz femenina al otro lado de la línea telefónica—. ¿De verdad eres tú?

Irina tarda unos segundos en responder.

—¿Qué hay, Bib?

—Reconozco que me tenías preocupada, Irina. ¿Cuánto hace que no nos vemos?

—No sé —sí lo sabe—, ¿tres meses?

—Me parece que unos cuantos más. —Suelta un lamento—. ¿Estás bien?

—Sí, muy bien —miente—. ¿Cómo lo tienes para que te haga una visita?

Unos segundos, un ruido de teclas y papeles más tarde:

—¿Para después de las fiestas te va bien?

—¡Uy, no! —Se ríe, pero le sale forzada. El tono empleado roza la ira—. Mejor ahora.

—¿Ahora? Pues… si te vale con media horita de nada… que es lo que tardará en llegar mi próxima visita… podemos seguir hablando.

—Me vale, pero prefiero verte.

—A menos que tengas superpoderes y llegues ya. —Se detiene y luego pregunta—: Estás cerca, ¿no?

—Estoy en la entrada de tu bloque.

El edificio donde vive Bibiana Valls es un complejo de última generación. Metal y cristal. Mármol blanco y negro. Un lujoso hogar no apto para todos los bolsillos. Bibiana se gana un buen sueldo pasando consulta.

Irina llega a la decimoséptima planta y, cuando se abren las puertas del ascensor, Bibiana está esperándola. Lleva un conjunto de chaqueta y pantalón beis, una camisa blanca con dos botones desabrochados que muestran un escote de voluminosos y operados pechos. El pelo rubio recogido en una tensa coleta alta.

—Te veo estupenda, Irina.

—¡Por Dios, Bib! No me mientas. Sé que estoy horrible.

—Lo digo de verdad. Te he visto mucho peor.

Entran y se dirigen al salón. Irina toma asiento en el sofá de cuero negro y Bibiana hace lo propio en el otro, frente a ella.

—¿Qué tal las chicas?

—Bien. O todo lo bien que se puede estar en la pubertad.

—Hace mucho que Laura no viene por aquí.

—La edad. Tu chico y mi chica ahora tienen intereses divergentes.

No hace tanto, Hugo, el hijo de Bibiana, y Laura pasaban días enteros juntos. Era esa época en la que no importa si eres un chico o una chica. Aventuras, juegos, noches de fantasmas. Y ahora... ni siquiera se llamaban. Eran como dos extraños.

—El tiempo pasa muy rápido, las hormonas aparecen y se nos hacen mayores. Pero dime, ¿qué te trae por aquí?

—Estoy con un caso y, al ver el edificio, he pensado: «¿Cómo estará mi más bella amiga?».

Ella se ríe.

—No será porque necesitas pastillas, ¿no?

—Ahora que lo dices... pues sí. También necesitaría una receta.

—Irina, cielo. No puedes pasarte la vida tomando ansiolíticos y antidepresivos como si se tratara de gominolas.

—Si me hicieran mal, no las tomaría. Pero, la verdad es que me ayudan a concentrar las ideas y poner mi cabeza en la dirección correcta. Por cierto, ¿qué tal Mario?

—Él está bien. Sabe cuidarse. —Se refriega las manos con ímpetu—. ¿Puedo decir lo mismo de ti?

—Si dejamos el caso de lado, pues sí. Sigo aprendiendo a dar pasitos, a seguir andando. ¿Me harás la receta?

—Sí, te la haré. Pero tienes que prometerme que volverás a empezar la terapia. No estuvo nada bien que la dejaras así por las buenas.

—Bib...

Pone morros.

—Está bien, está bien. En cuanto cerremos el caso que tengo entre manos.

Suena el timbre y Bibiana mira su reloj, atónita.

«Salvada», se dice Irina.

—Si después de las fiestas no has venido, no te haré ninguna receta más. Te doy lo justo para quince días y luego te mando día y hora por WhatsApp.

Antes de que pueda negarse o decir cualquier otra absurdez, Bibiana ya se ha levantado y escribe en el bloc de notas. Lo rasga y le alarga la receta a Irina. Esta, sin perder un minuto, coge el papel y se apresura a vislumbrar la salida.

—Ven aquí. —Bibiana la pilla por sorpresa y sus brazos la atraen hacia ella en un abrazo incómodo—. Si antes de la sesión te apetece, podemos quedar con Hugo y Laura en el centro y nos tomamos algo, quizá también les vaya bien a ellos.

—Vale —dice Irina en tono seco—. Si eso... te llamo. —Sale disparada escaleras abajo.

Suena el teléfono de Irina. Un mensaje entrante. Es Rayo. Lo lee por encima.

Cambio de planes; antes de ir al orfanato debe hacer una visita a Hastings.

22

—Señor Hastings. Espero que pueda dedicarme unos minutos de su tiempo.

Irina sigue al hombre cuando este pasa por su lado directo al ascensor.

Presiona el botón de llamada.

—No le llevará más de cinco minutos.

Entonces se gira en el momento que se abre la puerta metálica.

—Ah, es usted, inspectora Pons —dice fingiendo sorpresa—. Pensé que se trataba de un periodista o algo así. ¿Acaso soy sospechoso de algo para que me increpe de ese modo?

—Si me permite un rato de su tiempo...

Asiente con una carcajada asquerosa y le tiende el brazo, invitándola a entrar en el ascensor. Hastings es un hombre alto, fornido, rudo, con una mirada gélida. El tipo de hombre que parece estar siempre listo para saltarte a la yugular.

Llegan al piso de las oficinas Hastings y la recepcionista, con una larga melena de oro, se levanta para saludarlo y le abre la puerta del despacho pulsando un botón.

Él ni siquiera la mira.

Entra en la oficina, cuelga el chaquetón en el perchero y se sienta en su cómodo y ostentoso sillón.

Luego, como si le hubieran pinchado en el culo, se levanta de un brinco y va directo a un mueble que parece de otra época. Abre una puertecita y aparecen una multitud de botellas de todos los tamaños y colores. Agarra una y se sirve un generoso vaso de alcohol. «¿Vodka quizá?».

—¿Le apetece tomar algo, inspectora?

—Me apetece hacerle unas preguntas.

Finge que la frase le ha dañado en el pecho y se sienta. Estira el brazo y la invita a hacer lo mismo. Irina se sienta.

—¿Tiene cita previa, inspectora? —Irina hace una mueca con los labios—. Sin cita no podremos hablar mucho. Pero ya que está aquí. Quizá con unos minutos basten.

—Tiene pinta de ser más bien de los que terminan en segundos. —Sonríe.

—Veamos, pues, cuánto dura el asalto. —Da un trago a su bebida fingiendo la ofensa que reflejan sus ojos.

—Supongo que estará al corriente del trágico suceso que ocurrió ayer en Los Álamos y afectó a los Ayats, ¿verdad?

—Un deplorable hecho, sin duda.

—¿Puede decirme dónde estaba usted ayer entre las seis de la mañana y las diez?

Se echa hacia delante y los botones de su camisa parecen a punto de estallar.

—¿Soy sospechoso de algo, señorita?

Su rostro se ha enrojecido. Se desabrocha los puños y el primer botón de la camisa.

—No, por el momento, señor Hastings. Simplemente, estoy haciendo comprobaciones rutinarias. Dígame, ¿dónde estaba usted ayer por la mañana?

—¿Dónde iba a estar? Aquí, terminando de cerrar cuentas, tratos y aplazando lo inevitable hasta el próximo año.

—Supongo que su secretaria puede confirmarlo.

—Ayer llegó más tarde de lo habitual. Creo que algo referente a la compra de un nuevo piso, o algo así.

—¿Y qué puede contarme de los Ayats?

Se termina el vodka, se levanta y se sirve más.

—No los conozco tan bien, señorita. Solo por temas relacionados con los negocios.

—Entonces ¿puede explicarme por qué Dionisio Ayats le llamó justo ayer, antes de morir?

—No sé de qué me habla, inspectora. Quizá se equivocó y marcó un número que no era. Yo qué sé.

—La llamada duró cincuenta y siete segundos. Tiempo suficiente para darse cuenta de que uno se ha equivocado, ¿no cree?

Las venas del cuello se le han hinchado y amenazan con explotar.

—Si me disculpa. Tengo negocios que atender. —Hastings se levanta de la silla.

—¿Está usted seguro de que ayer por la mañana estuvo aquí, señor Hastings?

—Ya está bien. Le he dicho dónde estuve ayer y qué hice. Si quiere acusarme de algo, hágalo ya. Y si no...

—Es solo por corroborar que está limpio. Nada más. Por lo que yo sé, un día podría estar aquí y al día siguiente en Londres o Nueva York. Es fácil despistarse, ¿no?

Su mente da vueltas a mil por hora. Se le nota en los ojos que tiemblan.

—Ayer tenía una reunión en nuestra sucursal de Bruselas. El vuelo se canceló debido a la cantidad de nieve caída los últimos días. Ya es mucho que podamos desplazarnos en coche.

Puede preguntar a mi secretaria y ella le confirmará horarios y demás.

—De acuerdo. Gracias, Julius.

El hombre se gira directo a reponer el vaso antes de sentarse. Cree que Irina se ha dado por satisfecha y se ha marchado. Pero no, ella sigue de pie en la puerta de cristal pulido del despacho.

—No ha respondido a mi pregunta, Hastings.

—¿Cómo dice? —Reacciona atragantándose con su saliva y girándose con un ligero tembleque.

—¿Por qué Dionisio Ayats lo llamó ayer, justo antes de morir asesinado?

—No tengo ni idea. Además, ese es su maldito trabajo, inspectora.

Irina asiente.

—Lo averiguaré, Hastings. No tenga la menor duda. Solo es que sería más sencillo si usted colaborase un poco. Nada más que eso.

—Y he colaborado, Pons. Le he dicho la verdad. No sé qué más quiere que le diga.

—Por cierto, cuando pueda, me gustaría que se pasara por comisaría. Más que nada para tener una declaración oficial. Ya me entiende. Es lo que hacemos con todos.

Gruñe algo imperceptible.

—¿Qué dice? —pregunta Irina.

—Que está bien.

—Y a ver si recuerda algo más acerca de la llamada.

—Ya le he dicho que no hubo tal llamada.

—Feliz año nuevo, Hastings —suelta Irina al salir del despacho, y antes de pararse junto a la secretaria para dejarle lo que parece un trozo de papel encima de la mesa.

Julius se queda de pie mirando a través de la puerta entreabierta cómo Irina Pons se aleja y se detiene unos segundos frente al mostrador, le extiende una tarjeta a la secretaria y desaparece cuando las puertas del ascensor se la tragan.

La nota que ha dejado la inspectora hace referencia a la fecha de ayer y a la hora de la llamada de Dionisio.

¿Quería una declaración?

¿Que le dijera que Dionisio había llamado?

Y una mierda. Lo negará las veces que haga falta.

Julius coge el teléfono y marca unos dígitos.

—Tenemos que vernos otra vez.

23

—Quiero una orden de registro contra Julius Hastings —dice Irina a Bosch en cuanto llega a comisaría.

—No te fías de él.

—Nada.

—Su hijo y tu hija...

—Ni lo menciones. Sé que el chico no tiene que ver con los padres. Pero es superior a mí.

Randall Hastings, el nuevo novio de Sara y, aunque educado y de buen ver, con los genes de Julius. Y eso enfurece a Irina. Sara lo sabe. Y muchas veces ha pensado que se trata de una especie de venganza o un modo de provocarla.

—¿Tienes algo que merezca la pena tener en cuenta? —pregunta a Bosch para cambiar de tema.

—Estamos con las llamadas realizadas por los Ayats e hijo, pero no hay nada significativo.

—Salvo que Dionisio Ayats llamó a Hastings padre. ¿Por qué? Bosch levanta los hombros.

—Quiero saberlo.

—Podíamos haber quedado en otro lugar —se queja el hombre arrugando la nariz y cubriéndola con una mano.

En esa parte del pueblo hay una de las mayores granjas de la comarca y, en consecuencia, un embalse de meados y mierdas enorme.

—Aquí no vendrá nadie —dice la mujer—. Y menos la víspera de Fin de Año.

Asienten.

Son dos hombres y una mujer. Los tres cubiertos por una enorme chaqueta con capucha que les protege el rostro. Guantes en las manos y botas gruesas en los pies.

—La inspectora ha estado metiendo las narices en nuestros asuntos.

—¿Y?

—¿Cómo que «¿y?»? ¿Acaso no ves el peligro que supone o qué?

—Esa mujer no tiene nada de nada. Solo conjeturas y muchos hilos de los que tirar, los cuales, por cierto, no le llevarán a ninguna conclusión final que nos señale.

—Es una entrometida y… —lo piensa antes de decir nada más— ha venido a verme. ¡Coño! Me ha amenazado. Era como si lo supiera.

—¿Te ha detenido?

—Es evidente que no.

—Entonces es que no tiene nada. Veamos —se gira hacia la mujer—, ¿tú también te sientes amenazada?

—Se está acercando mucho y no me gusta. Tengo miedo.

—Lo comprendo. Dios, si lo comprendo.

Un gruñido lejano les hace permanecer en silencio no más de unos segundos.

—A ver —sigue—, antes de nada debéis calmaros. La policía no tiene ni tendrá nada en nuestra contra. Y mucho menos si todos hacemos lo que nos toca hacer.

—No puedo aguantar más… —La mujer se derrumba de rodillas al enfangado suelo y rompe en llanto.

—Hey, hey. —El hombre se arrodilla a su lado y la abraza—. No puedes hundirte ahora.

—Ya…, es que… no puedo…

—¿No he estado junto a vosotros cuando lo habéis necesitado? ¿No os he mimado siempre?

—Sí.

—Esta vez no será diferente. Lo sabes, ¿verdad?

—Lo sé. Es solo que…

—Ni lo pienses. Hemos esperado el tiempo necesario para que nuestro plan funcione y, ahora, no hay vuelta atrás. Todo irá bien. Te lo prometo.

—¿Y si lo dejamos así?

—No. Una de las partes importantes ya ha sido realizada, pero aún nos queda el gran final.

—No sé… No creo que pueda aguantar tanto…

—Sí puedes. Eres fuerte y valiente. Siempre lo has sido. Además, el lobo, el monstruo, o como quieras llamarlo, ya está encerrado.

Asiente.

—Pero tiene razón en algo. —Es el otro individuo el que se mete en la conversación—. La inspectora esa de los cojones está haciendo demasiadas preguntas.

El hombre que intenta calmar a la mujer se gira con ojos gélidos, mostrando los dientes apretados y lo fulmina.

—A mí también me jode que hurguen con preguntas estúpidas, joder. Y… no me gusta. Se está acercando mucho.

—Pero sigue sin tener nada. ¿Es así?

—Sí… Eso creo —dice la mujer.

—Además, si se acerca tanto a nosotros no nos quedará otra que darle una lección.

—¿Una lección?

—Tiene dos hijas. Podemos cargarnos a una de ellas, ya puestos. Incluso nos iría bien para despistar a la bofia.

—¿En serio quieres matar a una chica inocente?

—Acabemos con la inspectora pues. Por entrometida. Aunque preferiría que sufriera.

Terminan de hablar y acuerdan no volver a verse hasta que todo haya acabado. Hasta que el plan se dé por finalizado.

24

Irina se toma otra de las pastillas sin agua. Es una suerte tener a Bibiana de su lado. ¿Qué haría sin las malditas píldoras?

Está anocheciendo. Las cinco de la tarde y la oscuridad cae a cámara rápida sobre todo. El bosque engulle la luz de los faros del coche con un hambre voraz.

—Podíamos haberlo dejado para mañana —dice Bosch en voz alta—. Igualmente, no tenemos nada.

—Ya lo sé. Pero ella no. Quiero que piense que hemos descubierto algo.

—Eres una lianta, inspectora Pons.

Se ríe.

—Quizá si le apretamos la soga se le vaya la lengua. Además, agua clara no es.

—En eso te doy la razón.

Media hora después...

El orfanato se levanta como un enorme mausoleo en mitad del bosque. A estas horas, con la noche aplastando la vida, parece sacado directamente de los cuentos de Poe.

—¿Inspectores? —dice al abrir ella misma el portón—. Qué sorpresa.

—La hemos llamado —miente Irina—, pero, al parecer, no hay cobertura en medio de tanta vegetación.

—Cierto. Un remanso de paz y tranquilidad al margen del desorden de la sociedad.

Su sonrisa falsa altera a Irina.

—Y bien…, ¿qué les trae de nuevo al orfanato?

—Será un momento, pero ayer me quedé con las ganas de visitar el lugar. —Irina alza los brazos al alto techado.

—Creo que sería mejor que lo dejáramos para mañana. Como bien saben, la oscuridad ha caído y circular por la carretera en noche cerrada no es muy seguro que digamos.

—Gracias por preocuparse, Magnolia. Pero somos mayorcitos. Además, huele de maravilla. ¿Qué es?

Magnolia tuerce el gesto y esconde los incisivos en la fina línea que son sus labios.

—La sopa para la cena. Aquí llevamos el ritmo de la naturaleza. No creerá que comemos y nos acostamos a la hora del diablo, ¿no?

—Si le digo la verdad, señorita Mortz, el diablo no entiende de horas para acometer sus fechorías.

—En eso debo darle la razón, inspectora. Pero le insisto en que sea rápida para alterar nuestro orden lo mínimo posible.

—Usted tranquila y haga como si no estuviéramos aquí. Seremos dos fantasmas.

—¿Tienen una orden judicial? —pregunta Magnolia, afilada.

—No creo que sea necesario. Usted no tiene nada que esconder, ¿verdad, Mortz?

Silencio.

—De acuerdo. Pero los quiero fuera para la cena.

—Yo que creí que no le importarían un par de cubiertos más… Menudos modales.

—A las seis y media, inspectora. No más.

Irina y Roger inspeccionan la propiedad bajo la continua vigilancia de un empleado. Viste como en una época pasada, tiene el rostro cubierto por una frondosa barba y parece un poco tosco, algo bruto para ser del servicio.

El orfanato de Rocanegra es más parecido a una pieza de museo que a un edificio moderno. Grandes columnas del suelo al techo, vigas y molduras ornamentales que simulan hiedra, pinturas al óleo... Muy barroco y oscuro.

Irina percibe un ligero movimiento en una de las puertas en el primer piso, al fondo del pasillo. Lanza una mirada a Bosch y este, en el momento que asiente, abre una puerta a su lado y se cuela en el interior.

—¿Está aquí el baño? —pregunta e Irina ve como el vigilante va tras él.

Arranca a correr sin hacer ruido hacia la puerta del fondo.

—¿Hola? —pregunta y se siente en una película de terror.

Empuja la puerta y descubre una habitación descomunal con una cama más descomunal si cabe. Debe medir más de dos metros de ancho y metro y medio de alto. Con cenefas entrelazadas y retorcidas en cada esquina. Igual que el tocador, un mueble sin ángulos rectos con un espejo que ocupa todo el lateral. La percibe extrañamente familiar. La sensación de opresión regresa a su pecho. Su mente vuelve a convertir los apagados tonos del habitáculo en espirales que se funden unos con otros.

Otra puerta, más pequeña, se cierra unos centímetros.

—¿Hola? —Irina pregunta de nuevo girándose hacia allí. Se siente mareada—. No tengas miedo.

Avanza hasta la puerta, pone la mano en el pomo y tira de él. Es un armario ropero. Múltiples vestidos cuelgan de sus percheros y, en el suelo, zapatos y zapatillas bien ordenados. Distingue un par de piernas enfundadas en unas medias.

—Me llamo Irina —dice sentándose en el suelo y la visión se le emborrona—. ¿Cómo te llamas tú?

Los vestidos se mueven y, entre dos, aparece un rostro blanco como la leche con dos lucecitas esmeralda que la miran interrogante.

—Yo soy Diamante.

—Qué nombre más bonito.

La niña no dice nada más. A Irina se le retuerce el estómago.

—¿Hace mucho que vives aquí? —pregunta.

Asiente.

—¿Vives con tus hermanos?

—No… Bueno, sí…, pero no somos hermanos de verdad.

Irina sonríe.

—Yo también tengo una hermana de mentira.

La niña muestra interés.

—Ah, ¿sí?

—Sí. Aunque ya no nos vemos como cuando teníamos tu edad. Jugábamos mucho.

—Yo también juego mucho con mis hermanos.

—¿Sabes un secreto?

La niña se acerca más a Irina. Ahora le ve el largo pelo negro que le cae en tirabuzones.

—Ayer cuando vine, uno de tus hermanos me pasó una nota.

Diamante se pone a temblar.

—No… Era un secreto.

—No te preocupes. Nadie lo sabe.

—¿De verdad?

—Claro, yo no miento. Solo quiero ayudaros.

—Pero… si se enteran…

—¿De quién tienes miedo, Diamante? Dímelo.

—Nos hará daño. Nos hará daño.

—No lo permitiré. Estoy aquí para protegeros.

—Si se entera de que he hablado con usted…

Diamante desaparece tras los vestidos del armario e Irina se queda hablando sola. Mete la mano entre la oscuridad y aparta las prendas de ropa. Solo la pared. Irina golpea la madera y una puertecita se abre. Un pasadizo secreto, lóbrego, se muestra ante ella. Mete la cabeza, pero no ve nada. Una náusea la asalta.

Mira a un lado. Al otro.

Enciende la linterna de su móvil y repite la operación alumbrando el túnel. Vacío. Viejo.

A un lado. Al… Unos ojos grises aparecen ante ella. Un pelo desgarbado que cae por la frente. «Te conozco —piensa—. Te he visto antes».

—Por favor —dice—. No le diga que nos ha visto. Y, por favor, se lo ruego, sáquenos de aquí.

Irina asiente.

No puede hablar.

Sigue en *shock* cuando el chico se aleja hacia la oscuridad y se pierde en la negrura.

Piensa en seguirlo, meterlo en el coche y llevárselo lejos de allí. Pero su mente sabe que no puede hacerlo. No ahora. Además, debe de haber un motivo por el que están allí y, si se los lleva, puede meterse en un lío. Y, lo más importante, necesita descubrir un motivo mayor que el miedo de ellos y su intuición para llevárselos. Es su deber, su obligación moral. Eso la lleva a pensar en Magnolia. ¿Les mintió al decir que no había niños en Rocanegra? Pero debe llevárselos. Ha de actuar deprisa. Sigue por donde ha desaparecido el crío, pero es demasiado estrecho y no alcanza a ver más que telarañas, polvo y suciedad que, por cierto, no presenta pisada alguna.

—¿Tienes algo? —pregunta Bosch bajando las escaleras.

Irina asiente y se muerde el labio inferior.

—Algo no me cuadra en esta historia, Bosch.

Entran en el salón donde la mesa ya está lista para recibir a los comensales. Dos sirvientas se mantienen atareadas. Magnolia está dando órdenes hasta que ve a los inspectores de pie observándola. Se da unos golpecitos a la larga falda, simula una sonrisa —demasiado forzada— y se dirige a ellos.

—Y bien. —La sonrisita no se le va del rostro—. ¿Tienen algo? —repite la pregunta de Bosch y eso altera a Irina.

—Lo tenemos, gracias.

Magnolia no se inquieta ni un ápice. Fija la mirada en la inspectora y le suelta:

—¿Serían tan amables de dejar que sigamos con nuestro quehacer diario?

—Sin problema, señorita Mortz.

—Perfecto. —Gira los ojos y se dirige a la sirvienta en tono directo y tajante—. Valentina, acompaña a los inspectores a la salida.

—No será necesario. Sabemos dónde está la puerta.

—¿Y permitir tal desconsideración en nuestra comunidad? No puedo consentirlo.

Valentina pasa por el lado de los inspectores y, sin alzar la mirada, se detiene a unos pasos de ellos para ver si la siguen. Lo hacen.

—Buenas noches, inspectores —pincha Mortz, que sonríe por primera vez.

Irina se vuelve hacia ella.

—Un detalle más, señorita. —Magnolia abre los ojos,

aprieta los labios y asiente—. Queremos el listado de alumnos que hay en su orfanato. Los antiguos y los actuales.

—Ni hablar. Ya sabe que es invasión de la intimidad y una violación de la Ley de Protección de Datos. Muchos niños no quieren que se sepa que fueron abandonados y maltratados por sus familias de sangre.

—Se lo pido para no manchar públicamente «su comunidad». Solo eso. Hoy en día tenemos derecho a saber todo lo relacionado con los menores que viven aquí. Podemos obtener una orden, pero la prensa… ya sabe cómo son con estas cosas. Se ensañarían a todas horas. Con usted y con su —levanta los brazos— comunidad.

—No lo hará. —La voz le ha bajado varios tonos.

—No quiero hacerlo, no. Pero si usted no colabora… es el camino oficial. ¿Lo comprende, verdad, señorita Mortz?

Magnolia Mortz se ha quedado de piedra. O quizá más bien de hielo. Irina tuerce los labios en una sonrisa que dice: «No me deja otra opción» y «Lo estoy disfrutando».

—Está bien. Se lo dejaré ver. Pero recuerde que hay pocos residentes, y que estos son niños de carácter… especial.

—Ve como es mejor que nos llevemos bien. ¿Dónde está su despacho?

—¿No querrán que se lo dé ahora?

—Pues sí, la verdad. ¿Para qué esperar a mañana?

Magnolia Mortz maldice en voz baja, inaudible. Pero sus labios y el temblor de su mentón la delatan.

—Está bien. Síganme. Pero solo les daré diez minutos para que los vean. Luego se van.

—Los archivos se vienen con nosotros.

—¡Ni hablar!

25

—¿Seguro que no quieres que te acerque a casa, Bosch? No me cuesta nada.

Él la mira.

—No está tan lejos. Me irá bien estirar las piernas y despejar la mente.

«Lo que a mí me iría bien es que te quedaras a pasar la noche conmigo», piensa Irina.

—Allá tú. Con el frío que hace ya...

—Y con un cielo tan limpio y estrellado. —Bosch mira hacia arriba.

—Está bien. Quédate con tus sentimentalismos, pero si te enteras de lo que sea o se te ocurre algo, llámame. Estaré despierta.

—No sé cómo te lo has hecho para que no se diera cuenta. —Señala los archivos con la cabeza—. ¿Estás segura de que no quieres que me lleve alguno de esos?

—Qué va. La muy cabrona esconde algo y solo nos ha dado una mierda pinchada en un palo. Esto —sacude los ficheros—, dudo que contenga nada interesante. Le echo un ojo en cuanto las niñas se acuesten. Y tú acuérdate de llamar al comisario y que nos permita obtener el resto de los archivos junto a todos los nombres de buenos samaritanos y familias adoptivas. Quiero saberlo todo de ese lugar. Y de esa mujer.

—OK, jefa. —Bosch levanta el brazo y se marcha.

Irina se queda unos segundos viendo a su compañero andar. «Tiene buen trasero», piensa. No puede evitarlo. Incluso con la gruesa chaqueta, los pantalones y el gorro de lana en la cabeza, está para mojar pan. Y es un buen tipo. «Demasiado bueno para mí», se dice. Niega con la cabeza y entra en casa.

El cambio de temperatura es considerable. Se quita la chaqueta y la cuelga en el perchero. Se cambia las chorreantes botas por unas cómodas zapatillas. Oye un ruido de cacharros y una luz que sale de la cocina.

—Hola, mamá —saluda cuando ve a su madre atareada en los fogones.

—Irina, cariño. —Le da un abrazo—. Pero ¿de dónde vienes? Estás hecha un trapo.

Irina ignora sus palabras.

—¿Y las niñas? —pregunta.

—Laura está encerrada en su habitación desde que he llegado. Con esa cosa en la cabeza. Parece una zombi.

—Sí —asiente—, se pasa el día escuchando música.

—Y Sara me ha echado una mano con las verduras. A pelarlas y eso. —Señala el horno—. Hace un ratito ha dicho que se iba a dar una ducha. Lo más seguro es que ya haya terminado.

Irina se sienta en una silla. Escuchar a su madre hablar le hace pensar en lo que ha cambiado su relación con ella. En cómo la rebeldía de su juventud se ha convertido en aprecio y gratitud. ¿Es ese el amor incondicional de una madre? ¿Podrá ella llegar a tener una relación con sus hijas parecida a esta? Irina no se ve cocinando. Mucho menos con nietos a los que mimar.

—Sería buena idea que te asearas un poco antes de la cena —inquiere Elvira meneando una cuchara de madera en lo alto—. Tienes quince minutos.

Irina asiente, se levanta y se acerca a su madre, que se ha vuelto hacia los fogones. La agarra por detrás. Elvira da un brinco.

—Gracias, mamá —dice.

—Menudo susto. Pensaba que ya estabas camino del baño. Venga, vete y déjame hacer tranquila.

Irina sonríe y su madre también. «Qué buena eres, mamá», piensa. Pero no lo verbaliza. En lugar de decírselo, le da un beso en la mejilla y se marcha a la ducha.

Sube las escaleras y se va a la habitación de Laura. Con la mano en el pomo duda si abrir o no. Aguza el oído con la oreja pegada a la puerta. No oye nada. Ni un ruido.

Se separa pensando que ya la verá luego.

La habitación de Sara está entreabierta. Asoma la cabeza y da unos golpecitos en la puerta. No hay respuesta. Tampoco está en su habitación.

Irina mira los pósteres de grupos musicales que tiene colgados en la pared, las fotos de hace tiempo con sus amistades, de Daniel y Abel. ¿Por qué será tan difícil hablar con los adolescentes?

Aparca los pensamientos y se va al baño. En ese instante, se abre la puerta y sale Sara con una toalla envuelta en la cabeza.

—¡Por Dios, mamá! ¡Qué susto! No sabía que estabas en casa.

—He llegado ahora mismo. ¿Qué tal el día?

—No ha estado mal. Como siempre.

Irina no sabe qué es «como siempre», pero tampoco pregunta. No serviría de nada.

—Está bien —dice—. La abuela ya tiene la cena casi lista. Voy a darme una ducha rápida, ¿vale?

—Sí, mamá. Te conviene. —Sara se ríe tapándose la nariz.

La cena transcurre con bastante normalidad; no salen temas importantes, no hablan de situaciones incómodas ni terminan tirándose los platos a la cabeza.

La carne de cerdo estaba jugosa y las verduras al horno habían absorbido parte del sabor. Irina es consciente de la suerte que tienen las niñas. Si no fuese por la abuela Elvira, ¿qué ocurriría con ellas? ¿Quién les daría una comida como Dios manda?

Irina y la abuela recogen la mesa, tiran los restos de comida (muy pocos, por cierto) a la basura y se preparan para lavar los platos y cubiertos.

—Deja, cariño —dice la abuela—. Lo hago en un segundo. Tómate una infusión de manzanilla o una tila. Te irá bien. Relájate un poco.

—Ya me gustaría —gimotea—. Pero he de repasar el papeleo del caso.

—Bueno, pues siéntate a la mesa y lo revisas mientras me haces compañía.

El plan le encanta a Irina. Y ver a su madre con esa sonrisa en el rostro la reconforta. Le da un valor energético que le acelera el corazón y, a la vez, punzante como si se lo atravesara un cuchillo.

Qué poco ha pensado en ella. En cómo debió de sufrir con el accidente de Daniel y la desaparición de Abel.

«Nunca dejaré de buscarlo», piensa.

Irina tuerce la curva de sus labios y se le humedecen los ojos. No es momento de hundirse. Hay cosas más importantes en que pensar.

Se levanta, sale de la cocina y regresa con los archivos. Al sentarse de nuevo, los coloca encima de la mesa y abre los papeles en forma de abanico. O como si fueran cartas de un mago que se prepara para hacer un truco de magia. Los otea. Sabe de antemano que no le van a servir de ayuda. Pero… tampoco podría dormir.

Se sumerge tan profundamente en los listados, las fechas y nombres asociados que cuando Elvira habla da un respingo.

—Tómatelo ahora que está calentito, Irina.

«¿De qué habla?», piensa.

Entonces ve la taza de cerámica humeante que hay en la mesa. Ni se había percatado de ella.

—Y toma un descanso. Estás en casa. No tienes por qué trabajar tantas horas.

—Lo sé, mamá. Pero este caso me tiene desconcertada.

Elvira se sienta a su lado y le envuelve una mano con las suyas.

—Verás —le dice y da un sorbo a la infusión—, todo apunta a que a los Ayats los mató su hijo Fernando, y que este se ha fugado. Pero… no me preguntes cómo, sé que se me escapa algo. Hay detalles en el caso que no me cuadran en absoluto. Y esa mujer, Magnolia Mortz…, siento escalofríos en cuanto la miro. Se me encoge el alma. Es como si la conociera de antes, como si ya hubiese estado en Rocanegra.

El rostro de la madre ha cambiado a unas muecas de… ¿preocupación?

—¿Qué sucede, mamá? —Deja la taza y ahora es ella la que la reconforta con la mano.

—Verás, Irina. He temido que llegara este momento toda mi vida.

—¿De qué hablas, mamá? Me estás asustando.

—No es la mejor situación ni el momento adecuado —dice

con la mirada perdida en algún punto invisible de la mesa—. De hecho, quizá lo más sensato sería que me llevara este secreto a la tumba.

—¿De qué secreto hablas, mamá? ¡Por favor!

Levanta la vista con lágrimas en los ojos, aprieta las manos con fuerza y le tiembla el mentón.

—Mamá…, sea lo que sea no tienes de qué preocuparte. Nada puede ser tan grave.

—Lo es. Y me arrepiento tanto de no haber hablado contigo antes… Fui una cobarde. Debí escuchar a tu padre.

—¿Papá? —Se le desencajan las letras—. ¿Qué tiene que ver él en esto? ¿Qué tiene que ver en nada?

—Perdónanos, Irina.

—Mamá, no hay nada que perdonar. Pero cuéntamelo de una vez —le implora aterrada.

—Lo haré, cariño. Mereces saberlo.

Se hace el silencio.

Irina ha dejado de respirar. Solo oye el bombeo de su corazón.

Elvira inspira y espira. A Irina le recuerda a ella misma justo en el momento anterior a salir a descubierto en una batida o en un atraco.

—Irina —dice—. Quizá ese sea el motivo por el cual te es familiar.

La cabeza le pesa dos toneladas y le da vueltas todo. Irina cree que las verduras van a salir de su estómago de un momento a otro, y está pálida como si la hubiesen degollado en ese instante.

—Pero ¿qué diablos estás diciendo, mamá? —logra balbucear.

—Cariño, perdónanos, por favor.

26

La revelación que le ha hecho su madre la ha trastornado.

—¿Cómo dices, mamá? —pregunta con una voz chillona y rasgada.

Elvira se sienta frente a ella, a la mesa, con una taza humeante y la etiqueta de la infusión colgando y una sonrisa que está fuera de lugar, que ahora la hace sentir mal.

—Hace tantos años que temía que llegara este momento, hija.

—Me adoptasteis —inquiere más para ella misma que para su madre. En voz alta suena horrible.

—No exactamente…, deja que te lo explique…

Irina tiene el corazón acelerado y siente que el oxígeno no le llega a los pulmones. «¿He vivido en Rocanegra? —piensa—. Fui una niña como aquellos chiquillos. ¿Por qué no lo recuerdo?».

Acordarse de aquellos críos, de la petición de auxilio, la nota, la directora Mortz… no le hace ningún bien. ¿Por qué no conserva en la memoria nada de aquella época? ¿Lo habrá borrado o cambiado para poder seguir adelante? Muchos procesos traumáticos se camuflan o esconden en cajones bajo llave para proteger la integridad de los individuos. Lo sabe. Bibiana se lo había dicho en infinidad de ocasiones. ¿Es lo que le ocurrió a ella?

—Verás, cariño. Cuando tu padre y yo éramos jóvenes, atravesamos algunas situaciones complicadas. La inexperiencia, la falta de recursos y el nulo apoyo que obtuvimos de tus abuelos nos hicieron tomar la decisión más difícil y de la que nos arrepentimos a diario durante toda la vida.

No sabe qué pensar. Ni qué decir. Los tambores en sus orejas la distraen, las náuseas, las reminiscencias extrañas y las especulaciones van y vienen como un yoyó. No puede evitarlo. Es su mente de policía.

—Me abandonasteis. —Irina susurra como una certeza aterradora y gélida que lo invade todo con su escarcha—. Y a Toni también.

Elvira asiente.

—En esa época aún estaba bastante mal visto que a temprana edad se mantuvieran relaciones sexuales fuera del matrimonio. Tus abuelos eran de la vieja escuela. Imagina lo que supuso quedarme embarazada.

No responde. Sigue relatando.

—Tenía miedo de que la gente se cebase con nosotros, pero más temía la reacción de tu padre. Él era un chico brillante, encandilador y con un futuro muy prometedor.

Hace una pausa.

—Sigue, mamá. Por favor —suplica Irina.

—Xavier se puso a llorar. Y a reír. Me abrazó tan fuerte que casi no podía respirar. Me llenó de besos, cariño. Estaba tan feliz. Me aseguró que lo superaríamos, que saldríamos adelante y que la gente hablara lo que quisiera. Que estaríamos juntos y podríamos con todo. Incluso me alentó a que nos marcháramos de Los Álamos. Que nadie nos juzgaría en la ciudad.

«Igual que yo —se dice Irina—. Deseaba con todas mis fuerzas huir de Los Álamos. Dios. Igual que ahora. Quiero salir corriendo».

—¿Y qué ocurrió entonces?

—Yo no me atreví. El día que debíamos partir me eché atrás. Xavier..., tu padre, no me lo echó en cara, pero este fue el inicio de nuestro calvario, no Toni. Empezaron las peleas, las discusiones, las decisiones que otros tomaban por nosotros. —Hace un pequeño descanso. Irina se calla esperando que su madre siga relatando—. Teníamos deudas. Muchas. Y se nos cayó el mundo encima cuando me quedé embarazada de ti.

—¿Me estás diciendo...?

—¡No, Irina! Fuiste una alegría inmensa para nosotros. Sin embargo... no fuimos capaces de afrontar los problemas económicos hasta que nos salió el trabajo ideal. Lo malo es que no se aceptaban niños, con lo cual y tras mucho pensarlo, nos vimos obligados a dejaros a Toni y a ti en Rocanegra por un tiempo. En cuanto logramos estabilizar la situación os fuimos a buscar enseguida.

A Irina le da miedo decir en voz alta lo que su mente piensa desde que ha empezado la conversación. Y decide que es el momento de sonsacar lo que deba salir a la luz, ya que su madre, al fin, se ha atrevido a confesarle ese triste y doloroso pasado, ¿qué tiene que perder?

—Mamá, ¿se lo contasteis a Toni?

Ella no responde.

—Mamá, por favor. Necesito saberlo. ¿Sabía Toni la verdad?

—Sí —afirma al fin—, y no.

—¿Cómo que «sí y no», mamá?

—El regreso al hogar fue muy distinto para los dos. Mientras que tú no dabas señal alguna de recordar tu paso por el orfanato, Toni sí lo hizo.

—¿Lo recordaba? —«¿Y tampoco me contó nada?», pensó.

—Tuvo pesadillas casi a diario. Se levantaba empapado gritando, llorando, suplicando que no le pusiéramos la mano encima.

—¿Lo maltrataron en Rocanegra?

—Quizá.

—No denunciasteis.

—Eran otros tiempos, cariño. No estaba bien visto por aquel entonces sacar temas como este. Tu padre y yo solamente queríamos vivir tranquilos. Queríamos daros una vida mejor de lo que había sido la nuestra. Y que ingresaran a Toni en una institución mental como si fuese un loco... ni hablar.

—Puedo entenderlo hasta cierto punto, pero no me entra en la cabeza que no fueseis a ver a un médico en otro lugar.

—El fin seguía siendo el mismo, cariño. Si diagnosticaban un funcionamiento anormal de su mente, ese sería su fin. Antes eran habituales los diagnósticos de enfermedad mental cuando no sabían de qué se trataba en realidad.

—Pero... se podría haber evitado que...

Irina no puede acabar la frase.

Elvira lo hace por ella.

—... que se quitase la vida.

Irina asiente.

—Jamás lo sabremos. También me lo pregunté y me culpé por ello. Tal vez, sí. Y fuimos unos insensatos. Nunca lo sabremos. Las circunstancias nos llevaron a tomar decisiones que tenemos la obligación de llevarnos a la tumba. Perdónanos, cariño.

27

ANTES

Marzo de 1993

Efectivamente, la puerta estaba abierta.

El pomo giró sin hacer más ruido que el de sus corazones asustados. Los chicos veían el largo pasillo como un cuento de terror: oscuro, tétrico y amenazante. Se apretujaron en la pared del corredor como si se hubiesen transformado en sombras, en seres de la noche.

¿A qué distancia estarían de la salvación? ¿Podrían huir de verdad? ¿Dejarían al otro en manos de los monstruos?

A través de las cristaleras les llegaba una luz blanca y radiante. La luna llena brillaba y los atraía hacia fuera.

—Mirad —dijo el mayor de ellos señalando al exterior—, si saltamos la verja ya estaremos en el bosque.

—Sí, ¿y luego qué? ¿A dónde vamos?

El chico mayor se agitó.

—No sé… podemos correr hasta llegar a una casa o seguir la carretera. A algún sitio nos llevará. Alguien nos ayudará.

—Y nos volverán a encerrar aquí. —Empezó a llorar la pequeña—. En las celdas. Nos separarán para siempre.

—No lo permitiré. —La abrazó él—. Vámonos.

Dejar las escaleras atrás fue más complicado de lo que habían imaginado. Hubo un momento en el que los pasos, las risas y las voces llenaron el lugar. Esa gente no vivía en el orfanato. No eran del servicio.

Eran «los invitados».

Se estremecieron con unos escalofríos que los helaron y paralizaron. De verdad que creyeron no poder avanzar ni un paso más.

Se armaron de valor solo con mirarse. Unas miradas lo suficientemente templadas como para fundir el hilo que eran sus huesos pegados al suelo. Y al fin lo lograron.

Vieron el gran portón de la entrada principal y, entonces, el frío desapareció y la ansiedad se tornó en urgencia.

Los más jóvenes se abalanzaron, pero el mayor los agarró fuerte de las piernas y ambos cayeron al inmutable linóleo.

—¿Qué haces? —preguntó uno llevándose la mano al rostro.

—No podemos salir por allí. ¿Estáis locos o qué?

—Ah, ¿no? ¿Pues por dónde lo hacemos?

—Por la puerta de atrás, la de la cocina.

La cocina estaba situada en la parte posterior del edificio. Era una gran sala con los cacharros que usaban para el asqueroso menú diario. Al fondo, en un pasillo estrecho, había dos puertas: una con un almacén bastante generoso de productos de toda clase y un congelador tan grande como el lavabo del servicio, que era la otra puerta. Al fondo del pasillo, la salida y entrada de los cocineros.

Era muy tarde. Así que nadie los sorprendería allí. No era momento de trabajo ni hora de cocinar.

Aquel lugar olía raro, tanto que les hizo arrugar la nariz.

—¡Qué asco! —bramó uno.

Luego, un crujido procedente del fondo de la cocina les paralizó.

Los tres chavales se agruparon formando una piña pegada a la pared. Sus ojos escudriñaron las sombras y las posibilidades de emprender una carrera hacia la libertad.

Entonces, algo en las sombras (una sombra dentro de otra) se movió echándose hacia delante.

La exigua claridad de la estancia hizo brillar unos cabellos largos y oscuros.

—¿También queréis galletas? —preguntó la sombra.

—¿Qué? —dijo el chico mayor—. ¿Qué haces aquí?

Era una niña pequeña. Tenía el pelo negro y unos ojos muy claros que parecían una piedra preciosa. No recordaba su nombre. Solo que la había visto en alguna ocasión. Ella era uno de los «mimados». Los trataban mejor que a ellos y salían del orfanato antes con un destino preferente: familias ricas.

—¿Y tú? —preguntó la niña.

El chico se devanó los sesos por contarle o no la verdad. Al no decir nada, la niña respondió a la curiosidad de él.

—Tenía hambre. Por eso he bajado a la cocina. ¿Queréis galletas?

El bote de cristal destelló.

—No. Nosotros nos vamos —dijo.

—Qué miedo. Durante la noche el bosque se llena de monstruos. ¿Ya lo sabéis?

—Bueno, nos los cargaremos. Y tú mantén la boca cerrada. No nos hemos visto. ¿Vale?

—Pues claro. Y vosotros no digáis que me como las galletas a escondidas.

Los tres chavales abrieron la puerta —la llave estaba colgada en una cajita con forma de casita ubicada en la pared— y se lanzaron a la carrera por el jardín trasero.

Bien. Lo iban a lograr. Cualquier sitio sería mejor que la mierda en la que vivían entre esas paredes.

Saltaron la verja apoyándose los unos en los otros y la chica se hizo un corte en el muslo. El mayor rompió parte de su camisa y se lo cubrió haciéndole un nudo y un lazo. No era una herida grave ni muy grande, pero la solución hizo desaparecer el creciente miedo.

Nada los detuvo y volvieron a la carrera.

Pronto estarían lejos. Muy muy lejos.

La mujer alta y tiesa observaba a través de la cristalera fulgurada por las brasas a los chicos correr hacia la verja.

—¿Ves? —dijo al hombre rudo y grande que estaba a su lado—. Los perros no están domesticados aún.

Él asintió.

—Necesitan un castigo.

—Eso es. Debemos enderezarlos antes de que sea demasiado tarde. Estamos perdiendo demasiadas piezas. Encárgate de ellos.

—Así lo haré, señora.

DÍA TRES

31 de diciembre de 2023

28

AHORA

Irina entra en la comisaría con el alma arrastrándole los pies. Son las seis y cuarto y todavía no ha llegado el equipo. Además, no ha podido pegar ojo en toda la noche desde que su madre se disculpó y salió disparada a su casa para evitar que le viera las lágrimas. Y tener que responder más preguntas también.

¿Cómo pudieron esconderle algo tan importante de su pasado? ¿Quizá fuese el motivo que llevó a su hermano Toni a tomar la decisión de acabar con su vida? ¿Y su padre...?

—¿Irina? —La voz de Bosch la sorprende en cuanto entra en la sala del caso—. ¿Qué haces aquí tan pronto?

—¡Dios, qué susto, Bosch! Podría preguntarte lo mismo, ¿sabes?

—En cuanto me metí en la cama vi claro que no podría dormir. Mi cabeza iba a explotar.

«Y a mí —piensa—. La mía sí estalló».

—A veces la lectura ayuda a relajarse.

—No dejo de pensar en quién pudo haber cometido un asesinato tan cruel.

—¿El hijo?

—Puede. Quizá sea lo más probable, pero hay demasiadas migas de pan que llevan en otra dirección.

—Rocanegra.

—Exacto. No nos han contado nada y no sabemos cómo trabajaban en el pasado. Se puede decir que han eliminado todo rastro. O no han dejado ninguna prueba.

«Bosch, ¿tú sabes que yo estuve allí ingresada?», quiere preguntar. Pero no puede. Tiene miedo al rechazo. O quizá que la juzgue. Y si lo sabe ya..., ¿por qué no le ha dicho nada? ¿Lo saben todos quizá?

—¿Qué sabes de mí, Bosch?

—¿A qué te refieres, Irina?

—De mi vida.

—Yo diría que todo.

—¿Sabes que mi hermano se quitó la vida cuando tenía trece años?

Él asiente.

—Y lo lamento. No imagino lo duro que debe de ser.

—Lo odié —afirma Irina frunciendo las cejas—. Pasé meses maldiciendo que me dejara sola. Cada noche lloraba preguntándome por qué lo hizo. ¿Quizá le había molestado algo que había hecho yo? ¿Quizá ya no me quería?

Bosch la envuelve entre sus brazos. Irina se refugia en él.

—No fue culpa tuya, Irina. Nadie sabrá jamás qué lo impulsó a hacerlo. Pero seguro que no fue por ti.

—Un motivo tendría. —Levanta la mirada hacia los ojos de Bosch—. Y ahora me da miedo conocer la verdad.

—¿Cómo dices? —pregunta escéptico y sorprendido—. ¿Sigues indagando por si encuentras un motivo?

—El caso...

Se calla.

Bosch espera.

Y no aguanta la tensión.

—Irina. —La separa de sí, la sujeta de los hombros con las manos y pone su cara a escasos centímetros de la de ella. Su aliento es caliente y agradable, con un ligero olor a menta—. ¿De qué caso me estás hablando?

—¿De cuál va a ser? De los Ayats.

—Sigo sin entender qué une a esos ancianos con la muerte de tu hermano.

—Rocanegra, Bosch. Allí está la respuesta. En ese lugar se esconde algo terrible. —Es ahora o nunca. Toma una gran bocanada de aire y deja que las palabras salgan solas—. Mi hermano y yo estuvimos ingresados en el orfanato unos tres años.

—¡¿Qué?! Estás de coña, ¿no?

Irina niega con la cabeza.

—No tenía ni la más remota idea.

—Ni yo hasta ayer.

Bosch escucha con atención la explicación que Irina le da, igual que ella se asombró del relato de su madre la noche anterior. Irina libera las palabras que la han sacudido con una certeza casi aplastante. Al decirlas en voz alta suenan increíblemente más dolorosas.

—¿Y nunca tuviste la sospecha...? —pregunta Bosch sin terminar de hacerla.

En ese instante, la inspectora Alicia Bueno y el novato Javier Hernán entran en la sala y se termina la conversación. Irina se suena la nariz con un pañuelo, lo tira a la basura y se pone frente a la pizarra.

—Buenos días —saludan los recién llegados.

—Madrugadores —anuncia Bosch mirando el reloj de su muñeca— y puntuales. Eso es bueno.

Apenas faltan diez minutos para las siete.

Ming-Chen Lao aparece con la camisa arrugada por encima de los pantalones, y el pelo, largo y negro, desaliñado y revuelto. El tono bicolor se le mezcla de una manera curiosa.

—¡Por todos los demonios, Rayo! —exclama Irina—. ¿Una noche loca?

—Podría decirse que sí, jefa. —Suelta un montón de papeles encima de su mesa, se quita las gafas de pasta y se deja caer en la silla—. Pero sin alcohol ni sexo.

Visualizar a Rayo practicando sexo tras una noche de diversión en una disco no es, precisamente, la imagen que les viene a la cabeza.

—Bien —dice Irina en voz más alta y todos se callan—. Vamos a empezar la reunión.

—¿Y Pérez? —corta Bosch con la pregunta.

Irina le lanza una mirada fulminante. ¿Dónde está la mujer sensible de hace unos minutos? Se sorprende del enorme cambio de actitud. Aun así, sabe que su alma está rota con cientos de fragmentos. Y ahora conoce uno más.

—No vendrá. Tengo un correo electrónico con los resultados de las autopsias y ninguna ha aportado nada nuevo que no sepamos ni datos relevantes que haya que tener en cuenta. Pérez solo ha adjuntado el detalle de que ambos cuerpos tenían restos de pintura en la piel formando un garabato con forma de mariposa. —«De nuevo el bicho ese», piensa Irina—. Así que seguimos en el mismo punto que al principio.

Escuchar en voz alta que no han avanzado le comprime los pulmones. Pero al menos tienen ese pequeñísimo hilo del que tirar.

—¿Sabemos algo más de la pintura usada?

—Pérez ha tomado muestras y las ha mandado a analizar. Prioridad absoluta. Aunque puede que tarde días en obtener una respuesta.

—Algo es algo. De todos modos, la hipótesis de que Fernando Ayats, hijo del matrimonio de los ancianos asesinados, sea el culpable es más que factible. ¿Algún dato que debamos tener en cuenta? —pregunta clavando la vista en sus compañeros.

Bueno habla.

—El mutismo colectivo. —Traga saliva antes de seguir—. De todos los interrogados que han dado parte, ninguno sobresale de su explicación.

—¿Que es…? —inquiere Irina.

—Los Ayats eran una pareja muy querida y apreciada. Dudan que su hijo tuviese algo que ver. Y no hay nada que los haga sospechar. Piensan en algo fortuito y aleatorio.

—¡Y un cuerno! —Irina lo pronuncia más alto de lo que quería y Alicia se pone colorada.

—Es lo que parece, jefa. Todos han dicho prácticamente lo mismo.

—Que sea lo que creen no lo hace real, inspectora Bueno. Sí, todo apunta a que se trataba de personas amables y colaborativas con la comunidad, pero ello no los exime de tener secretos y sombras. —Piensa en ella misma y en su madre. De hecho, piensa en su familia. Escondidos en unas sombras demasiado grandes para permanecer ocultas tanto tiempo—. ¿Se han pasado todos para dar su declaración?

—El reverendo Casellas aún no —responde Hernán.

—Interesante.

«¿Por qué?», preguntan sus rostros.

—Chicos, el reverendo estaba en la escena del crimen, tiene relación con los Ayats y, lo que me da mala espina, con la institución Rocanegra. —Se le atraganta la voz.

—Inspectora —llama Rayo—, en relación con el orfanato, no he sido capaz de encontrar nada en los registros, pero sí algo interesante.

—Suéltalo de una vez, Lao. Nos tienes en ascuas.

—¿Recuerda que los registros telefónicos confirmaron una llamada del difunto Dionisio Ayats a Julius Hastings?

Irina asiente e invita a seguir con los brazos y manos.

—Bien. Pues he encontrado otro registro perteneciente a uno de los teléfonos de Hastings que recoge una llamada de diez segundos a Dionisio.

—¿Cómo dices?

—Lo que oye. Julius llamó a Dionisio poco después de la llamada de este.

—¿Y dices que la borraron de los registros? ¿Cómo es eso posible?

—Es un hombre influyente, jefa. Se codea con peces gordos y todo el mundo parece deberle uno o dos favores. No me extrañaría que incluso se perdiera la información del teléfono de Dionisio.

—¿Piensas decirme el nombre de ese benefactor misterioso que borra registros telefónicos?

Lao niega con la cabeza.

—No tengo ni la más remota idea. Lo siento. A mi parecer, puede que estemos ante un *hacker* profesional a sueldo. Lo que sí he logrado es seguir ese cabo suelto y me ha llevado por la puerta trasera al ordenador del magnate. Que quede claro que ha sido sin querer.

«Como sea un camino sin salida y el comisario se entere… me va a cortar la cabeza», piensa Irina.

—Entre sus archivos, algunos vídeos porno y demás preferencias sexuales explícitas, había un hilo de correos electrónicos dirigidos a la señorita Mortz, directora de Rocanegra.

—Sabía que esa mujer es todo fachada —sisea Irina como una serpiente—. ¿Qué decían los correos?

—Les he sacado una copia. —Se levanta de un golpe y parte de los papeles se le caen al suelo. El movimiento de su pelo verde da color a la sala, pero no le sube la temperatura—. Lo siento.

Reparte una copia a cada uno de los inspectores.

Lo leen.

—Pero ¿esto qué es? —Irina sacude los folios en lo alto—. Aquí no hay nada, Rayo.

—No, jefa. Hay poco, pero en realidad hay mucho.

—Por favor, Rayo. Ilumínanos.

—Si se fija bien, en ninguno de ellos se hablan directamente ni usan nada que los relacione entre sí. Sin embargo, usan palabras clave para dirigirse a lo que de verdad se refieren.

Irina vuelve a leer.

Bosch lo hace en voz alta.

—Cervatillo. Caniche. Luna. Estrella. Diamante.

«Diamante», reverbera en la mente de Irina.

—Son motes. Ven: El Cervatillo está nervioso. La Gacela será liberada esta noche. Luna ya no sirve. A Diamante ni tocarlo.

«A Diamante ni tocarlo», vuelve a rondarle la cabeza. ¿Quién es Diamante?

—¡Mierda! —exclama Irina sin darse cuenta.

—Pensé lo mismo, jefa.

Irina no responde. Tiene los ojos muy abiertos y le tiembla la mandíbula. Necesita una pastilla para relajarse.

—¿Estamos pensando todos en una red de pederastia? —Bosch pone en voz alta los pensamientos de todos.

—Me temo que sí —afirma Lao—. Si juntamos los motes, las frases que parecen un sinsentido y las cantidades numéricas que aparecen en la última línea —levanta el folio y les remarca con un dedo la cadena de letras y números—, creo no equivocarme si digo que se trata del precio por los servicios.

—¡Mierda! —repite Irina.

Entonces ¿es posible que hicieran lo mismo con ellos? ¿Que Irina y Toni fuesen unos niños abusados? ¿Vendidos? Quizá esa era la explicación al suicidio de Toni. Ella no recordaba nada, pero él… puede que sí.

—He intentado rastrear las cuentas bancarias de Mortz y Hastings, pero no ha habido suerte. Los movimientos más destacables son las donaciones realizadas por los Ayats.

—Un trabajo increíblemente bueno, Lao —la felicita Irina—. Nos da una nueva perspectiva.

—¿En qué estás pensando, Irina? —interviene Bosch.

—En que quizá Fernando estaba al tanto de la situación, descubrió que sus padres mantenían relación o, incluso, se beneficiaban de ella, y no ha aguantado la presión más tiempo.

—¿Crees que él mató a sus padres?

—Parece que las nuevas pruebas aportadas por Rayo apuntan en esa dirección. Si el hijo sabía o había desenmascarado lo que se hacía en Rocanegra y que sus padres estaban implicados…, ¿quién nos asegura que no quisiera tomarse la justicia por su cuenta y hacérselo pagar? La decepción puede haber sido un tremendo golpe a su conciencia.

Silencio.

—¿Y qué ocurre con Hastings? ¿Por qué no va a por él?

—Quizá sea su próximo objetivo. —No puede decir que le importaría mucho. Ese hombre y su soberbia la sacan de quicio—. Puede que esté escondido esperando el momento oportuno para actuar. ¡Yo qué sé!

Unos instantes de silencio.

—Y en cuanto a la nota —Irina rompe la calma—, ¿tenemos algo?

—¡Ah, es cierto! —Es Bueno la que habla—. En el primer análisis, los técnicos han podido extraer dos muestras claras de ADN, que las fibras de algodón tienen una antigüedad de unos veinte o treinta años y para escribir la frase se realizó una pintura aún por determinar.

—¿Alguna coincidencia en nuestra base de datos?

—No. Por el momento, nada.

—Que lo intenten con el de los Ayats y, si es posible, con el de niños desaparecidos de los que tengamos registros.

—Sabe que será muy difícil hallar una coincidencia, ¿verdad?

Irina la fulmina.

—Difícil no es imposible. ¿Puedes imaginar qué ocurriría si un hijo tuyo hubiera desaparecido, inspectora Bueno?

Ella niega.

—Claro que no. Quizá cuando seas madre podrás entender más claramente lo que significa eso y hasta dónde es capaz de llegar una madre que ha perdido un hijo.

—Yo... yo... no quería que...

—¡Déjalo y haz tu puto trabajo!

—Por cierto, jefa —interrumpe Lao a sabiendas de que se encuentra en un momento delicado y altamente explosivo—. Las cámaras de seguridad han sido inútiles. Pero ha aparecido el coche de Fernando en las afueras, en un sendero al norte, en el bosque de Los Álamos.

—¿Su coche? —Irina muestra interés enseguida—. ¿Acaso no estaba en el garaje de su casa?

—Así es. Pero Fernando Ayats es propietario de varios automóviles. Algunos de ellos con precios imposibles.

—Bien. Vamos a centrarnos. —Respira hondo—. Quiero que os pongáis las pilas con el caso. Ya está durando demasiado y parece que solo Rayo ha sido capaz de avanzar. Arenas y Hernán, id a ver al reverendo Casellas y llevadlo a rastras, si es necesario, a comisaría. Quiero una declaración oficial. Intimidadle si es preciso. Que le entre el miedo en el cuerpo y le quede claro que un alzacuellos no lo protege. Lao, sigue el rastro y los movimientos de los coches de los Ayats, de todos, y de sus localizaciones exactas de la señal de sus consolas de a bordo y de los teléfonos móviles. Bosch, tú y yo nos vamos a asustar a ese engreído hijo de puta.

—A por Hastings, Irina.

Ya en el coche.

—Lo siento mucho —dice Bosch.

—¿De qué hablas?

—De lo tuyo, Irina. No imagino lo que debe de haber sido descubrir algo así.

«No quiero hablar de esto ahora, joder».

—Y por cómo van apuntando los tiros...

—Estoy bien, Bosch —miente—. No te preocupes. Tenemos algo más gordo entre manos.

—Ya..., solo es que me apetece hacerte saber que estoy aquí. Para lo que necesites. —Su mano se coloca en el muslo de Irina, que siente un calambrazo al instante.

—Lo sé, tonto. Ya hablaremos de ello en cuanto le demos carpetazo al caso.

Irina no piensa en el caso. Su mente frena el coche y lo detiene en el arcén. Se quita el cinturón y se abalanza a horcajadas encima de Bosch. Besándole. Recorriendo sus músculos. Haciéndole suyo. ¿Por qué se relame? Se está mordiendo el labio inferior.

—Está bien. Luego lo hablamos.

El teléfono de Bosch corta la conversación y la imaginación vertiginosa y sexual de Irina.

Mira la pantalla del móvil.

—El comisario Culebras —anuncia Bosch.

—¡Joder! No lo cojas.

—¿No le has informado?

—Claro que no. ¿Qué le iba a decir? «No tenemos nada, señor. Soy una jefa de lo más inútil».

—Pues no puedo ignorarlo.

—Serás... —Se calla en cuanto Bosch desliza el botón verde en la pantalla y le da al altavoz.

—¿Dónde coño está Pons? —La voz del comisario es claro ejemplo de su estado de ánimo.

—La tiene aquí, comisario —dice Bosch.

—Buenos días, comisario. Ahora mismo iba a redactarle...

—Cállese, Pons —la corta—. Como vuelva a dejarme llamándola como un imbécil será lo último que hará, ¿me entiende?

—Estábamos tan inmersos en el caso que...

—¡He dicho que si me ha entendido!

Irina resopla.

—Entendido, señor.

—Bien, ¿dónde está?

—En el coche con Bosch.

—¡No me joda, Pons!

—Nos dirigimos a la residencia de Julius Hastings.

—¿Hastings? Olvídese de él.

—Pero, señor...

—Ni señor ni leches, Pons. Vaya inmediatamente al centro social. Ha habido un altercado y quiero que usted se encargue.

—Con todo el respeto, comisario. Estamos en medio de una investigación de asesinato muy importante. ¿No cree que es mejor que se encarguen los agentes uniformados?

—¡No, Pons! ¡Vaya ahora mismo con Bosch! Es una orden directa.

—Un altercado entre sin techo y vagabundos no creo que...

—¿Qué sin techo ni hostias, Pons? No la he informado aún sobre qué se va a encontrar.

—Disculpe, señor. Pero ¿qué más puede suceder en el centro social? Ilumíneme. —Se arrepiente en el momento en que ya lo ha dicho. Como siempre.

—Ha habido un suicidio. Un presunto suicidio. —A Irina se le hiela la sangre.

«¿Por qué la gente se quita la vida? Serán imbéciles».

—¿Algún indigente, comisario? —pregunta Bosch.

—No. Isabel Ragàs, la directora del centro social.

El frío exterior se cuela en el habitáculo y penetra en los huesos de Pons y Bosch.

—¡Vamos para allá!

29

En la entrada al centro social hay una pareja de agentes uniformados, una cinta negra y amarilla que pretende evitar la entrada de curiosos, y un bullicio que trae reminiscencias de hace dos días, en el escenario del crimen de Catalina Solans.

Irina y Bosch saludan a los agentes y a Pérez, que llega en ese preciso instante. Tiene ojeras de un color azulado y el rostro visiblemente agotado.

—Irina —la llama y saluda a Bosch con la mano—. Iba a telefonearte, cuando he recibido el aviso del suicidio.

—¿Una novedad del caso? —pregunta ella entrando al local con Bosch, Pérez y uno de los agentes.

El ambiente ha cambiado mucho desde la última vez que estuvo aquí. El bullicio ha sido sustituido por una calma fría y espesa. Los platos calientes no son más que un recuerdo bizarro, extraño.

—Sí, pero ahora no puedo contártelo. Nos espera alguien. ¿Dónde está?

—En la cocina —responde el agente.

Un olor a caldo de pollo y verduras flota en la sala. Aluminio y azulejos. Luces de fluorescente.

—Al fondo —indica el agente.

Irina se sorprende al ver el cuerpo de Isabel. Lo último que esperaba era que el medio utilizado para suicidarse fuera ese.

—¿Qué es esto? —Bosch expresa en voz alta lo que los tres piensan—. ¿Quién diablos acabaría con su vida así?

Isabel Ragàs tiene la cabeza sumergida en la gran olla del caldo. Sus extremidades reposan encima del mármol aguantando el peso de su cuerpo inerte.

—A mí no me digáis que esto es un suicidio —se exalta Irina incrédula mientras se tapa la nariz.

—Te sorprendería la cantidad de muertes domésticas que ocurren cada año. —Pérez se acerca mucho al cadáver. Inspección visual.

—No me harás creer que metió la cabeza en el caldo adrede, Pérez. ¡Por Dios! A esta mujer la han ahogado.

—No he dicho eso, Irina. —Levanta una mano—. Esa es la información que nos han dado vía telefónica. Yo apuesto, *a priori*, por una muerte accidental. Que, por otro lado, no es tan raro. Si no me crees, echa un ojo a las muertes por accidentes domésticos en el país. Te sorprenderá la cantidad de ellos.

Irina niega con la cabeza y una arcada amenaza con obligarla a echar la pota.

—¿Estás bien? —le pregunta Bosch.

—Claro que no. ¿Acaso no te revuelve el estómago este olor?

—Lo que me inquieta de verdad —aclara Bosch— es el doble sentimiento que despierta en mí.

—¿Qué? ¿Qué sentimiento ni qué leches, Bosch?

—Pues que si no fuese por lo asquerosa y perturbadora de la escena, el olor abre el apetito.

Irina no aguanta más y con la visualización de la sugerencia de Bosch, se aparta de un salto del grupo y echa el poco contenido de su estómago en la pila de la cocina.

—¡Inspectora Pons! —se altera Pérez—. Te agradecería que no contaminaras posibles pruebas. Coge una bolsa de basura si no te ves capaz de aguantar, por favor.

Irina se limpia con una servilleta de papel gigante que ha cogido del rollo amarrado en la encimera.

Al rato, Juan Pérez se mete de lleno en realizar una inspección más minuciosa del cadáver bajo la atenta mirada de Irina y Roger.

El teléfono de Bosch vuelve a sonar.

—Es el comisario —informa. Luego activa el altavoz para que lo escuchen todos.

—Valoración inicial, Pérez —ordena.

—Creo que no estamos ante ningún suicidio, señor. Apuesto por un ataque al corazón o una repentina pérdida de la consciencia. Lo cual desencadenó una consecuente caída, suave y calmada, de la mujer. Con la fatal introducción de su cabeza dentro de la olla y la posterior muerte por ahogamiento.

—¿Está seguro, Pérez? Esto no es una maldita película de casos imposibles.

—Lo estaré en cuanto pueda realizarle un examen a fondo en casa.

—Bien. Cuando se levante el cadáver, lléveselo y examínelo. Hasta entonces lo trataremos como un lamentable accidente. La prensa nos pisa los talones. Pons, está muy callada, ¿no?

—Aquí me tiene, señor.

—Espabile y deme algo con lo que calmar a la población. Y hágalo ya. Este caso se está convirtiendo en un maldito grano en el culo. Y hoy es Nochevieja. Estoy en Madrid y rodeado de peces gordos. No voy a ser el hazmerreír del año, ¿me entiende? Si caigo yo, la llevo conmigo del brazo.

—Déjelo en mis manos, señor. Tengo unos hilos que seguir. Y en cuanto a Martínez, me encargaré de él enseguida.

—Más le vale darme buenas noticias. —Hace una pausa larga—. Bueno. Les dejo. Que en nada nos sirven el desayuno. —Y cuelga.

El mero hecho de imaginarlo le provoca a Irina una nueva sacudida en las tripas.

—Pérez, infórmame en cuanto sepas algo.

—¿No esperas a que llegue el juez para el levantamiento?

—Tengo planes mejores. —Sin esperar un adiós, Irina sale de la cocina a toda velocidad.

—Inspectora Pons.

Irina ve a un hombre dirigirse a ella corriendo por la acera.

—¿Otra vez?

—¿Puede contar a nuestros televidentes qué ha ocurrido esta vez? ¿Quién ha muerto? ¿A quién ha matado el asesino?

—No es de su incumbencia.

—¡Ajá! Así que tenemos un nuevo cadáver en Los Álamos. «Mierda», piensa.

—Yo no he dicho eso —se defiende.

—Sí lo ha hecho. Ahora, díganos, ¿de quién se trata? ¿Un indigente? ¿Tenemos un asesino que mata a ancianos y a personas desvalidas?

—Vamos a ver, Mateo. —Irina decide ser cordial con el periodista. Más por el comisario que por su propia reputación—. Primero desconecta la cámara.

—De eso nada, inspectora.

—¿Quieres una noticia o se la doy a otro?

Mateo Martínez accede ante la pérdida de la exclusiva. Detiene la grabación y asiente.

—¿Qué tienes para mí, Irina? —le pregunta ya tuteándola.

—Dame un par de horas y te hago llegar un informe.

—¿Un par de horas? Eso es demasiado.

—O lo coges o lo dejas volar.

—Dime por lo menos a qué atenerme. Es lo mínimo.

—Está bien. Por el momento, digamos que creemos que ha habido un accidente doméstico.

—«Por el momento» —repite él susurrando.

—Ahora apártate de mi camino, Martínez. Tendrás noticias mías en breve.

Irina sube al coche. Bosch ya tiene el motor en marcha y acelera.

—Bosch, este tío me tiene hasta los mismísimos ovarios. Pero quizá podamos usarlo de alguna manera en nuestro beneficio. —La mirada de Irina se pierde más allá de la ventanilla del coche, tras la silueta de Bosch. En la callejuela estrecha entre los edificios puede distinguir una sombra, una silueta. Cuando el coche la sobrepasa, Irina se gira y la ve dar un paso al frente. ¿Alguien los observa de cerca?

El hombre sonríe oculto por la oscuridad y el amparo del callejón. Ninguno de los agentes, ni los uniformados ni los inspectores, se han percatado de su presencia. Ninguno, excepto Irina Pons.

—Es usted una mujer muy lista —susurra—. Y me está obligando a improvisar. No me gusta. Tenía otros planes para usted. Aunque, ¿sabe lo que le digo? No es tan lista como yo. Muy pronto lo verá.

Vuelve a dar un paso atrás y se camufla en la penumbra.

30

La claridad del nuevo día, el último del año, empieza a despuntar en el horizonte con tonos pastel que no irradian nada de calor.

El barrio residencial donde vive Hastings es un enorme complejo con viviendas que muestran la necesidad de sus inquilinos por ser vistos.

Irina chasquea la lengua cuando Bosch detiene el coche frente a la casa de Julius.

—Irina, ¿estás bien? —La mirada de Roger denota preocupación.

—No me gusta nada ese hombre, Bosch. Y menos que su hijo Randall esté saliendo con Sara. O que sean amigos.

—Ya, lo entiendo. Pero no tiene por qué ser como su padre. Quizá Randall tenga corazón.

—Eso me ha dicho —más bien gritado— Sara. Y, por su bien, espero que sea verdad. Si no, le romperá el corazón.

—Los adolescentes tienen estas cosas. Deben equivocarse y renacer de sus errores. Lo más importante es que Sara sepa que estarás allí para abrazarla, secarle las lágrimas y apoyarla cuando ocurra.

—Tú qué sabrás de hijos y adolescentes, Bosch —dice con desprecio y enseguida se arrepiente.

—Que no tenga hijos no significa que no pueda comprenderlos. También lo fui un día, ¿sabes?

—Está bien —zanja y abre la puerta.

Pons y Bosch se acercan a la propiedad a sabiendas de que no es la mejor hora ni el día para andar molestando a la gente. Y mucho menos a estos engreídos fantoches forrados de pasta. Pero Hastings tiene mucho que responder.

Tocan el timbre y una melodía —¿Chopin quizá?— suena de fondo.

La puerta de madera de dos metros color negro se abre. Una mujer ataviada con un uniforme de sirvienta los inspecciona con los ojos muy abiertos.

—Buenos días —dice—. ¿En qué puedo ayudarlos?

—Somos los inspectores Bosch y Pons, y nos gustaría hablar con el señor Julius Hastings. ¿Puede avisarlo de que estamos aquí?

Niega con la cabeza.

—Lo haría con mucho gusto, pero el señor Hastings no se encuentra en casa en este momento.

Irina mira el reloj de pulsera.

—¿Y sabe dónde podemos localizarlo?

—No se me permite dar información de su paradero. No.

—Sabe usted que interferir en una investigación policial supone un delito, ¿verdad?

La mujer pierde el color en el rostro.

—Entonces, tendrán que detenerme. —Extiende los brazos hacia los agentes—. Si tienen una orden, claro. ¿La tienen?

La fina línea de sus labios se curva ligeramente hacia arriba.

—La podemos tener con solo una llamada a la central

—responde Irina irritada—. Pero no la necesitamos. ¿Está la mujer del señor Hastings entonces?

—La señora tampoco se halla disponible.

—Así que ¿está usted sola en la residencia?

—Nunca estoy sola del todo, agente. Aquí trabajamos muchos empleados.

—De acuerdo. En cuanto llegue de donde sea que se encuentre, dígale que se ponga inmediatamente en contacto con nosotros.

Le extiende una tarjeta, la mujer la coge y, sin mirarla, se la guarda en un bolsillo delantero del delantal.

Asiente y cierra la puerta.

Irina y Bosch se dirigen de nuevo al coche.

—¿A dónde vamos ahora? —pregunta Bosch.

—A mi casa —responde ella—. Quiero ver un momento a las niñas. Ayer me quedó un sabor amargo en la boca.

Irina sabía que no podía evitar que Sara y Randall se viesen y mantuvieran una relación. Por mucho que le disgustara debía aceptarlo. Iban a pasar la Nochevieja juntos, lo aprobara o no, así que mejor decirle que podía ir. Irina haría lo mismo y los observaría desde fuera.

Suena el teléfono de Irina.

—¿El comisario otra vez? —inquiere Bosch.

—No, por suerte. Ya estaba temblando.

Irina descuelga.

—¿Alguna novedad, Rayo?

—Jefa, ¿dónde está? ¿Sigue en el centro social?

La voz de Lao se percibe nerviosa y urgente. Como si le faltase el aire.

—No, estamos en la residencia de los Hastings. Lao, por favor. Cálmate y dime qué ocurre.

—¿Julius está ahí con usted?

—No. La sirvienta nos ha dicho que ha salido de viaje o algo así, supongo yo. ¿Por?

—Recuerda que Dionisio Ayats recibió una llamada de Hastings antes de morir.

Se calla.

Bosch está entrando en la calle de la casa de Irina.

—Sí, sí. Por eso queríamos presionarlo ahora.

—Bien. Verá. He estado dándole a las teclas y he descubierto un dato significativo del magnate.

Vuelve a callarse.

—¡Suéltalo ya de una vez, Ming-Chen Lao! —Irina dice su nombre completo para dar más poder a la orden.

—Isabel Ragàs también recibió una llamada antes de morir. Antes de su trágico accidente doméstico. ¿Adivina de quién?

—¡No me jodas! De Hastings.

—Así es.

—Mierda. Una mierda gorda como un campo de fútbol, joder. —Irina golpea el salpicadero del coche con un puño—. Lao, ¿tienes idea desde dónde se realizó la llamada?

—He triangulado la señal y... los repetidores no lo sitúan muy lejos.

—¿¡Qué!? Ve al grano de una vez. ¿Qué significa que «no lo sitúan muy lejos»?

—Que no se ha ido a ninguna parte. Está en Los Álamos, jefa. Hastings está aquí mismo.

—¡La puta que lo parió! —exclama y supura rabia en cada sílaba.

—¿Por dónde empezamos? —Bosch arranca el vehículo.

—Ni puta idea, Bosch —le suelta Irina con grandes aspavientos.

Bosch aparca el coche delante de casa de Irina. No se ve movimiento en las ventanas.

—¿Inspectora? —La voz de Lao suena temblorosa. Irina se había olvidado por completo de ella.

—Disculpa, Rayo. ¿Puedes darnos una dirección más precisa en donde empezar a buscarlo?

—La verdad es que no. Con los repetidores de telefonía se puede tener una idea más o menos concreta de su paradero, pero Julius Hastings tiene un sistema de inhibición de alta gama que anula los rastreadores. Lo único que sabemos a ciencia cierta es que está en Los Álamos.

—No es mucho, pero nos apañaremos. Gracias, Lao. Buen trabajo.

Irina cuelga y llama a la agente Arenas.

—Sí.

—Anna, necesito que redactes una orden de búsqueda y detención contra Julius Hastings.

—¿El magnate del Blockchain?

«Sí, y padre del novio de mi hija», piensa.

—El mismo.

—Está informado el comisario, supongo.

—Supones mal. Primero redacta el informe, pásalo a todos los agentes en activo y luego informa a Culebras.

—Con todos mis respetos, inspectora. ¿No cree que el orden de los sucesos debería empezar a la inversa?

—Tiene razón —añade Bosch asintiendo y dando golpecitos al volante.

—Haz lo que te digo, Arenas. Asumo toda la responsabilidad. Por algo soy la inspectora jefa, ¿no?

—Está bien, Pons. Me pongo a ello. —Cuelga.

—Te estás metiendo en un lío y lo sabes.

—¡Cállate, Bosch! Lo primero es lo primero.

—¿Y crees que Hastings mató a los Ayats y luego ahogó a Ragàs?

—Es posible que esté colaborando con Fernando, el hijo de los Ayats. A fin de cuentas, estamos hablando de muchos millones de euros en juego. Y de dos hombres que supuran dinero.

—Aun así, no me cuadra mucho que Hastings se ensucie las manos de este modo. Y ¿para qué? Puede pagar a asesinos a sueldo sin dejar ningún hilo que lo involucre. Ni siquiera una señal.

—Puede que solo acompañe a Fernando y sea este el brazo ejecutor. No lo sé aún.

Una nueva llamada los corta.

—Es Rayo de nuevo —informa Irina mirando la pantalla. Desliza el verde—. Dime.

—Se cortó la comunicación y hay otro dato que debería conocer, Pons.

—Ya estás tardando.

—Hastings realizó otra llamada hace poco menos de una hora.

—¿Qué? ¿Y me lo dices ahora? No me jodas que va a matar a alguien más… —Ha sonado extraño dicho en voz alta—. ¿Dónde ha llamado? Y ¿a quién?

—Aquí mismo, en Los Álamos.

Silencio.

—¡Por Dios, Lao! ¿A quién llamó?

—A Andrei Janovick.

—¡Putísima mierda!

Bosch pone la primera, pisa el acelerador, da un volantazo y cambia de dirección sin hablar y sin necesidad de que Irina se lo diga.

—Lao, busca una relación entre Hastings, Ragàs y Janovick. Lo quiero todo de estos tres. Esto me huele a chamusquina de la peor, pero se me escapa qué los une.

—Delo por hecho, jefa.

Bosch la escruta con la mirada.

—Se está complicando mucho. ¿Crees que Janovick...?

—No lo sé, Bosch. Tú písale y vamos al Averno.

31

—¿A dónde irán con tanta prisa? —pregunta Sara desde la ventana del piso superior.

—¿Y qué más da? —Randall la abraza por detrás y pasea sus dedos por el ombligo de ella.

Sara siente que su madre está perdida y que desde la muerte de su padre no ha sido la misma. ¿Quién de ellas no ha cambiado? Perder a un padre no es como perder en la lotería. Y Abel... No saber dónde está y si está bien o no es una locura.

Menos mal que tiene a Randall. Él la comprende y la hace sentir viva. La quiere. La ama de corazón.

—Está muy ausente, ¿sabes?

—Es lo normal —responde él—. Con el asesinato de los viejos, ¿cómo va a estar siendo la policía que lleva el caso?

—Supongo que tienes razón. Aunque se lo toma demasiado a pecho.

—Déjalo ya —dice él tirando de su cuerpo hacia atrás—. Sé cómo hacer que te olvides de ella.

La besa en el cuello y ella lo tuerce a un lado. Cuando llegan a la gran cama, se dejan caer de espaldas.

Sara se gira y se pone encima de él como si montara a un semental. Baja su rostro y lo besa en los labios.

—Si se enterara de que estoy aquí… contigo…

—De momento, no lo sabe. Y está bien así.

—Ya. Pero algún día deberemos contárselo. No quiero andar escondiéndome siempre. Sabes a qué me refiero, ¿no?

—Por supuesto, amor. ¿Te parece bien que se lo contemos cuando cierren el caso que tiene entre manos?

—¿En serio? ¿Harías esto por mí?

—Por ti… lo haría todo, mi amor.

32

—Joder, Irina. Tengo un hambre de lobo.

—¿En serio sigues pensando en comer después de la escena de Isabel Ragàs?

—Una cosa no quita la otra —se disculpa Bosch al tiempo que detiene el coche frente al bar.

El Averno se ve muy distinto a la última vez. El hecho de saber que Janovick está muerto ayuda. Y que el cielo plomizo amenaza con una buena tormenta. Quizá de nieve.

La agente uniformada en la puerta los saluda.

—¿Hay alguien? —pregunta Irina.

—Ustedes son los primeros —responde la agente.

—¿Y quién lo encontró?

—La mujer de la limpieza. Está dentro con mi compañero. Llegó para hacer su trabajo diario y lo vio.

—¿Suicidio?

—Así es. Ahorcado.

Le da las gracias y van a entrar cuando la agente dice:

—Por la puerta trasera, inspectora.

«¿Pues qué demonios haces custodiando la entrada principal?», piensa. No se lo dice.

—¿Piensas que será un asesinato enmascarado, Irina? —pregunta Bosch cuando el callejón los aleja lo suficiente de la agente.

—Hay alguien dispuesto a hacer callar a estos pobres desgraciados, Bosch. Y se nos escapa el motivo.

—Si ese alguien es Fernando Ayats, es un asesino en serie. Debemos encontrarlo.

El olor del local apesta a alcohol y vómito. La barra se percibe húmeda y pringosa, pegajosa. En una de las mesas que ocupan parte de la pared y la cristalera pintada, una mujer y un agente están sentados a ella. La mujer no para de llorar.

—Buenos días, soy la inspectora Pons y este es mi compañero Bosch —se presenta Irina—. Supongo que usted encontró el cadáver. ¿Me equivoco?

—Me llamo Gina.

La mujer levanta la cabeza y sus ojos rojos, ojeras oscuras y rímel corrido le dan un aire a un Joker penoso.

—Era un buen hombre, señora. No sé quién…

—Aún no lo hemos visto, pero según tengo entendido Janovick se quitó…

—¡No! —la interrumpe—. Andrei no lo haría jamás.

—Comprendo que esté dolida, pero…

—No lo entiende. Andrei aparentaba ser un tipo duro. De esos a los que no les importaba nada, ¿sabe? Pero era sensible, cariñoso. Muy buen hombre.

A Irina le cuesta imaginárselo así. Sí es cierto que el hombre no parecía un peligro para nadie, pero quién pondría la mano en el fuego por alguien. La mente de las personas es un misterio. Y la mayoría de los psicópatas aparentan ser lo que la sociedad llama «normales».

—Él nos ayudaba siempre que podía.

—¿A qué se refiere, Gina?

—A mí, a las otras chicas. Siempre que necesitábamos dinero, un lugar donde pasar la noche. Ya sabe.

¿Prostitutas? ¿Yonquis?

—No, Gina. No sé a qué se refiere.

Gina le agarra de la mano y a Irina se le eriza el cogote. La mujer está terriblemente fría y el contacto la hace temblar. Aun así, no se aparta ni la rechaza.

—Chicas como yo, inspectora. Chicas que no somos nada para nadie. Chicas a las que nos hacen de todo por unos pocos euros. Chicas que somos trapos de usar y tirar.

—¿Andrei las usaba?

—¡No! Él nos protegía. Nos daba una esperanza, un trabajo, un sueldo o una comida. Alimentaba nuestra fe para mejorar e integrarnos en la sociedad. Pero la gente no nos quiere. Nos usan y adiós. O ni siquiera se molestan en vernos. Y Andrei les molestaba. Era un grano en el culo.

—Gina. A ver si lo he entendido bien. ¿Cree usted que alguien le hizo eso porque él ayudaba a chicas como usted?

Asiente.

—Por favor —Gina suplica—, no deje que digan que se quitó la vida. Él merece algo mejor. Era un buen hombre.

—Haré lo que pueda. —Irina se suelta del agarre y Gina hunde de nuevo la cabeza entre sus manos.

Entonces, el cabello de Gina se le cae ligeramente hacia delante e Irina ve algo que le resulta familiar tatuado detrás de la oreja.

—Gina —dice—, una cosa más.

La mujer vuelve a girarse.

—¿Sí?

—El tatuaje que lleva detrás de la oreja. ¿Qué significado tiene?

Gina se aparta el pelo y deja a la vista el tatuaje de una

pequeña mariposa de color azulado que parece brillar más en el lóbrego bar.

—Es el poder del cambio.

—¿Cómo dice?

—La mariposa, antes de ser preciosa y bella, debe pasar por una etapa en la que se arrastra por el suelo intentando comer para sobrevivir. Luego, se envuelve en una crisálida que la separa y protege del dolor, de los enemigos del exterior. Y, al final, logra vencer las adversidades y se convierte en un ser hermosísimo y libre de cargas.

Irina no dice nada. Su cabeza vuela a toda velocidad uniendo las piezas que le va dando Gina.

—Andrei me estaba ayudando en la metamorfosis.

—Gina, ¿es usted una mujer abusada?

Rompe en un llanto desgarrador y asiente.

—Lo lamento —dice Irina—. Le prometo que encontraremos al que haya hecho esto y lo pagará. Y, en cuanto a usted, la pondremos en manos de los mejores especialistas.

Irina mira al agente uniformado y le pregunta con la mirada. Él señala la bodega trasera.

—¿No esperamos a Pérez? —cuestiona Bosch.

—¿Para qué? Solo echaremos un vistazo rápido sin tocar nada.

La bodega es igual o quizá más sucia que el bar. ¿Acaso no era Gina la mujer de la limpieza? No se puede decir que el trabajo estuviese bien hecho, no.

Al lado de la puerta, dos bidones de cerveza tumbados en el suelo. Andrei Janovick colgado de la estantería metálica al fondo. La soga del cuello le había hinchado la cabeza hasta hacerlo casi irreconocible. Los ojos ensangrentados y la lengua mórbida fuera de su cavidad.

—Gina tiene razón, Bosch —confirma—. No se suicidó.

—Esperemos a Pérez y que sea él quien nos pase el informe.

—No me hace falta, aunque sé que será necesario. ¿Has visto eso? —Irina señala la cintura del hombre, que ha quedado descubierta, la camisa hacia arriba y el pantalón hacia abajo, y parte del abdomen se precipita por su propia gravedad.

—Una mariposa —suelta Bosch.

—¡Bingo! —Irina mira a su compañero con aire fanfarrón—. Él también fue un niño abusado. ¿No entiendes lo que significa, Bosch? ¿En serio?

Él niega.

—Esto da un giro de ciento ochenta grados a la investigación —responde a su propia pregunta—. Debemos hacer una reunión de equipo, ya.

33

—Irina, Irina —susurra el hombre apostado entre los contenedores de basura—. Te estás acercando mucho y lo vas a pagar. No te dejaré ir más allá.

El hombre le habla al aire, a las nubes. Su timbre es tan nimio que un aleteo de mariposa suena incluso más fuerte.

Le gusta mirarla. De hecho, lleva tanto tiempo observándola que ha llegado a sentir cierto placer al hacerlo.

Primero le sorprendió su regreso. Luego no pudo evitar ir a su casa por la noche. Ver su silueta a través de las ventanas. Se fue convirtiendo en una necesidad.

Suspira.

Irina Pons ha vuelto. Y en el preciso momento en que debía empezar el juego.

Todos pagarán el precio.

Sin excepción.

—Incluso tú, pequeña flor —le susurra—. Tú serás el broche de oro de mi obra. Pero antes… quedan un par de hilos de los que tirar. Aguarda el turno, Pons. No te pongas nerviosa.

34

Irina se ha puesto al volante. Sale disparada del bar hacia comisaría donde deja a Bosch con la boca abierta.

—¿Qué haces? —pregunta él—. ¿Vas a algún lado?

—Sí. Llama a todos y que estén en la sala en menos de una hora.

—Te acompaño. —Se mete de nuevo en el coche.

—No, Bosch. Te necesito aquí.

—¿Y a dónde vas?

—Cosas de familia —responde demasiado seca. Los ojos derrotados de Bosch la suavizan un poco y baja unos tonos el timbre de su voz al decir—: Debo volver un momento a casa. Cosas de crías. —Con la mano le coge el mentón y se lo aprieta con suavidad.

—Lo entiendo. —Bosch sale del coche y cierra la puerta—. Pero llámame si necesitas algo.

—Hecho.

Irina se aleja con el pecho oprimido y un amargo regusto en la boca. No le gusta mentirle, pero debe hacerlo ahora.

Al rato, la inspectora detiene el coche en la lujosa urbanización de Bibiana Valls.

—¿Irina? —dice esta cuando oye a Pons por el interfono—. Pasa.

Irina empuja la puerta antes del pitido y se golpea la frente con la verja metálica. Sube las escaleras hasta el piso de Bib, que la espera con la puerta abierta, apoyada en el marco.

—¿Ocurre algo, Irina?

—Entremos —ordena y se cuela en el interior del domicilio de la psiquiatra. Va directa al salón y se sienta en el sofá.

—Me estás poniendo muy nerviosa. ¿Cómo estás?

—Si me das un trago te lo digo.

Irina sabe que a Bibiana no le gusta que beba alcohol, pero percibe la confusión en el rostro de ella y sabe que se lo dará.

Bib abre el mueble bar.

—¿Qué te apetece?

—Me da igual. Solo necesito aclarar mi garganta.

Bibiana cierra el mueble bar y se va a la cocina. Vuelve con dos copas tamaño gigante y una botella de vino blanco.

—¿Tú también beberás?

—No voy a dejarte sola en esto, Irina. También me apetece mojar la garganta.

Se ríe y sirve las dos copas. Luego, le ofrece una a Irina y se deja caer en el sofá. La bata de seda la envuelve como un regalo y deja ver sus largas y perfectas piernas. Se lleva la copa a la boca y da un trago.

—Bien. Tú dirás qué te trae por aquí.

—Tú me conoces desde siempre, ¿no, Bib?

Asiente.

—¿Conoces la historia de mi familia también?

Palidece.

«La conoce», piensa Irina.

—¿Sabes lo que ocurrió con mis padres, con Toni y conmigo?

Asiente.

—¿Hasta dónde?

—No comprendo.

—Es sencillo, Bib. ¿Hasta qué punto exactamente puedes ir hacia atrás en la historia de mi familia?

Se termina el contenido de la copa, se inclina hacia delante y se la vuelve a llenar. Qué diferencia tan abismal hay entre las dos mujeres.

—Soy tu terapeuta, Irina.

—No me digas lo que ya sé, Bib. Por favor. Necesito que me cuentes lo que no sé.

—Si me haces estas preguntas es que ya conoces bastante, creo.

—Y tú, mi amiga y confidente, me lo has ocultado.

—Solo por tu seguridad. Por tu bienestar emocional, Irina.

La inspectora carcajea.

—Créeme, Irina. He tenido acceso a ciertas informaciones de tu pasado, pero esperaba que pudiéramos ahondar en ellas cuando estuvieras preparada.

—¿Preparada? No me jodas, Bib. ¿Cuánto hace que me destroza encontrarle el porqué a todo?

—Lo sé. Pero cada persona anda a un ritmo diferente y la mente es incluso más imprevisible.

—¿Qué insinúas? ¿Que no soy lo suficientemente madura? Entonces ¿por qué me dan permiso de armas, eh?

—Eres la mejor en tu trabajo, tanto por la agudeza mental como por la intuición y fortaleza física.

—Y el problema está...

—Que se trata de tu familia, Irina. Y las situaciones que te han tocado vivir no son nada fáciles de asimilar. Solo eso.

—¿Por qué se quitó la vida mi padre?

—¿Qué?

—Me has oído perfectamente, Bib. ¿Por qué se quitó la vida mi padre?

Silencio.

—¿Fue por mí?

Bibiana niega.

—¿Por qué se quitó la vida mi hermano? ¿También fue por mí?

—No —responde al fin.

—Entonces cuéntamelo, Bib. ¿Qué has leído en los informes?

—Lo mismo que puedes haber leído tú, Irina. Y no puedo darte una explicación lógica ni un motivo concreto. Sí puedo asegurarte que no fue culpa tuya.

—¿Y eso cómo lo sabes?

—Porque las personas suicidas lo llevan a cabo por el cúmulo de hechos, de circunstancias, de pensamientos. Todo les supera y se va acumulando en su interior. No ven que nadie les pueda ayudar y tampoco piden ayuda. Hasta que un día, quizá el menos pensado, algo hace clic en su cerebro y es cuando se toma la decisión.

—¿Y cuál fue el clic de mi padre? ¿Y el de Toni?

—Jamás lo sabremos.

—Mentira.

—No te mentiría en algo así si tuviera una respuesta, Irina.

—Este caso...

Se calla.

—¿Qué caso, Irina? —Bibiana rompe el silencio—. ¿El de los ancianos?

—Sí. No es un simple caso de asesinato por robo, ni por casualidad... Hay algo mucho más profundo. Algo que me afecta.

—Y sabes que debes tomar distancia, Irina. No puedes

convertir un caso en algo personal. Si quieres te prescribo una baja temporal.

—¡Ni hablar! Me afecta porque guarda relación con mi pasado, con el pasado de mi familia, Bib. Algo me dice que mis demonios están esperándome a la vuelta de la esquina y vienen a por mí.

—Irina, cariño. Necesitas una desconexión.

—¡No! ¡Lo que necesito es que me des algo!

—Pero... no puedes depender tanto de las pastillas, Irina. Además, ya te las prescribí ayer.

—Pues se me han agotado y necesito concentrarme. Se acaba el tiempo.

Bibiana niega con la cabeza. Se levanta y busca en su bolso, que está encima de la mesa de cristal del salón. Saca una libreta tipo talonario y escribe en ella. Arranca una hoja, la dobla y se la da a Irina.

—Hoy es Nochevieja, Irina. Vete a casa y celébralo con tus hijas. Pasadlo bien. Y si mañana o pasado ves que te sobrepasa el caso, ven a verme. Aquí me tienes. ¿Lo sabes?

Irina coge el papel al vuelo, salta encima de Bib y le da un abrazo.

—No tendré en cuenta que me lo has escondido, pero la próxima vez que nos veamos quiero que me lo cuentes todo. Sin cortes ni censuras. ¿De acuerdo?

—Está bien, Irina. Pero prométeme tú que no harás ninguna locura. Y que si el caso te sobrepasa darás un paso a un lado. Sois más importantes tú y tus hijas que el trabajo.

—Prometido —dice con los dedos cruzados en la espalda.

Luego, se marcha tan rápido del piso como había llegado, dejando a Bibiana sola en el salón. Una lágrima se desliza por su mejilla. Pero Irina no la ve.

35

—¿Dónde demonios se ha metido Pons? —pregunta Rayo con cierta impaciencia en la voz. Menea la cabeza y los destellos de color esmeralda de su cabello dan color a la sala.

—Me ha dicho «reunión del caso en una hora» —Bosch mira el reloj—, y ya llega hora y media de retraso.

La llama de nuevo y no se lo coge.

—Ponnos al corriente tú, Bosch —exige Arenas—. ¿Qué más da quién lo haga? Además, tú eres el cargo directo tras ella.

Es cierto. Lo es. Pero también siente cierta fidelidad hacia ella. Irina tiene un método diferente. Es una líder de sangre.

—Eso, Bosch —insiste ahora Bueno—. Actualiza nuestra información.

«Es que no sé por qué quería hacer una reunión —piensa Bosch—. Y también tiene razón Alicia. Alguien debe ponerlos sobre aviso».

Escribe un mensaje por WhatsApp a Irina: «¿Dónde estás? Empiezo a informar al equipo».

Bosch se sienta en la mesa escritorio delante de la pizarra y levanta la cabeza.

—Bien, vamos a poner al día cierta información relevante.

Bosch les explica que se han encontrado los cuerpos de Isabel Ragàs y Andrei Janovick, aparentemente dos suicidios. La primera, ahogada en una olla gigante de caldo que daba indicios de un accidente doméstico, y el segundo, colgado en la despensa de su bar.

—¿Aparentemente, Bosch?

—Eso es. Pons sospecha que alguien se está tomando muchas molestias en que pensemos, precisamente, que se han quitado la vida.

—¿Qué otra opción queda? ¿Asesinato? ¿Quién...?

—Por el momento es una suposición. Hasta que Pérez nos dé su visto bueno y un informe más exhaustivo, no tenemos más que suposiciones.

—Entiendo que estamos ante alguien que ha actuado premeditadamente y está corriendo, en cierto modo, a contrarreloj —añade Lao.

—Pons se dio cuenta de cierto tatuaje en forma de mariposa que parece unir a las víctimas. No por un mismo tatuador, sino más bien por un mismo significado.

Todos guardan silencio.

—Fueron víctimas de abusos sexuales.

Murmullan entre ellos. «¿Qué? ¿Cómo es posible?».

—La mariposa es muy común en las personas que los han sufrido como un símbolo de renacer, de supervivencia, de lucha por vencer al miedo. Tenemos la impresión de que el nexo de unión entre ellos y su marcada infancia es el orfanato de Rocanegra.

—Lo hemos repasado con lupa y parece un sitio limpio —interviene Arenas—. ¿No crees que hubiésemos visto algo?

—Algo hay. —Es Lao quien susurra.

—¿Tienes algún dato, Rayo?

Asiente.

—Adelante, entonces.

—El dato es, precisamente, ese: que está demasiado limpio. Nadie se preocupa tanto en eliminar o borrar sus pasos. Siempre queda algo que observar o una migaja que recoger.

—¿Y qué es lo que has visto aparte de la nada, Rayo?

—Utilizando un sistema ilegal —sonríe— de encriptación, me metí en la internet profunda. Es un lugar muy peligroso y bien protegido, pero lo poco que he visto me ha escandalizado.

—¡Suéltalo de una vez, por Dios!

—El lugar parece ser una web de compraventa de críos.

—¿Pedófilos?

—Sí, ponen precio a chavales y otros se los disputan en apuestas de altos vuelos.

—¿Y Rocanegra está metida?

—Es lo extraño. El rastro de Rocanegra me ha llevado hasta la web, pero no hay modo de demostrar que estén actuando allí.

—No, de momento, Rayo.

—Señor, Rocanegra cerró sus puertas hace años. No hay críos tras sus muros.

—Irina vio a una chiquilla cuando fuimos por primera vez. Incluso habló con ella la siguiente vez.

—Pues no hay registros de nadie ni de actividad alguna durante años.

—¡La nota! —exclama—. Me había olvidado por completo. La chiquilla le dio una nota a Irina. La entregó en el laboratorio para obtener información.

Bosch mira alrededor.

—¿Dónde está Pérez? —lo pregunta, pero sabe que se halla liado con los cadáveres. Dos en Fin de Año. Menudo festival.

—En la morgue, ¿no?

—Sí, luego iré a verle. Por otro lado, tenemos la sospecha de que Julius Hastings sabe más de lo que cuenta y tiene demasiados hilos que lo unen al orfanato y a las víctimas.

—¿El alcalde no se vio envuelto en algo relacionado con prostitución infantil y trata de blancas, Bosch? —pregunta Arenas.

—Está bajo investigación. —Es Alicia Bueno quien responde—. Recuerda que el último caso de Santos sigue en activo y la red que descubrió es mucho mayor de lo que pensábamos en un principio.

—Es verdad —atina Bosch—. Tú trabajaste con él. ¿Es posible una conexión entre ambos casos?

—Tanto el alcalde como Hastings tienen una posición social muy elevada y cierta inmunidad. Lo investigaré, señor.

—Haz lo que haga falta si es necesario, Bueno. Es una buena pista. Quizá incluso podrías hablar con Judith, su hija.

—Haré lo que pueda —accede Alicia.

—A los demás os quiero levantando todas las piedras de Los Álamos y que tengáis a cada bicho y gusano registrado y con una declaración. ¿Entendido?

Las caras de frustración son patentes en ellos.

—Sé que es Fin de Año y a todos os gustaría estar en otro lugar, pero lo primero es esto. No podemos permitir que se nos vaya de las manos. Debemos encontrar a Hastings.

Asienten resignados.

—Lao, sigue la pista de la red oscura o la internet profunda, o como la llames, y consíguenos una conexión. Quiero a Magnolia Mortz entre la espada y la pared. Y quiero algo de las actividades ocultas de la fundación. —Rayo asiente—. Y un examen exhaustivo del pasado de Ragàs y Janovick. Todo lo que puedas.

»Bueno, Arenas y Hernán. Repartíos las declaraciones y

que pasen todos por comisaría antes de que caiga el sol. Quiero saber qué piensa cada habitante de Los Álamos en relación con las víctimas.

No se quejan.

—Yo iré a ver a Pérez. Tiene que darnos algo más para que podamos avanzar. Esto parece un callejón sin salida y alguien tiene las manos manchadas de sangre. Solo que no miramos las correctas.

—Disculpa, Bosch —interviene Hernán—. ¿Qué sabemos del coche?

Hernán tiene toda la atención de Bosch, que lo mira interrogativo.

—¿De qué coche hablas?

—El que apareció abandonado en la carretera secundaria, en el bosque de Los Álamos. Propiedad de Fernando Ayats, señor.

«Tiene razón —piensa—. Lo olvidé por completo».

—¿Quién se encargó de revisarlo? —pregunta enojado.

Rayo levanta la mano.

—Yo hice un seguimiento de los coches de la familia, Bosch. Pero sin resultado. Y la última imagen del hijo lo sitúa en la gasolinera cercana al lugar donde apareció el coche.

—¿Y quién ha examinado el coche?

Silencio.

—Creo que nadie —responde Arenas—. Recibimos un aviso de que lo trasladaban al depósito municipal. Nada más.

—Entonces olvídate de las declaraciones, Arenas. Te quiero en el depósito poniendo patas arriba el coche hasta que me des la información que necesitamos.

—Hecho —responde Arenas con una ligera sonrisa en los labios.

—¿Has informado al comisario? —pregunta Hernán.

«¡No, joder!», piensa.

—Lo llamaré de camino a la morgue, pero recordad que está en Madrid y debemos molestarlo lo menos posible. Venga, venga. —Da unas palmadas al aire—. En marcha. Que no tenemos todo el día.

Mientras van saliendo de la sala del caso, Bosch vuelve a marcar el número de Irina.

El silencio otra vez.

—¡Cojones! ¿Dónde te has metido, Irina?

36

Detiene el coche en la zona habilitada para los visitantes. El teléfono vuelve a sonar. Se pone tensa. Es Bosch otra vez.

—Toma las decisiones tú, Bosch —dice en voz alta al aparato—. Estás capacitado para ello. Yo ahora tengo que encargarme de otro asunto.

Deja que se canse y se apaga la pantalla. Irina mira al exterior y el cielo plomizo se le antoja muy parecido a su estado de ánimo. Quizá si algún rayo atravesara con su estallido de lado a lado aún sería más semejante.

Al fondo, entre las copas de los árboles, recortando el tapiz gris, la residencia de ancianos se alza impasible.

Abre la guantera y saca un blíster con las pastillas. Echa dos en su mano dudando de si deberían ser mejor tres. «Dos me valen por ahora», se dice antes de engullirlas sin agua. Cierra los ojos un instante y toma aire.

Irina sale del coche y se aprieta la chaqueta, se abraza fuerte con los brazos y se dirige a la entrada principal.

¿Cuándo ha bajado tanto la temperatura?

«Treinta y uno de diciembre y sin visitas», piensa al otear

el aparcamiento. Algún que otro coche destartalado en la esquina este, de los empleados.

—Buenas —saluda la mujer detrás del mostrador—. ¿Qué se le ofrece?

—Vengo a ver a Rosario Ferrer —informa Irina sin humor.

—¿Es pariente?

«¿Y qué te importa?», quiere decirle.

—Soy su nuera. ¿Le sirve?

—Si es tan amable de mostrarme su documento de identidad para comprobarlo...

Irina le muestra la placa de policía y el DNI. La mujer abre mucho los ojos, pero no se deja achantar. ¿Quién es? Será un fichaje para fechas especiales. ¿Sin familia? ¿Una amargada?

—Bien, señora Pons. Si me firma aquí. —Señala con el dedo e Irina obedece aplacando las ganas de romperle la nariz en el registro—. Recuerde que hoy la residencia cierra las puertas a visitantes a las seis. Tenemos una fiesta que celebrar.

Sonríe, junta las manos y aparenta una falsa felicidad.

—No se preocupe, señora —responde Irina sin pizca de humor—. No quisiera aguarles la fiesta.

Se gira y se dirige a las escaleras. Las sube hasta la tercera planta, recorre el pasillo y entra en la habitación.

Rosario, sentada en la silla frente a la ventana, parece observar el exterior. También parece que nunca cambia de postura ni de lugar.

Irina piensa en lo triste que debe de ser sufrir tanto. Lo duro que ha sido. Pero Rosario eligió cerrarse, dar la espalda al mundo. Y a ella. Irina también los perdió. Sufrió. Sigue sufriendo a diario. La elección es lo que la hace diferente. Quizá no ha sido la mejor madre para Sara ni para Laura, pero está allí a ratos. No se ha desvanecido del todo.

—Hola, Rosario. —Aparta una silla, la coloca frente a la ventana y la anciana.

No hay saludo de vuelta.

—Te echo de menos —le dice—. Y las niñas también.

Los ojos de Rosario son oscuros como los de Daniel y Abel, y resultan incluso inquietantes. Ahora los tiene ausentes, perdidos en sus propios pensamientos o quizá en sus pesadillas.

—Me gustaría tanto que me hablaras. Contigo podía mantener conversaciones sobre cualquier tema. Ayer mi madre me confesó que había estado un tiempo… viviendo en Rocanegra. —A Irina le parece ver un destello de comprensión en Rosario—. ¿Lo sabías?

La anciana no reacciona.

—Rosario. Necesito que me lo cuentes tú. Mi madre no es mala, pero sé que no está dispuesta a exponerme por miedo a hacerme daño. Necesito que me digas qué ocurrió con exactitud cuando yo era una niña. Tú lo sabes, ¿verdad?

Las manos huesudas de Rosario se cierran en puños que vuelven blancos sus nudillos. Casi es como si los huesos fuesen a romperle la piel.

—Entiendo por el dolor que has pasado y sufrido, Rosario. Yo también perdí a un hijo, un marido, un padre, un hermano. También tengo el alma hecha pedazos y con miles de preguntas sin responder. Pero he de luchar todos los días por no desmoronarme. Cada hora es eterna.

Irina le coge las manos y las envuelve. Están frías y suaves. Percibe un ligero olor a flores frescas.

Está temblando.

—Rosario, sé que no debería hacerlo, pero ha ocurrido algo muy siniestro en Los Álamos. Algo que escapa a mi comprensión y que intuyo que tiene que ver con mi pasado en ese lugar.

Rosario le aprieta las manos e Irina siente que ha captado su atención.

—Ha habido unos asesinatos y estamos muy perdidos. Los Ayats. —Las manos de Rosario tiemblan con más ímpetu—. Alguien los ha asesinado. Y, aunque aún no puedo demostrarlo, dos personas más han fallecido en un aparente suicidio. Y me temo que todo está relacionado.

Un breve silencio.

—Rocanegra oculta algo. Vi a una cría en ese lugar y me pidió auxilio, Rosario. Me entregó un mensaje, pero… ¿sabes lo que me ha dicho el forense?

Vuelve el silencio esperando que Rosario pregunte. No lo hace.

—Dice que fue escrito hace tiempo. Unos veinte años atrás, Rosario. ¿Sabes lo que significa? Que me estoy volviendo loca. Estoy imaginando cosas. Aunque la nota sea real, la niña no existe. No me la dio nadie. ¿Lo entiendes?

Entonces, se abre la puerta de la habitación e Irina da un respingo ante la sorprendida enfermera.

—Disculpe —se ve sincera—, no quería asustarla. No sabía que Rosario tuviera visita. Si no, hubiera llamado a la puerta antes de entrar.

—Tranquila, no se preocupe. Ya iba a irme.

Mira el reloj.

—Uy, sí. Si son casi las seis. Las dejo un momento más a solas para que aproveche. —Le guiña un ojo—. Voy a ocuparme de otros residentes. Usted quédese un poco más si quiere. Seguro que le hará bien a Rosario.

Cierra la puerta y con ella se lleva la conversación. Irina no sabe qué decirle ahora. Es como si hubiera cortado con unas tijeras unos cables invisibles que ya no puede volver a unir.

Se quedan así, con las manos agarradas y sin decirse nada,

un buen rato. Irina supone que ya son más de las seis y sabe que le espera una reprimenda cuando pase por recepción. ¿Qué más da? Si es necesario la mandará a freír espárragos.

Se levanta de la silla y antes de soltar a Rosario le da un beso en la frente.

—Volveré pronto, Rosario —le dice—. Necesito que estés a mi lado.

De pronto, como si un calambre la recorriera de la cabeza a los pies, Irina siente la presión en sus dedos. Rosario la aprieta con fuerza. Sí. Ve como los dedos se le vuelven aún más blancos de lo que ya estaban. ¿Le quiere decir algo? Eso parece.

Irina levanta la vista y ve los ojos negros de Rosario clavados en los suyos. La mandíbula le está temblando y cierto reconocimiento se intuye en sus iris oscuros. Los labios agrietados se mueven y un fino soplido, como un viento invernal que se cuela por debajo de una puerta, le roza el rostro.

Rosario susurra algo. ¿Está intentando hablarle?

Irina acerca su oreja tanto como puede a los labios de la anciana.

La corriente de aire procedente de sus pulmones le eriza el vello. Y allí, justo entre un lamento y un susurro, aparecen unas palabras:

—Per-dó-na-me, ca-ri-ño. Bus-ca-a-Fer-nan-do.

37

La excitación es curiosa, cuando menos incontrolable. El hombre siente el placer con el juego improvisado en el que se ha visto envuelto.

No le apasiona tanto secretismo y misterio, pero se deja llevar.

—¿Te está gustando? —pregunta el hombre misterioso.

—Síí —prolonga la *i* tres largos segundos.

—¿A ellos también les gustaba?

Un hormigueo lo sacude por dentro.

«¿A ellos? ¿Quiénes son ellos?».

—No respondes..., ¿violador?

El hombre misterioso le agarra las partes con fuerza. Le aprieta tan fuerte que un calambre de dolor se apodera de su garganta. Emite un gruñido.

—¿No recuerdas a los jóvenes que pasaron por tus manos?

«¿Quién es?», piensa.

—¿Quién eres? —dice.

—Soy el ángel vengador. El ángel castigador que ha venido para que pagues por tus pecados.

—Yo no he hecho na… —El hombre no permite que termine la frase.

Un intenso destello le recorre la entrepierna.

¿Qué ha sido eso? ¿Qué ha hecho?

Al instante, siente cómo un río caliente le recorre las piernas desnudas entre los latigazos de dolor.

—Bueno, bueno. Y pensar que por esto es por lo que sufrieron tantos chavales en tus manos…

El hombre misterioso blande las partes del otro como si fuera un juguete sexual flácido e inservible. Se ríe. Luego lo lanza a la otra punta de la oscura estancia.

—¡Joder! —maldice—. Me he dejado llevar.

La sangre brota del tajo como una fuente.

—Quería que sufrieras, joder. No que te desvanecieras tan rápido.

—¿Por qué? —susurra entre llantos.

El hombre se lanza encima del encapuchado y le clava la hoja del cuchillo en la tripa.

—¡No te atrevas a hacerte la víctima, puto cabrón! —le grita—. Eres un enfermo, un engendro violador. ¿Acaso no recuerdas los nombres de aquellos a los que destrozaste?

—Le daré lo que me pida —llora y suplica entre balbuceos—. Dígame cuánto dinero quiere. Pero, por Dios, llame a una ambulancia.

La risa del hombre lo estremece.

—¿Dinero? ¿No creerás en serio que me he tomado tantas molestias por dinero?

—Lo que quiera, señor. No lo conozco. No diré nada de esto.

—Te equivocas de nuevo. —El hombre deja de llorar—. Tú me conoces muy bien y yo a ti también, Fernando.

—¿Qui-qui-quién e-res?

—Un ángel vengador que ha venido a cobrarse la deuda.

Entonces, el hombre misterioso saca el cuchillo del vientre de Fernando y se lo vuelve a hundir. Una vez. Dos veces. Tres.

El fofo y blanquecino cuerpo de Fernando se va tiñendo de un rojo intenso y oscuro. El saco que le ha cubierto la cabeza le es arrancado de cuajo y la débil luz que percibe se le antoja fuerte y dañina.

Cuando al fin puede centrar la visión en el rostro de su agresor..., de sus labios borbotean dos palabras de reconocimiento.

—E-res-tú.

El resto no es más que un burbujeo constante. La antesala de un ahogamiento con su propia sangre.

—Sí —confirma el hombre—, soy yo. Y esto es por ellos. Por todos y cada uno de los que abusaste haciéndonos creer que serías nuestro primer padre.

Entonces, sin previo aviso y con el reflejo de su rostro en los ojos de Fernando, el hombre le abre un tajo en el cuello.

Quieto a horcajadas encima de él, espera paciente mientras el cuerpo se va vaciando. La respiración se vuelve irregular, los órganos luchan por agarrarse a la vida sin saber que nada pueden hacer. Los espasmos dan paso a una quietud engañosa. El cerebro no muere tan rápido. Es el órgano más fuerte con diferencia.

El hombre agarra a Fernando de los cabellos y lo obliga a levantar la vista. No opone resistencia. Después se acerca tanto a su rostro que el olor herrumbroso a sangre le produce cierto placer.

38

«La casa de los muertos». La casa de Pérez. Escalofriante es poco. Madera, acero y cristal. Ni tiene apariencia de casa ni la tiene de morgue. Bosch llama al timbre ante la inmensa puerta de roble.

Juan Pérez abre, al rato, con el delantal de trabajo puesto, un cubrecabezas y una mascarilla.

—¡Bosch! —exclama—. Has venido a echarme una mano. Genial. Pasa, pasa. —Mira a un lado y a otro—. ¿Dónde está Pons?

—Investigando por su cuenta, supongo. —No quiere ahondar en el tema, así que va al grano—. ¿Has avanzado en el examen de los cadáveres?

—Soy bueno en mi trabajo, Bosch. Pero no un superhéroe.

—Necesitamos algo, Pérez. No tenemos hilos de los que tirar. Y tú eres el único que puede ayudarnos.

—Eso mismo espero que se lo digas al comisario, Bosch. Un aumento de sueldo no me iría nada mal. Y sin tener en cuenta que es Nochevieja y podría estar en mil fiestas antes que aquí, con una *party* de muerte.

Se ríe.

Bosch no logra situarlo en ningún tipo de fiesta en la que encaje mínimamente.

Recorren el largo salón decorado con estilo minimalista hasta las escaleras del fondo, junto a un ascensor enorme y antes de un largo pasillo que lleva a las habitaciones. Bajan por ellas y llegan a una sala que parece ocupar toda la casa bajo tierra. Paneles de acero inoxidable del suelo al techo separan diferentes áreas y linóleo oscuro y brillante bajo los pies. La luz tenue de un color amarillento le da un semblante retro.

Atraviesan una puerta automática y entran en uno de los cubículos.

Los cuerpos de Isabel Ragàs y Andrei Janovick están tendidos en dos camillas.

El olor es fuerte. Una mezcla de productos de limpieza y muerte, podredumbre.

—Aquí tienes a los reyes del baile, Bosch.

—Pérez, por favor. —Se cubre la nariz y la boca con la mano—. Al grano.

—Santa impaciencia. —Junta las manos y mira al techo como si rezara a un dios en particular—. ¿Cuándo aprenderéis a disfrutar de cada instante?

—Pérez...

—Está bien, está bien, señor lo quiero ya. Venga, acércate.

Bosch obedece y se coloca ante el cuerpo de Isabel. Ahora ha perdido el poco color que tenía su rostro. Casi se pueden ver los pómulos a través de la piel blanquecina. Y en el pecho, una incisión abierta en forma de y deja a la vista el interior de la mujer.

—Vamos al lío, Bosch.

Este reprime una arcada.

—Isabel Ragàs, tal y como parecía en un principio y por

como se encontró el cuerpo, con la cabeza dentro de la olla gigante del caldo, murió por ahogamiento.

—¿Suicidio o asesinato?

Pérez le lanza una mirada fulminante.

—Sin embargo, el corazón no muestra obstrucción alguna. No hay sufrimiento cardiovascular, no hay necrosis ni fallo anterior a la muerte. Lo que me lleva a descartar un fallo cardiaco como apunté en el centro social. Es más, puedo asegurarte que el corazón se detuvo bastante después de morir.

»¿Un suicidio, me preguntarás? Pues no tiene sentido. En una situación como esta, el cuerpo humano combate instintivamente por sobrevivir, lo cual provoca ciertas heridas de dicha lucha. Digamos que mente e instinto han de decidir cuál es el más fuerte.

»Sin embargo, si te fijas bien en las muñecas —señala con un dedo enguantado—, verás que se han formado pequeños moratones. Al igual que en la parte posterior del cuello, justo donde empieza el cuero cabelludo.

—La asesinaron —susurra Bosch.

—Efectivamente. Reconozco que quien lo haya hecho tiene una fuerza bastante intensa y la inteligencia suficiente para intentar ocultar su método.

—¿Qué quieres decir con «su método», Pérez?

—Que nuestro asesino sabía lo que hacía y quería despistarnos. Si te fijas en el cuello, por delante, verás que no hay marca alguna.

Bosch mira y asiente.

—Eso se debe a que, en primer lugar, la ahogaron y, en segundo, la colocaron en la escena. Si la mujer hubiera muerto tal y como la encontraron, tendría marcas de la presión de la olla en el cuello. O incluso la tráquea estaría rota o dañada.

—¿Y dónde la ahogaron pues?

—En la misma cocina, pero no en el orden que parece a simple vista. Sus pulmones contienen gran cantidad de caldo de pollo y verduras. Así que no hay motivo para pensar en otro lugar para la muerte.

»Creo poder afirmar sin equivocarme que Ragàs estaba semiinconsciente en el momento del asesinato.

—¿Algún otro dato significativo que debamos tener en cuenta?

—Aparte de que no hay huellas, ni ADN ni nada de nada que nos indique una dirección u otra... no hay más datos.

—¿Y el tatuaje?

—Ah, sí. La mariposilla detrás de la oreja. De lo más corriente y sin nada destacable salvo que ambos la tienen. —Abre el brazo en dirección al cuerpo de Janovick.

—Y de él, ¿qué puedes decirme?

39

Irina no ha podido sacarse de la cabeza la disculpa de Rosario y el «busca a Fernando». ¿Cómo puede saber ella que lo están buscando si nadie le ha hablado del caso?

Lleva un rato sentada en el coche. La negra noche ha caído por completo y el frío es abrumador.

Debería estar en casa, delante de la chimenea, riéndose con sus hijas y su madre. Comer una copiosa cena, tomar las uvas al son de las campanadas y brindar por un año mejor.

Pero no puede.

Su vida ha de esperar. Hay un asesino suelto y si no se lo impide, quizá vuelva a matar. Y, por si ese no fuera suficiente motivo, algo la une a ella a ese lugar.

Mira el teléfono móvil y tiene diecisiete llamadas perdidas. De Bosch, de Sara, de su madre. Lo suelta tan rápido como lo ha cogido. Ya les contará después el motivo de su ausencia.

Es hora de ir al lugar donde puede encontrar algo. A casa de Fernando.

40

—Abuela —llama Laura—, ¿dónde está mamá?

—No lo sé, cielo. Supongo que se le ha hecho tarde con tantos contratiempos. Ya sabes...

No. Laura no lo sabe. Solo sabe que su madre no es como las demás. Solo sabe que ella no asiste a los eventos de la escuela, y ahora, durante el primer año en el instituto, incluso ha sido peor.

Todos sus amigos estarán de fiesta y ella allí, encerrada en una cárcel de cristal, comiendo sin la mitad de la familia y sonriendo para fingir cierta normalidad.

«Estoy harta», se dice.

Siente que nadie la comprende, y mucho menos se toman la molestia de intentarlo.

Sara se ha encaprichado de Randall. Si no se ha marchado, pronto lo hará. Ni siquiera sabe si habrá avisado a la abuela.

La abuela Elvira. Ella fingiendo que no ocurrió nada y que seguimos con normalidad como cualquier familia. «¿Cómo puedes sonreír siquiera, abuela?».

La abuela Rosario. Encerrada en la residencia es quizá la que mejor lo lleva de todos. El dolor se la llevó. Es como una muerta viviente a la que le da hasta pereza comerse a la gente.

Y mamá. Ella ha cambiado el compartir con su familia para centrarse en el trabajo. Es buena en ello, no hay duda alguna. «Pero ¿qué pasa con nosotras?».

«¿Quizá ha llegado el momento de decir adiós a todo y a todos?», piensa.

—¡Laurita! —grita la abuela y la saca de sus pensamientos—. ¿Me ayudas a preparar la mesa?

—Ya voy —dice ella secándose las lágrimas y los mocos con la manga de la camisa.

«Quizá luego», se conforma.

41

Irina se alegra al ver que la casa de Fernando Ayats no está vigilada. En la casa contigua, la de sus padres, solamente se distingue la cinta amarilla y negra. Nadie de patrulla.

Supone que por ser la noche que es.

Baja del coche y cierra la puerta sin hacer ruido. En las otras casas tintinean luces de colores y refulgen sus ventanas gigantes. La cena de Nochevieja. ¿Quién va a mirar afuera?

Un pellizco de dolor le oprime el pecho. Debería estar en casa. Sus hijas la necesitan. Por mucho que la ayude su madre, ella no puede sustituirla. Irina sabe que lleva demasiado tiempo ausente.

«Cuando cierre el caso... cuando cierre el caso estaré por vosotras —se dice—. Os lo prometo».

Se cuela por debajo de la cinta policial y camina hacia la parte trasera. Apenas tres días antes había hecho el mismo camino, pero ahora tiene la certeza de que encontrará algo que le indique dónde mirar.

«Busca a Fernando», la frase de Rosario no deja de tamborilearle la cabeza.

Fuerza la puerta trasera y se cuela en el interior. Parece que hace más frío dentro que fuera. El vaho se le pone delante de la cara y a Irina la incomoda.

¿Dónde esconden las personas sus secretos?

Si Fernando ha matado a sus padres y ha huido, ¿por qué ha vuelto para matar a Ragàs y a Andrei? No tiene sentido.

¿Tan malos padres han sido? ¿Merecían morir?

«¿Tan mala madre soy yo? —piensa—. ¿Merecería morir?».

En el salón, Irina remueve los cajones, saca montones de papeles y facturas y los examina con detenimiento.

Nada.

Revisa cada rincón, cada mueble, incluso los del baño.

Nada le llama la atención. Un hombre cincuentón soltero. Suscripciones a revistas porno, películas equis y demás juguetes sexuales.

En la primera planta, en el despacho, Irina se sienta en la butaca de piel mientras va inspeccionando todos los cajones sin la menor esperanza.

Tiene razón. No encuentra nada.

Se reclina en la butaca y resopla mirando alrededor.

Todo parece tan limpio, tan de escaparate o museo, que le da rabia.

Frente a ella, su mirada se pierde en el paisaje de un cuadro pintado al óleo. Irina se levanta y se coloca frente a él.

La pintura hace referencia a una cabaña de madera en el ocaso. Detrás hay un lago de aguas amarillentas bajo un cielo rojizo. Los árboles frondosos a un lado y la oscuridad entre los troncos.

«¿Dónde está este sitio? —se pregunta—. Lo he visto antes».

Saca el teléfono móvil del bolsillo y marca el número de Rayo.

—¿Jefa? —pregunta Rayo al descolgar—. ¿Está bien? No ha venido a la reunión.

—Lo sé, Lao. Disculpa. Pero…

—¿Sabe que Bosch…?

—Lao —la corta—. Necesito que me confirmes una corazonada.

—Soy toda oídos, inspectora.

—Si no recuerdo mal, los Ayats tenían una propiedad cerca de un lago o algo por el estilo, ¿verdad?

—Jefa, los Ayats son dueños de media comarca.

—Pero algún sitio cerca de un lago. ¿No te suena haberlo visto?

—Déjeme que piense… Sí, si no me equivoco, en los datos de propiedades salía una pequeña cabaña en el pantano de Darnius, pero aún no hemos podido investigar por… —Rayo se detiene y aguza el oído—. ¿Pons? ¿Jefa, está ahí?

Irina no está.

Le ha colgado.

42

Juan Pérez se dispone a relatar lo que le ha contado el cuerpo de Andrei Janovick.

—¡Joder! —exclama Bosch—. No me acostumbraré a esto.

El rostro del hombre está amoratado, casi negro, con las órbitas de los ojos inyectadas en sangre y su enorme cuerpo parece incluso más hinchado.

—¿Y este qué, Pérez? ¿Se quitó la vida o no?

—Por favor, Bosch. No me quites tú a mí el placer de contarte la historia.

«¿Placer? —piensa—. ¿Dónde está el placer en esto?».

—El sujeto, aparentemente colgado en el almacén de su bar, presenta heridas en tráquea, faringe y laringe. Lo que es normal en este tipo de muertes. —Una larga pausa—. Lo que no lo es son las marcas aparecidas en el cuello y la parte trasera de la cabeza.

—De eso no sé nada —se sorprende Bosch.

—El señor Janovick presenta un fuerte traumatismo en la parte occipital causado por un objeto contundente y que lo dejó inconsciente.

—¿Lo noquearon? —pregunta Bosch—. No encontramos nada en la bodega que nos hiciera pensar que...

—Bosch, por favor. Yo me limito a leer el cuerpo. Ya te ocuparás tú de buscar los elementos que faltan.

—Está bien. Disculpa.

—El golpe fue rotundo. Tanto que le rompió el cráneo astillándolo. Tiene trozos de hueso incrustados en el cerebro. La lesión no le provocó la muerte, pero sí lo inutilizó e imposibilitó cualquier defensa por su parte.

»Lo cual le dio un tiempo más que suficiente al agresor para preparar una escena de aparente suicidio.

—Igual que en el centro social.

—Igual, pero diferente.

Bosch lo anima a seguir.

—La víctima también murió por ahogamiento, como la señora Ragàs. La diferencia radica en las falanges bien marcadas en el cuello. Aquí y aquí. Y que el atacante intentó encubrir con el ahorcamiento.

Un silencio incómodo mientras Pérez mueve la cabeza de Janovick y aparecen las marcas de los moratones.

—Como ya te he dicho, tráquea, laringe y faringe están muy dañadas. Tanto que incluso tienen fracturas. Y ello me induce a pensar, a tener la certeza, de que lo estranguló usando todo el peso de su cuerpo, lo cual le produjo dichas lesiones. Un método que se me hace demasiado violento y personal.

—El asesino conocía a Andrei y se ensañó con él.

—Así es. Luego, preparó la escena y lo colgó. Sin embargo, al dejar las cajas tan lejos del cuerpo me hace pensar que quería que supiéramos que no había sido un suicidio corriente.

—¿Sería una especie de marca personal?

—Puede ser. En la escena de Isabel Ragàs encontramos

algo parecido. Y es que la olla no se encontraba en los fogones, sino en la encimera.

—Pérez, ¿crees que los asesinatos de los ancianos están unidos a estos dos?

Asiente.

—Sí. No por el método usado, que es distinto en cada caso, pero sí en la violencia descargada en las víctimas, que le dan un carácter muy personal y de venganza.

—Y el tatuaje de la mariposa en el cuerpo de Andrei...

—Efectivamente. Janovick tiene el insecto tatuado en la barriga, al lado del ombligo. Es de un estilo parecido.

—Y en el bar nos contó que el hombre al que le vendió las botas Soubirac pintó una mariposa en el cuadro que tenía en el local. ¿Algo que añadir?

—Uy, no lo recordaba. Primero, el número del molde de las botas no encaja con ninguno de los sujetos que han fallecido antes de hora. Y segundo, el análisis del cuadro no ha aportado ningún dato fuera de lo común, excepto que el óleo utilizado para el trazo es de la marca Old Holland.

—¿Y esto nos dice?

—A mí, nada, aparte de que quien la hizo tiene buen gusto. Lo demás es cosa vuestra, querido Bosch.

—Por cierto, Irina está convencida casi desde el principio de que el culpable es Fernando Ayats, hijo de los ancianos. ¿Lo crees posible?

—Es posible. La fisonomía de Fernando es la de un hombre corpulento. Quizá tuviera algo que lo traumara y un evento le hizo saltar. No lo sé.

—Está bien. Muchas gracias, Pérez.

—Seguiré con el examen y veremos si me dan las uvas con estos dos.

Se ríe a carcajadas, pero Bosch no le ve la gracia.

Cuando sale de la morgue vuelve a llamar a Irina. Nada. No se lo coge. Luego llama a Lao. Sí se lo coge.

—Sargento Bosch. Precisamente quería hablar contigo.

Bosch se sorprende.

—¿Y eso? ¿No estarías pensando en pasar la Nochevieja conmigo? Con el ritmo que llevamos no sería de extrañar.

Ambos se ríen.

—No estaría mal la idea, pero no, no era por eso.

—Me lo temía. Y bien…

—Irina ha contactado conmigo hace nada.

«¿Y por qué no me dice nada a mí?».

—¿Dónde está? —pregunta en tono más serio.

—Creo que se dirige a una de las propiedades de Fernando Ayats, en el pantano de Darnius.

«¿Qué has descubierto, Irina? —se pregunta—. ¿De verdad crees que ha sido Fernando?».

—¿Te ha dado algún dato relevante?

—No. Solo me ha parecido que debía avisarte a ti, Bosch.

—Te lo agradezco. Pásame la ubicación de la cabaña y voy volando.

Un pitido y una vibración.

—Ya lo tienes.

—Gracias, Lao. Por cierto, Pérez ha vinculado la pintura de la mariposa en el cuadro del Averno, el bar de Janovick, a un óleo de la marca Old Holland. A ver si encuentras algo que lo una a cualquiera de las víctimas.

—Dalo por hecho.

Bosch cuelga, mira la ubicación e introduce la dirección en el GPS. En cuanto se calcula la ruta, arranca el motor y se pone en marcha.

43

—No va a venir, ¿verdad, abuela?

La abuela Elvira deja los condimentos en el mármol de la encimera y coge la cuchara de madera.

—No lo sé, cariño. —Abre la tapa y remueve la gran olla—. Tu madre tiene un caso complicado entre manos.

—Ya… Siempre hay algo que atender antes que estar aquí.

—Laura, cielo. No digas eso. Tu madre os quiere y se esfuerza para que tengáis lo mejor.

—A veces pienso que sería mejor que hubiese muerto ella en lugar de papá.

Elvira se retuerce por dentro ante la confesión de su nieta. Deja de remover la olla, pone la tapa y baja el fuego.

—Tu madre está sufriendo mucho, cariño. Le cuesta expresar el dolor y los sentimientos. Piensa que la hacen vulnerable.

—¿Y con eso basta, abuela?

—No, no basta. Pero la entiendo porque yo misma he actuado igual en el pasado.

—¿A qué te refieres?

—A que no supe responder a los hechos, cariño. Siéntate aquí conmigo.

Laura se sienta en la silla.

—Verás, Laura. Cuando murió tu padre y tu hermano desapareció, fue un *shock* terrible para todos. Tu abuela Rosario sigue en tratamiento y cerrada por lo que pasó. Yo, que había sobrevivido a algo similar años atrás, creí ser más fuerte que todos.

—Lo eres, abuela. Eres la mujer más fuerte que conozco.

—No, cariño. No lo soy. Cuando perdí a tu abuelo, fingí que el dolor no existía. Me puse una máscara para que nadie viera lo rota que estaba mi alma. ¿Y sabes qué?

Laura no dice nada.

—Ocultárselo a tu madre fue el primer error. No le permití asimilar que el dolor es normal, que es un proceso por el cual nuestro corazón cicatriza las heridas y se hace fuerte para el futuro.

—Pero mamá siempre te ha tenido a su lado. Si no fuese por ti…, ¿qué haríamos nosotras? Se olvida incluso de que existimos.

—Ahora me tiene… Intento corregir lo sola que la dejé, prácticamente, toda la vida. No soy una mujer ejemplar que digamos. Y… en cuanto a vosotras… Irina os quiere y os protege todos los días. El problema es que en su cabeza tiene grabado otro modo erróneo de hacer las cosas. El que yo le enseñé.

—Puede que tengas razón, pero ¿no estará afectándonos a Sara y a mí? Sara está cada día más lejos.

—Nunca es tarde para cambiar.

La abuela mira la olla que ha empezado a soltar espuma por la parte superior. Se levanta y baja el fuego de nuevo.

—Ven, Laura. Terminemos con la cena y preparemos la mesa.

—¿Crees que llegará a tiempo mamá?

—Una pregunta que no puedo responder. En caso de que no llegue, mañana podemos celebrarlo de nuevo.

Laura se ríe ante la ocurrencia de celebrar dos veces la entrada al año nuevo.

—Si lo hacemos así tenemos un problema bastante gordo, abuela —dice Laura.

—Ah, ¿sí? ¿Cuál, cariño?

—Que no tendremos suficientes uvas para las campanadas. —Se ríe más aún.

—En ese caso, las sustituiremos por bombones. ¿Te parece bien?

—¡Genial!

44

Ha dejado atrás la oscuridad del bosque que la engullía. La luz de los faros devorada por monstruos retorciéndose a gran velocidad que no se dejan ver.

Un pequeño claro y la cabaña aparece iluminada con un halo de otra época totalmente fuera de lugar.

Irina detiene el coche y apaga el motor. Coge la pistola y sale al exterior. La nieve parece virgen en el prado, excepto en el camino. Ya se ha fijado durante el trayecto. Y ahora lo confirma. Alguien ha venido a este lugar. Y lo más seguro es que ya no esté aquí. No ve ningún coche ni todoterreno que le haga pensar lo contrario. En las marcas en el blanco de la superficie está la señal de ello.

Aunque nunca se sabe.

Se acerca a hurtadillas a la cabaña con el crujir de sus pisadas rompiendo la nieve a un volumen aparentemente demasiado alto y molesto. Se asoma por los cristales de las ventanas aguantando la respiración. Nada. No percibe movimiento alguno. Se siente como un pez bajo el agua. Comprueba la puerta y el pomo gira. Está abierto. Un rechino de las bisagras se adueña de la estancia y del exterior.

Irina se acuerda entonces de volver a respirar.

Entra en la cabaña. Registra con la mirada. La chimenea, una mesa, unas sillas, un armario a un lado, la cocina en la misma sala. Todo en orden. Sin dejar de andar a hurtadillas, registra las dos habitaciones del fondo. Doble cama, armario ropero de madera, tocador, mesita de noche. Las dos son idénticas. La colcha no está deshecha. Ninguna lo está. Allí no ha dormido nadie en tiempo. Puede que en años.

¿Quizá se ha equivocado pensando que Fernando es culpable?

Otra puerta.

Gira el pomo.

Unas escaleras de madera se hunden en la oscuridad bajo tierra. ¿Un sótano? Desciende con cautela. Huele a humedad, a rancio y a… descomposición.

Llega al final de las escaleras y la bota se le hunde en el suelo. ¿Barro? ¿Por qué no lo habrán cubierto con cemento?

El haz de la linterna de Irina registra el sótano en un sondeo rápido. Nada que parezca llamar la atención. Hasta que, al fondo, un destello escarlata la hace temblar.

Una silueta destaca colgada ante Irina. No puede aguantar la arcada que le revuelve las entrañas. Se gira y se agacha, el tiempo justo para vaciar el contenido de su estómago en el barroso suelo.

45

La pantalla del teléfono de Bosch se ilumina.

—¿Me echabas de menos, Lao? —pregunta con una sonrisa en los labios.

—Algo así, sargento.

La voz chisporrotea.

—Qué formal. Dime, ¿tienes novedades?

La señal llega entrecortada.

—¿Ya estás en la cabaña? Te recibo mal.

—No. Casi he llegado. —Detiene el coche a un lado para escuchar sin cortes lo que Lao tiene para él—. Dime, ¿tienes algo?

—Sí. Resulta que la marca del óleo que me proporcionaste sí ha dado una coincidencia.

—¿Ya? Menuda velocidad.

—Gracias.

—¿Y a quién nos lleva, Lao? Ilumíname.

—Al orfanato Rocanegra.

—No me jodas.

—He comprobado las últimas compras en internet por si acaso y, por lo visto, hay una relación de pedidos cada dos o tres meses a nombre de Magnolia Mortz.

—Esto sí que es raro de cojones. ¿Para qué querría Mortz tanto óleo?

La comunicación se corta. Bosch mira la pantalla estupefacto. No tiene cobertura.

Escribe un wasap rápido a Irina:

«Tenías razón. Rocanegra es más oscura de lo que parece. Voy para allá. R.».

Le da a enviar.

Espera a ver si hay confirmación del envío.

No recibe nada.

«No puedo esperar —se dice—. Ya se completará el proceso en cuanto mejore la cobertura».

Bosch hace girar el coche en sentido contrario y da gas a fondo.

46

Cuando los retortijones se lo permiten, Irina se yergue, toma una bocanada de la pestilente humedad y da un paso al frente.

Ahora que es consciente de qué es esa mezcla que entra en sus fosas nasales, debe luchar contra el rechazo de su cuerpo para mantenerse centrada.

Ante ella, el cuerpo abierto en canal está sujeto de manos y pies. Las manos a las vigas del techo. Los pies juntos y unidos a una especie de brasero antiguo lleno de la sangre cuajada que ha emanado del cuerpo. Un enorme tajo en la barriga deja al aire los órganos internos. Otro en el cuello y un tercero en la entrepierna lo ha dejado sin genitales.

Cuando se da cuenta, Irina rastrea en el sótano y los encuentra en una esquina. «¿Un asesino sexual?», piensa.

Ilumina de nuevo el cuerpo con la linterna. Ahora sube más arriba. Se centra en el rostro.

Es Fernando Ayats.

Pensando que él era el asesino y ahora lo tiene colgado e inerte. Una nueva víctima.

¿Quién pudo haberle hecho esto? Y ¿con qué finalidad?

Coge el teléfono y se da cuenta de que no tiene cobertura.

«Mierda».

Debe salir de la cabaña —quizá del bosque— y contactar con Bosch. Ahora se lamenta de no habérselo cogido antes cuando la ha llamado, pero estaba demasiado obcecada en sí misma. Como siempre. Desde el accidente de Daniel y la desaparición de Abel no ha sido la misma. ¿Cómo iba a serlo?

Sí, buena en el trabajo, pero privativa en el trato personal. Sobre todo, hacia Roger Bosch. Lo ha usado a su antojo sin tener en cuenta sus sentimientos. Y él siempre la ha apoyado en todo.

Se dice a sí misma que eso cambiará. Que ya no volverá a tratarlo como un trapo, como su juguete sexual.

«Ojalá estuvieras aquí, Bosch».

«Te necesito».

Irina hiperventila y se siente mareada. No debe desmayarse ahora. No.

Debe revisar la escena y hacer que manden a los de la científica de inmediato.

Pero para hacerlo debe salir de allí, abandonar el cuerpo.

Entonces, se fija en el pecho de Fernando.

Entre la sangre reseca distingue unos cortes diferentes. Forman letras. Y las letras conforman dos palabras:

«Primer padre».

¿Primer padre? ¿Qué diablos significa?

Irina levanta el haz de la linterna y ve que en la frente también hay algo.

Un dibujo en una tintura azul celeste.

Una mariposa.

Y dos palabras más.

«Tus niños».

47

La carretera se ha vuelto casi intransitable y, para colmo, ha empezado a nevar.

Bosch piensa en que no hay circunstancia peor que quedarse atrapado en Rocanegra. Tener que pasar una sola noche en ese lugar le da escalofríos. Y si la carretera se vuelve intransitable... Luego se recuerda que ni siquiera pensarlo es una buena opción.

La explanada frente al gran edificio se le antoja peligrosa. Imagina un gran campo de tiro en el que él es la presa y, desde las ventanas de la mansión, decenas de cazadores lo apuntan con sus fusiles y punteros láser directo al corazón.

Detiene el coche y comprueba el arma.

No percibe movimiento. Ni siquiera hay luz que salga por los ventanales.

«No es tan tarde —piensa—. ¿Acaso aquí no se preparan para un festín especial de Fin de Año?».

En el lateral izquierdo advierte un todoterreno gris metalizado. Nada más.

Pedir refuerzos y esperar a que lleguen antes de entrar. Ese es el protocolo. Pero... no puede esperar. Saca el móvil, abre la aplicación de mensajería y se alegra, con un suspiro de satisfacción, al ver el doble *check* azul que significa que Irina ha recibido el suyo.

«Espero que estés de camino, Pons».

Se mete el teléfono en el bolsillo trasero de los pantalones.

El portón principal, ahora que lo tiene cerca, no está cerrado del todo. Apenas una abertura de un centímetro, pero no está bien cerrado.

Bosch empuja muy despacio con la pistola y el antebrazo. Un golpe de calor le hace resoplar.

La temperatura, excesivamente alta, lo molesta. Es una percepción extraña, como si confirmara que algo anda mal. En el ambiente no hay un solo ruido. El silencio lo perturba más.

Un pie tras otro, Bosch se adentra en la oscura mansión reparando en cada sombra. ¿Dónde están los niños? ¿Y el servicio? ¿Y Magnolia?

Sabe, por experiencia, que durante la entrada de la policía a una propiedad se forma un revuelo general. Los nervios, el histerismo, el miedo... y, en general, la sorpresa a la intromisión hace que los propietarios o inquilinos respondan, muchas veces, de las maneras más insospechadas. Y es, precisamente, por este manto de silencio y quietud, que los pelillos de la espalda se le han puesto de punta.

Revisa las diferentes estancias. Nada ni nadie.

Sube al primer piso. El mismo silencio espeso lo invade todo.

Entra en la habitación de los niños. Lo sabe por el tamaño de las camas, la tienda de campaña de Peppa Pig y... un sonido procedente del armario empotrado lo pone en alerta.

Ocupa toda la pared. Sus puertas correderas son del tipo acordeón con tiras de madera a modo de rejas para permitir la circulación de aire y evitar que la humedad estropee las prendas.

Bosch teme por unos instantes que alguien vaya a dispararle desde allí. Aunque su experiencia le dice que, de ser el caso, ya lo habría hecho.

Apaga la linterna. Se acerca con suma delicadeza, empuja uno de los pliegues de madera y este cede a la fuerza. Entonces, una carita asustada aparece y Bosch se pone un dedo en los labios.

Los tres críos están acurrucados en el interior del armario muertos de miedo, temblando y con los ojos rojos e hinchados de tanto llorar.

Bosch se agacha junto a ellos.

—Tranquilos —les susurra—, he venido a ayudaros.

—Usted… usted ya estuvo aquí —dice el mayor—, con esa mujer, la policía.

Asiente.

—Nos hemos escondido… Tenemos miedo…

—¿Qué os ha asustado tanto?

—Se han apagado las luces y hemos visto un monstruo enorme fuera, a través de la ventana —dice la pequeña.

—¿Ha entrado alguien que no conocéis? —pregunta Bosch imaginando a Sulley, de *Monstruos, S.A.*

—Sí, estábamos preparando la mesa para la cena cuando lo hemos visto.

—¿Sabéis quién es?

—No, pero estaba fuera. Tras el cristal de la ventana —repite—, luego en la puerta del comedor grande.

—¿Alguien más lo ha visto? ¿Del servicio? ¿Quizá Magnolia?

—No lo sabemos.

—No, no lo sabemos. Hemos corrido a escondernos. Lo siento.

—No pasa nada.

—Ha habido mucho ruido y... gritos. Y luego... ya no hemos escuchado nada más hasta que ha llegado usted.

—Lo habéis hecho muy bien —les felicita Bosch—. Ahora os voy a pedir una cosa más. —Los críos lo miran expectantes—. Debéis quedaros aquí dentro sin hacer ruido. Yo iré a ver si encuentro a ese monstruo que os ha asustado y cuando llegue Irina, la mujer policía que vino conmigo y otros amigos, vendremos a buscaros para llevaros a un lugar seguro. ¿Entendido?

—Sí —dicen los tres al unísono con la voz y la cabeza.

Bosch les sonríe y cierra el batiente del armario con cuidado. La voz de la pequeña le susurra una frase que le provoca un escalofrío.

—Tenga cuidado. El monstruo da mucho miedo...

Bosch sale de la habitación con una espinita clavada dentro. Esos chavales ya sufren bastante como para haber tenido que temer por su seguridad bajo el techo que los debería proteger.

El sargento escudriña en silencio cuando un portazo le pone en tensión. Ha sonado al fondo, la puerta está entreabierta. Anda a paso ligero, pero alerta ante cualquier movimiento en la periferia de su visión.

Aguanta la respiración y se asoma.

Es una habitación grande con una cama enorme con dosel. Las paredes decoradas con papel, un estampado floral. Los muebles antiguos y... huele a perfume. Muy dulce. De mujer. Casi de otra época.

Bosch se adentra con otro paso precavido cuando ve la figura de una persona recortada por la luz que entra por la ventana.

Lo que no ve es lo que se precipita a toda velocidad hacia su cabeza.

El golpe reverbera en el dormitorio. Los ojos de Bosch se desvanecen y su visión se vuelve oscura como el carbón. Ni siquiera tiene tiempo de escuchar el estrépito que provoca su cuerpo al caer al suelo.

48

Mira el mensaje con una mano, con otra sujeta el volante.

Es de Bosch.

Irina le grita al móvil.

«¡Serás capullo! Podrías haberme esperado, joder».

Lo tira en el asiento del copiloto justo a tiempo de girar el volante y virar a la derecha. El desvío hacia el orfanato es casi imperceptible, y menos en estas condiciones meteorológicas. Que esté nevando no ayuda nada.

Los copos de nieve son del tamaño de trapos recortados. Crean un espectáculo de lo más curioso. Es como si quisieran envolver el coche, pegarse a él como lapas y evitar así su avance.

Irina ha reducido la velocidad. El asfalto es peligroso, pero aquí, en esta carretera, parece haber retrocedido en el tiempo hasta la Edad Media.

Los socavones están cubiertos. Son trampas naturales. Casi no se distingue el borde ni los pedruscos. «Aquí no me quedo tirada. Aquí no me quedo tirada», se dice como un mantra. Y piensa en cómo se han cubierto tan rápido las huellas del coche de Bosch. ¿Tanto está nevando? ¿O quizá ha cambiado de opinión y no ha ido?

Unos instantes después, que se han hecho eternos, aparece el claro con el gran orfanato en la linde. La verja principal está abierta, así que se cuela dentro.

—¡Joder, joder, joder!

Divisa el coche de Bosch aparcado en la entrada. Por lo menos tiene dos o tres centímetros de nieve acumulada encima.

—¿Tanto rato llevas aquí, Bosch? —le pregunta en voz alta al vehículo—. Cuando te encuentre, te voy a matar.

Irina sale del coche y cierra la puerta con cuidado de no hacer ruido. Una tontería. Lo sabe. En el caso de haber alguien en la casa ya se habrá dado cuenta de que ella ha llegado. El motor del coche, las luces de los faros y el crujir de los neumáticos aplastando la nieve pueden llegar a ser ensordecedores. Además, la casa está a oscuras y no se puede ver si hay alguien detrás de las ventanas observándola.

Irina las otea todas. El espinazo se le retuerce con un escalofrío. Este edificio tiene un aura maligna que se percibe con solo verlo.

Reduce el ritmo de su respiración y relaja los latidos de su corazón hasta casi encerrarlos en una caja fuerte.

La puerta principal está abierta.

Se cuela y piensa en Bosch.

¿Por qué lo ha tratado tan mal? Él es bueno con ella a pesar del comportamiento perturbado que Irina se enorgullece en mostrar. Además, a las niñas les gusta. Es el único hombre que parece poseer la ternura necesaria como para estar con ellas sin mostrar complacencia ni pena. Las trata como iguales.

En el suelo hay huellas de pisadas.

«Bosch —piensa—. ¿Dónde estás?».

Luego lo ve. Una imagen traslúcida. Pistola en mano, semiagachado y adentrándose en la oscura propiedad. Le ve el cogote entre las orejas y se muere por besárselo. Quiere revolverle el pelo. Abrazarlo y sentirlo piel con piel.

No hace tanto que lo sintió cerca, pero no es lo mismo. No ahora que su mente se está abriendo y aceptando lo evidente. Sabe que no lo ve en realidad. Es su imaginación la que le permite observar sus pasos anteriores.

Se promete que en cuanto esto se acabe no volverá a tratarlo como un trapo. Le pedirá disculpas y luego...

Irina sigue las huellas de agua que ha dejado la nieve fundida de las botas hasta la escalera. Allí ve que Bosch ha subido. Ella también lo hace.

Arriba ya no queda rastro.

Mira a un lado. Luego al otro. Nada que parezca llamarle la atención salvo una habitación al fondo del pasillo.

Camina hasta ella y la abre.

Es un cuarto infantil, de niñas. Dos camas con unas mullidas colchas de color rosa, dosel de princesas y tocador a conjunto con madera de contrachapado.

Ahora ve a una niña llorando frente al tocador. El espejo le devuelve una mirada extraña, diferente, distorsionada.

Irina avanza hacia ella sin perder de vista la periferia. Se pone al lado de la niña que ha creado su imaginación. «¿Es la que me dio la nota?», se pregunta.

Tiene la piel muy pálida, el pelo muy oscuro y unos ojos verdes preciosos. Tristes y llorosos. La niña se gira y mira por detrás de Irina.

Irina se gira siguiendo la dirección de la mirada de la pequeña. En la cama hay otra niñita sentada con unos ojos esmeralda. Se le parece mucho, aunque su pelo es castaño. No tendrán más de cinco o seis años. Se están hablando sin emitir sonido alguno. Más que hablar, parece una discusión. La niña de la cama tiene la cara encendida de un rojo exagerado y sus ojos están entornados. ¿Es rabia? La otra, la niña del tocador, también tiene el rostro retorcido. Sin embargo, el sentimiento que percibe Irina es de dolor. De vacío. Y un agujero que se lo traga todo parece haberle salido en el pecho. Puede sentir el sufrimiento de la pequeña.

¿A qué está jugando su mente? ¿Por qué le proyecta tantas imágenes distintas? ¿Se estará volviendo loca?

Irina se da un cachete en la mejilla.

«En cuanto esto termine tengo que volver a terapia —se dice—. Bib me ayudará. Quizá solo necesite más pastillas».

Tras unos instantes, Irina sale de la habitación y va registrando las otras a medida que avanza por el pasillo. Imagina a Magnolia Mortz salir a toda velocidad hacia ella con un cuchillo de carnicero.

No ocurre.

El silencio es pesado y pegajoso.

Cuando llega al otro lado, Irina ve una puerta abierta. Es un dormitorio mucho más grande que los otros. ¿El de Magnolia quizá?

Da un paso al interior y un tufo dulzón a perfume le confirma que se trata de la estancia de Magnolia.

Un paso más y ve la silueta recortada por la ventana.

—No se mueva —le dice a la silueta.

No se mueve. Tampoco hay respuesta.

—¡Ahora quiero que se dé la vuelta muy despacio! —le exige.

La silueta no obedece.

Irina ha dado unos pasos más hacia la ventana, y es solo entonces cuando ve que otra sombra más pequeña sale de su cuerpo hacia arriba. Mira confusa a los pies de la sombra y aún se perturba más cuando ve que los pies de la silueta oscura no tocan las baldosas del suelo.

—Suelta el arma, Irina —ordena una voz grave desde la otra punta del dormitorio—. Si haces un movimiento en falso o quieres hacerte la valiente..., le pego un tiro.

Irina sabe que no le da tiempo a atacar a su agresor. Ni siquiera tiene contacto visual con él.

—Está bien —dice—. No hagas nada de lo que puedas arrepentirte.

Una carcajada retumba en el cuarto.

Irina deja la pistola en el tocador.

—No, en el suelo —ordena la voz—. Y le das una patada hasta aquí.

Irina obedece.

Cuando sus ojos se acostumbran a la oscuridad al otro lado, puede ver la silueta del hombre al que aún no ha puesto cara. Pero... tiene la parte baja, desde la cintura hasta los pies, exageradamente grande. Es imposible que tenga una deformación tan desmedida.

Entorna los ojos y solamente es en ese momento cuando ve que no se trata de un defecto, no. Está detrás de algo muy grande... Es alguien sentado en una silla.

Luego, el hombre le agarra los cabellos y levanta su rostro hacia arriba.

—Si haces cualquier movimiento en falso —le dice la silueta—, le reviento la sesera. Y te prometo que tras él irás tú.

Cuando Irina lo ve, se le rompe el alma y el corazón. Y deja de respirar.

Es Bosch.

49

La mesa del comedor, con la mantelería de las fechas especiales, la cubertería y la cristalería que lleva años sin usarse, destaca en el ambiente triste que los ha envuelto.

—Bien —la abuela Elvira llama la atención de Laura, que está con el teléfono móvil—, vamos a cenar, cielo.

—¿Sin mamá ni Sara?

—Con la comida que va a sobrar, mañana repetimos con ellas, cariño.

El sonido al pasar la llave hace que las dos miren hacia la puerta de entrada.

Sara da un paso y se queda parada sin terminar de entrar.

—¿Qué ocurre?

—Te estábamos esperando, Sara —dice la abuela con una sonrisa en los labios.

Tras ella aparece otra persona. La abuela y Laura se quedan observándolo hasta que Sara reacciona.

—Él es Randall. —El chico levanta el brazo y mueve la mano a modo de saludo—. ¿Puede cenar con nosotros?

—Faltaría más —consiente la abuela—. Además, el destino ha hecho que tengas los cubiertos preparados.

—Y así no sobrará tanta comida.

—Gracias —dice Randall.

Sara se quita la chaqueta y la cuelga en el perchero que hay detrás de la puerta. Randall hace lo mismo con la suya.

—¿Ha llegado mamá? —pregunta Sara.

—No, cariño. La tormenta de nieve debe de haberla sorprendido en comisaría o en cualquier otro lugar —explica la abuela.

—Puede, cada minuto que pasa parece que coge fuerza y la carretera está prácticamente intransitable.

—Espero que allá donde esté por lo menos no haga frío y tenga algo para comer. —Elvira siempre sufriendo.

—¿Tampoco ha llamado para decir nada?

—No.

—Quizá ha caído algún repetidor o algo así.

—Vamos, acercaos y sentaos a la mesa. Empecemos a llenar la tripa y quitarnos el frío con una buena sopa de pescado bien calentita.

50

Irina se acuerda de respirar de nuevo.

—Bosch... —murmura—, si le has...

—¡Cállate, Pons! El cromañón aún respira —dice la sombra tras él—. No tengo ningún interés en este tipo, pero cuando algo se entromete en el camino..., una patada y listo.

El tono de voz le es terriblemente familiar, aunque ahora mismo Irina no es capaz de situarla.

—Deja que se marche —implora Irina—. Me quieres a mí, ¿no?

—Y ¿por qué haría algo así? Yo no os he mandado meter las narices donde no os llaman. Tanto tú como él debéis pagar las consecuencias de esta intrusión.

Irina da un paso adelante. Muy despacio. Quizá pueda saltarle encima y dejarlo fuera de juego.

—¿Quién eres? —pregunta—. Y ¿por qué haces esto? —Señala el cuerpo de... ¿Magnolia?

—Porque me ciño al plan, inspectora Pons. —«El tono. El deje en su voz... tan altivo», piensa Irina—. Lo único que se sale de él eres tú y el pelmazo troglodita este.

»En cuanto a ella... —Irina ve como levanta el brazo hacia

la ¿directora del orfanato? No. No lo es—. Magnolia era el punto y final de la historia. Pero no sé dónde se ha metido. En su lugar, ha caído la criada y encima no me habéis dejado acabar de preparar del todo la escena.

—Tú... —murmulla Irina— eres...

Se oye un clic y una lámpara se enciende dejando ver por primera vez el rostro humano de la sombra.

—... Julius.

—El mismo, inspectora.

La mente de Irina trabaja con toda la urgencia que puede buscando los hilos que la lleven a dar con un motivo real. No lo encuentra.

Decide preguntar dejando a un lado el formalismo con el que había tratado a Hastings al conocerlo.

—Pero... ¿por qué haces esto?

—Irina, Irina, Irina. Tú más que nadie deberías comprender mis motivaciones. Estamos hablando de monstruos reales que merecían un castigo.

Irina no lo entiende.

«Está hablando en plural».

Niega con la cabeza.

—Los Ayats... ¿También fuiste tú?

Asiente y carcajea.

—¿Por qué? ¿Qué te hicieron ellos? Eran solo ancianos...

—El pasado siempre regresa para cobrar las deudas pendientes, mi querida Irina. Por más que se quiera huir de ellas, no se puede. Y ellos tenían muchas.

Irina sigue acercándose. Debe ganar tiempo y hacerle hablar lo suficiente. Pronto podrá saltarle encima.

—¿Qué hicieron que fuese tan grave, Hastings? Cuéntamelo.

Julius Hastings resopla y menea la cabeza a un lado.

—Está bien, está bien. Veo que tienes memoria selectiva, o

quizá es que tu mente te protegió con algún tipo de amnesia. He leído en algún sitio que el cerebro es capaz de bloquear traumas y situaciones violentas para protegernos. —Se da unos golpes en el mentón con el cañón de la pistola—. Puede que sea posible. O eso, o eres la mejor actriz del mundo.

—Por favor, Julius —suplica con tanta sinceridad como puede expresar, o fingir—. Cuéntamelo todo.

Si gana tiempo y él se despista lo suficiente para que ella se acerque…, podrá intentar golpearlo.

Julius empieza a hablar.

—Llevo mucho tiempo pensando en ti, Irina Pons. En tus motivaciones para ser policía. En tu facilidad para olvidar. Llegué a pensar que podríamos estipular un acuerdo e, incluso, trabajar juntos en esto.

—¿Cómo iba a pensar que yo…?

—Estuviste aquí, Pons. Con nosotros.

51

ANTES

Marzo de 1993

Pensar que vas a escapar te da cierto chute de adrenalina, y eso, precisamente eso, fue lo que les proporcionó la fuerza a los chavales.

Corrieron tan rápido que el ambiente gélido se les clavaba en la piel del rostro como alfileres. Pero ¿a quién le importaba si podían escapar?

Jadeaban como una jauría de perros de presa tras el trofeo. Sus bocas soltaban nubecitas de vaho que se perdían en la oscuridad.

Atrás dejaron el jardín trasero y pronto los árboles les rodearon.

—¡Ya casi hemos llegado! —animó el mayor a los más jóvenes.

—No... no... puedo más...

—¡Mirad! —gritó—. La verja está aquí mismo.

Los rostros reflejaron una chispa de esperanza. ¿Acaso no dicen que es lo último que se pierde?

Los chiquillos aún albergaban cierto grado de esta.

La enorme construcción se alzaba ahora frente a ellos como un gigante espinoso. Atravesarla sería una batalla desigual.

—Haremos una torre —anunció el mayor.

Las caras de interrogación de los demás se mezclaron con la imposibilidad y el miedo.

El mayor se quitó la chaqueta y la lanzó con un movimiento lateral a lo alto. Planeó unos instantes en los que el tiempo pareció desaparecer para acabar sobre los finos alambres espinosos que había en lo alto.

—Venga —los animó—. Venid aquí y subid. Una vez arriba, corred. Y bajo ninguna circunstancia miréis atrás.

—Pero... ¿y tú? ¿Quién te subirá? —le preguntó la joven con lágrimas en los ojos.

—Primero los despistaré. Y luego saldré por la puerta principal. Vosotros corred hasta la carretera y parad al primer coche que encontréis y pedidle que os lleve a la policía. Les contáis lo que nos hacen.

Un haz de luz hizo brillar las ramas de los árboles.

—¡Apresuraos! —los apremió—. No hay tiempo que perder. Ya están aquí.

El chico se apretujó contra la valla y los fue ayudando, uno a uno, a subirse encima de él. Treparon la pequeña separación que había hasta la chaqueta y se lanzaron al otro lado.

Uno, dos... y tres.

—Por favor, Jota. —La chiquilla metió la mano por la verja con las lágrimas cayéndole como ríos—. Sin ti no podremos.

Los crujidos de la maleza —o quizá las pisadas en la nieve— se oían cada vez más cerca.

Él le agarró la mano y se la besó.

—¡Mentirosa! —La chica detuvo el llanto—. Déjate de excusas y corred. Ya nos reencontraremos más tarde.

La soltó y se lanzó a un lado, gritando. Llamaba la atención de los vigilantes que corrían tras ellos.

—¿Qué hacemos? —le preguntó la chiquilla aún con los surcos de las lágrimas en las mejillas y los mocos en la nariz.

—Lo que nos ha dicho, Isi. —El otro chico la cogió de la mano y la animó a ir hacia él—. Debemos correr.

—¿Y qué pasa con Jota?

Isi lo miró. Andi era delgaducho, huesudo, pero tenía razón. Jota se lo había dicho. Se la estaba jugando por ellos, para que tuviesen una oportunidad.

Y corrieron.

Corrieron sin mirar atrás.

52

AHORA

—Así que tú estuviste ingresado en el orfanato Rocanegra —resuelve Irina dando otro pequeño paso hacia delante.

Julius menea la cabeza de arriba abajo.

—Así es, Irina.

—Deduzco que Isi es Isabel Ragàs y que Andi es Andrei Janovick.

—Chica lista. —Julius asiente.

—Aunque si eso fuese verdad, no comprendo por qué querrías quitarles la vida a tus amigos. No tiene ningún sentido.

Él sonríe.

—Es más complicado que eso, Pons. Nada es una cosa o la otra. ¿Acaso no sabes que un hecho puede tener múltiples versiones? Nada es blanco o negro, inspectora Pons.

—Es que no llego a entender qué te llevaría a acabar con la vida de tus amigos, con la familia Ayats... Tengo entendido que aportaban grandes sumas a la fundación Rocanegra. Así que los ayudaban. A todos los críos.

—¡Dios mío! —exclama—. Es cierto que no recuerdas nada, ¿verdad?

—No sé qué debería recordar, Julius. No te entiendo.

Realmente no puede recordar nada de su infancia en ese lugar. No por lo menos con la nitidez que relata Hastings. Ni siquiera lo recuerda a él.

—Hicieron un buen trabajo al eliminar todas las pruebas que los incriminaban...

Irina se da cuenta de que Bosch ha abierto ligeramente los ojos. Julius no lo ve. Está de espaldas.

«Levanta la vista, Irina», se dice.

«Que no se dé cuenta del cambio en Roger».

Julius le revuelve el pelo a Bosch. Es como si fuese un peluquero que delibera cuál es el corte que le vendría mejor.

—¿Escaparon? —pregunta Irina cogiéndolo por sorpresa—. Dímelo, Julius. ¿Lograron escapar de Rocanegra?

—Qué va. Por desgracia nos separamos. Y el cúmulo de mala suerte se había aliado en nuestra contra. No lo logró ninguno.

La expresión en el rostro de Hastings sufre una variación que no pasa desapercibida para Irina.

No es la de un hombre altivo ni agresivo. Ahora se percibe como dolido.

—Aquella noche era una de las especiales y, como tal, al escapar, se quebrantó la aparente calma.

53

ANTES

Marzo de 1993

Sí, corrían.

Sí, jadeaban exhaustos.

Cada rama que los golpeaba en las rodillas les provocaba pequeños cortes. Los pies les bullían —quién sabe si de tanto correr o del frío que les calaba hasta los huesos— y les daban calambres.

Tras lo que pareció una eternidad, los dos pequeños llegaron a un corte en la vegetación. La carretera.

Miraron a un lado y al otro.

¿Derecha o izquierda?

Una pregunta simple. Una respuesta simple.

Al menos en apariencia.

Un lado significaba la huida definitiva. El otro, el regreso al orfanato.

Y no, no podían permitirse el lujo de tomar la dirección incorrecta.

Los dos chiquillos no hablaron. No se preguntaron nada. Y mucho menos expusieron sus preferencias en cuanto al rumbo que debían tomar. Bastante trabajo les costaba ya recobrar el aliento y masajearse las piernas por el intenso dolor.

Derecha.

Ambos dieron el primer paso con la mirada y luego con los pies.

No estaban seguros de si debían correr o no, pero a los pocos metros la oscuridad se recortó.

Donde se perdía la carretera apareció una columna de luz que iba desvaneciendo la negrura y los dejó congelados en el arcén.

Quisieron correr. Y lo intentaron. Dios sabe que es cierto. Pero sus pies habían echado unas raíces tan profundas que incluso se sintieron a gusto.

«No nos verá», pensó el chico.

«Estamos perdidos», pensó la chica.

La luz avanzaba con ímpetu. Devoraba la negrura y la escupía de nuevo con un tinte rojizo. Como sangre.

Cuando iluminó a la pareja de críos, el coche se detuvo.

Era de un gris brillante. Muy bonito.

La ventanilla del copiloto bajó y entrevieron el interior. Un calor agradable con una fragancia a rosas los envolvió.

—Hola —saludó un hombre con una voz suave—, ¿qué hacéis por aquí a estas horas?

Los pequeños se miraron. ¿Podían fiarse de ese tipo? ¿Era mejor echar a correr bosque adentro?

—Queremos llegar a casa —mintió la niña—, pero no recordamos cómo se va.

El hombre sonrió. Miró a la noche. Luego a ellos.

—¡Estáis de suerte! —exclamó con suavidad—. Voy al pueblo. Si queréis os llevo.

Sin esperar una respuesta, se estiró en el vehículo y abrió la puerta.

—O si lo preferís podéis ir los dos atrás.

Sintieron el calor perfumado procedente del coche aun con más intensidad. Emanaba de los asientos, de los respaldos, de las alfombrillas, de la luz interior.

Visto desde fuera, y en perspectiva, podría decirse que los pequeños actuaron como las moscas atraídas por la luz. Se colaron dentro sin pensarlo demasiado. ¿Qué podía suceder? El hombre tenía una cara amable. Sus ojos oscuros se percibían bondadosos. Y su sonrisa les transmitía calidez.

En cuanto estuvieron sentados...

—Gracias, señor —agradeció la niña.

Él le devolvió la mirada por el retrovisor.

—No, cielo —dijo—. Gracias a vosotros. Ah, si tenéis sed, aquí tengo agua. —Les hizo llegar la botella de litro que sacó de la guantera.

Ambos dieron largos tragos.

Estaban sedientos y hambrientos.

—Por cierto —volvió a hablar el hombre—. ¿Cómo os llamáis?

—Yo soy Isi —respondió la niña con una alegría inocente— y él es Andi. —Este levantó el brazo.

—Encantado de conoceros. ¿Y dónde vivís? Vuestros padres deben de estar muy preocupados.

La pequeña bajó la cabeza. No sabía si debía confiar en él, pero era tan amable con ellos...

—No tenemos padres.

Levantó la mirada y se centró en los ojos del hombre, que no los apartó de ella desde el retrovisor.

—Qué triste... Lo lamento, cielo.

—No pasa nada. Estamos acostumbrados, ¿verdad, Andi?

Él asintió.

Un silencio se posó entre ellos hasta que, al final, el hombre amable habló.

—¿Sabéis qué haremos? —preguntó sin esperar una respuesta—. Esta noche vendréis a mi casa, os lavaréis y dormiréis en la habitación de invitados. Mañana nos ocuparemos de planificar vuestro futuro. ¿Os parece bien?

Los dos asintieron. La idea de no regresar al orfanato ya era lo suficientemente buena como para aceptar la oferta.

—¡Sí! —exclamaron al unísono.

«Qué lástima que Jota no esté con nosotros —pensó Isi—. Espero que pueda encontrar el camino. El hombre amable seguro que también lo querría en su casa a pesar de ser más mayor».

—Disculpe, señor —se aventuró la pequeña Isi—. ¿Cómo se llama usted?

—Podéis llamarme Nando.

Jota supo que no tendría la oportunidad de salir en cuanto llegó a la cima de la pequeña colina.

Los hombres lo habían rodeado y sus posibilidades desaparecieron tan rápido que se plantó en el mismo lugar viendo cómo se aproximaban a él.

Lo apresaron y se lo llevaron de vuelta al orfanato. Y a pesar de los golpes que le habían propinado, Jota no dejó de sonreír ni un instante.

«Isi y Andi lo han logrado. Por ahora, me vale», pensaba.

Vio a la directora en la puerta trasera del orfanato con los brazos en jarras.

Cuando lo tuvo a su altura, le propinó tal cachete en la mejilla que le pareció como si le llegara una corriente eléctrica y, luego, un calor extremo.

—¿Dónde están? —preguntó.

—No sé de quién me habla —se burló Jota.

Una nueva bofetada, aún más fuerte, le hizo morderse la lengua. Un fino hilillo de sangre le bajó por la comisura de los labios.

—Veremos si eres tan valiente después de pasar la noche en la habitación roja de los demonios.

«La habitación de los demonios. ¿Cómo sabe que la llamamos así?».

No. Cualquier cosa menos eso.

Ese lugar era el infierno y le infundía un profundo terror. Pero no estaba dispuesto a demostrarlo. No. En lugar de lamentarse, sonrió. Era mejor que lo encerraran a él que no a Isi o a Andi.

Atravesaron la enorme cocina, el pasillo y el vestíbulo. Jota se sintió extrañamente vigilado. Levantó la vista y la vio. Había sido ella quien los había delatado. ¿Cómo supieron tan rápido la dirección que tomaron si no? No tenían modo de saberlo.

Siguieron por la puerta que se abría con un panel eléctrico de numeración, detrás de las escaleras. Luego, el pasillo de papel en las paredes y lámparas tenues de color naranja. Todo en esa ala del orfanato era diferente. Era malo lo que sucedía allí.

Se detuvieron en la puerta roja con un cartel amarillo colgado en ella. La directora lo cogió, escribió en él y volvió a colgarlo. Ponía:

EXCLUSIVO Y GRATUITO PARA LOS VIP
SIN LÍMITE NI CENSURA

Jota sintió un escalofrío.

Abrieron la puerta y entraron.

El techo cubierto por unos cortinajes pomposos de satén rojo, flores de ropa en lo alto de las columnas que descendían hacia el centro, hacia una cama gigantesca en medio de la estancia.

Los hombres lo tumbaron encima de la cama con colcha de seda, también roja, y lo maniataron de pies y manos. Una extremidad a cada columna. Imposibilitando cualquier movimiento. Luego, le introdujeron una especie de bola de goma en la boca que estaba unida a un cinturón, que, a su vez, ataron con una hebilla a la nuca.

La directora apareció con una jeringuilla en lo alto. Le estaba sacando el aire y parte del líquido que contenía salió disparado.

—Bueno, precioso. —Se sentó a su lado—. Ya empiezas a ser mayor y no eres tan valioso como los demás. Esta será tu última semana con nosotros. No esperaba que fuera así, pero no me has dejado opción. Y como te mereces, tendrás una despedida por todo lo alto.

Cuando le cogió el brazo, Jota sintió las manos frías de la mujer, pero el pinchazo de la aguja al perforarle la piel fue lo peor. Ni siquiera se tomó la molestia de resistirse y estaba seguro de que la mujer se la había clavado sin tener el menor cuidado.

Jota sintió que la habitación empezaba a moverse en pequeños zigzags que se hacían más y más grandes, más y más lentos. Una arcada amenazó a su estómago, pero no llegó a vomitar.

Oía a la directora hablar con los hombres. No alcanzaba a comprender sus palabras. Otro, con la voz más fina, había entrado en la habitación. Denotaba cierta urgencia en su voz.

Jota concentró sus fuerzas en comprender de lo que hablaban.

—¿Qué-di-ces? —La ese final se alargó como si una serpiente hubiese podido hablar.

El resto fue un batiburrillo de letras sin sentido, incomprensibles bajo el efecto del sedante que se llevaba la conciencia del chico. Algo de una llamada, ¿quizá? Un asunto urgente. Una adopción. Ni idea. La mente del chico estaba hundiéndose en un lago espeso y pesado.

Sin embargo, como si la directora le diera una tercera bofetada en la mejilla, percibió su voz clavándose en su oído. ¿Lo estaba soñando? ¿Quizá lo imaginaba?

Dijo:

—Tenemos a Isi y a Andi, Jota. La tontería de esta noche no te ha servido de nada. Bueno, sí, para no verlos nunca más.

Y se rio.

54

AHORA

—No te va a servir de nada, Julius —dice Irina al escuchar parte del relato—. Nadie merece la muerte y, aun así, sigo sin comprender qué te llevó a matarlos a todos. ¿Tu propósito no era ayudarlos?

Su rostro se crispa.

—¡Sí, y así lo hice! —grita.

—Los mataste, joder.

El dong del reloj del vestíbulo les llega reverberando en el silencio del edificio como un intruso que los asaltara.

—Los liberé. No aguantaban la presión. Ellos no ayudaron a...

Sin que Julius pueda terminar de hablar, en ese instante en que el segundo dong resuena, Bosch se impulsa hacia arriba y hacia atrás, propinándole un fuerte golpe en la mandíbula con la cabeza.

Irina se ha lanzado hacia ellos en cuanto ha visto el guiño de ojo de su compañero.

Se escucha un crac y luego el detonar de la pistola.

¡Bang!

—¡No! —grita Irina.

Julius recupera la compostura ante lo sucedido y se desliza en la oscuridad de nuevo. Irina lo pierde de vista en un santiamén, solo percibe la mancha carmesí que crece en el torso de Bosch.

—¡Mierda, Bosch!

—Irina... —murmulla a trompicones—. Ve... a por él. Rayo sabe que estoy aquí. Mandará ayuda.

—Cállate. No digas nada.

—Ve a por él —le dice y un buche de sangre le impide seguir hablando.

—No puedo. —Irina le presiona la herida con fuerza—. Hay tantas cosas que aún no te he dicho.

Irina le aplica un torniquete con lo que puede y le suplica que no se vaya, que se quede con ella a su lado, que la perdone.

Bosch sonríe. Escupe sangre. Se ahoga. La mira. Sus ojos le dicen que la quiere. Pero ella ya lo sabe. Siempre lo ha sabido.

—Quédate, Roger —le implora ella besándole la frente—. Te necesito a mi lado.

Él la mira con ojos tristes. ¿Es la última vez que la ve? ¿Es la última vez que le habla?

—Lo sé, Irina. Ahora, vete. Atrapa a ese cabronazo. Hazlo por mí.

Lao sabe que están aquí. Así que sí, es posible que les manden ayuda.

Mira su teléfono móvil. Sin cobertura.

Mira a Bosch.

«No me dejes, por favor», le dice con la mente.

Se agacha y une su frente a la de él.

—Te quiero —le susurra muy bajo dándole un beso en los ensangrentados labios. Pero Bosch ya no puede oírla, ha perdido el conocimiento.

Decimoprimer dong.

Irina lo deja con suavidad y esperando que no recobre el conocimiento. No aún. Levanta la vista hacia la oscuridad. Ahora lo ve. Julius ha escapado por una puerta pequeña que no veía desde su posición anterior.

El último dong, el decimosegundo, cierra el año y, con él, la decisión de Irina como un punto y final en un capítulo.

Es hora de acabar con Hastings.

55

ANTES

Marzo de 1993

Andi e Isi vieron cómo se acababa el trayecto en coche con ilusión. Había sido largo y tedioso, y, por encima de todo, lo que más deseaban era salir de su cautiverio en esa cárcel metálica.

El coche del hombre amable era cómodo. Mucho. Con asientos de tela calentitos y unas rejillas que soltaban un aire agradable. Pero eso no quitaba sus ganas de salir huyendo como pajarillos asustados.

El hombre grande llamado Nando les había estado hablando durante todo el trayecto. Al parecer, pertenecía a una de las familias acomodadas de Los Álamos, el primer pueblo que te encontrabas saliendo de Rocanegra.

Les contó que, algunas veces, había acogido en su casa a niños como ellos. Les ayudaba a aprender modales, a comportarse en público, los llevaba al súper, un lugar donde la comida se mete en carros metálicos con ruedas y luego te la llevas a casa, los dejaba jugar en parques al aire libre y, en definitiva, a descubrir la realidad de la vida. Nada que ver con el encierro entre las paredes del orfanato.

Cuando el coche se detuvo, los pequeños fugitivos tenían más adormecimiento que ganas de salir. La casa era preciosa, pensaron los dos.

Nando salió, dio la vuelta y les abrió la puerta.

—¿Qué os parece mi casa? —preguntó.

—Es muy bonita —dijeron al unísono, deshaciéndose de la morriña.

—¡Qué bien! —se alegró él y dio una palmada—. Espero que por dentro os guste tanto o más. Aunque quizá dejaremos el *tour* virtual para mañana. Se os ve agotados.

Ambos asintieron. Uno bostezó y la otra se fregó los ojos.

Era tan amable que Isi se alegró de tener a la suerte de su lado. Por fin iban a cambiar las cosas.

Nando les ayudó a bajar del coche y a entrar en la casa.

Luego les dijo que antes de nada debían lavarse. Y tenía razón, iban hechos un trapo; la ropa hecha jirones con manchas de barro, rasguños y el pelo enmarañado, un desastre.

Los acompañó a «la sala de aseo», que así la llamó él y se lavaron sin sentir pudor. ¿Qué mal les querría Nando? Bobadas. Era el hombre más amable con el que los niños habían coincidido jamás.

Nando dejó dos conjuntos de pijama en la tapa del inodoro. Uno azul con pantalones de rayas y un dibujo de Oliver y Benji, que a Andi le encantó. El otro, el de Isi, era un pijama bicolor blanco y rosa con un dibujo pegado de Heidi, Pedro, el abuelo y Niebla, el perro. Se lo llevó a la nariz. Olía a flores.

—Voy a prepararos algo para comer, pequeños —dijo—. Estaré abajo cuando hayáis terminado.

—Está bien, Nando. —Al escuchar que decía su nombre, el hombre amable sonrió. A Isi le rugieron las tripas—. Bajamos enseguida. Gracias.

Cerró la puerta y desapareció.

—¿Crees que podemos fiarnos de él? —preguntó Andi al sentirse solos.

Isi lo fulminó con la mirada.

—¿Recuerdas a alguien que nos haya tratado tan bien?

Él negó con la cabeza.

—Quizá es un ángel que ha venido a ayudarnos. Sí, seguro que lo es. Ha escuchado mis plegarias y está aquí para ayudarnos.

Nando puso una sartén con un poco de aceite al fuego y un cazo pequeño con agua. Preparó unos huevos en la encimera y sacó un poco de pasta para hervir.

Mientras se calentaban los líquidos fue hasta el teléfono que colgaba en la pared. Cogió el auricular, marcó una serie de números y se lo llevó a la oreja.

Tras unos tonos...

—Orfanato Rocanegra, en estos momentos...

—¡Cállate y escucha! —Nando cortó en seco al chico de administración con un tono áspero y agresivo. Nada que ver con la manera de dirigirse a los niños—. Quiero hablar con Magnolia.

—Esto será imposible, señor. La directora está en estos momentos atendiendo un asunto muy importante. Además de ser la noche de gala.

—A ver si lo entiendes, cabeza de chorlito —atacó Nando. Había perdido toda amabilidad en el rostro—. Soy el número uno y tengo ciertos privilegios que no voy a discutir con un donnadie como tú.

—Señor..., no...

—Escúchame bien. Quiero que le digas a Mortz que he llamado. Soy Nando.

Al oír el nombre, el joven empezó a temblar.

—Ah, disculpe, señor… No le había reconocido por…

Nando siguió hablando sin hacerle caso. El sirviente comprendió que debía escuchar y se calló, prestando atención máxima.

—Los pájaros que se escaparon de la jaula no han volado lejos. Están en lugar seguro. Quiero que tramite su acogida de inmediato.

—Si me permite la pregunta, ¿a qué dirección les enviamos?

—A la mía. Me los quedo una temporada. Seré su primer padre.

Y cortó la comunicación con un golpe demasiado fuerte.

Isi apareció por la puerta de la cocina unos instantes después de que Nando colgase el auricular del teléfono.

—Huele a las mil maravillas —dijo ella.

Este se giró y sonrió.

—Llegas justo a tiempo. Si quieres ir preparando unos cubiertos —sugirió señalando con la cabeza un armario pequeño con cinco cajones—. Sabes cómo se hace, ¿verdad?

Isi asintió y abrió el cajón superior.

Nando sirvió la pasta con salsa de tomate y los huevos fritos.

Andi entró corriendo y se sentó a comer. Nando les sirvió agua fresca en vasos largos de vidrio de color ámbar.

Comieron y bebieron bajo la atenta mirada del hombre amable.

Cuando hubieron terminado, la satisfacción y el sueño eran más que evidentes. La pequeña Isi hizo el intento por recoger la mesa, pero Nando la detuvo.

—Estáis exhaustos —dijo—. Dejadlo, ya lo recogeré luego. Ahora necesitáis descansar. Vamos a vuestras habitaciones.

Nando condujo a los niños a la planta superior mientras ellos admiraban la decoración; las cortinas, los muebles, los cuadros pintados al óleo… Era todo muy bonito a sus ojos.

Luego pasaron por una puerta que tenía un candado por fuera.

—¿Qué tiene aquí dentro, señor Nando? —preguntó.

—Mi despacho, pequeña. Y no quiero que nadie entre sin mi permiso.

—¿Me lo enseñará algún día?

—Pues claro que sí —afirmó él con una sonrisa que le ensombreció el rostro.

Nando los llevó a sus respectivas habitaciones, que estaban puerta con puerta, y estos saltaron de alegría. Eran tan bonitas y él tan amable. Seguían sin ser conscientes de la suerte que habían tenido.

En cuanto se tiraron a la cama, cayeron rendidos. En parte por el cansancio, la agradable ducha de agua caliente y la generosa comida. Lo que no sabían era que Nando les había echado unos relajantes en la jarra del agua. Y era eso, precisamente, lo que los dejó fuera de combate.

DÍA CUATRO

1 de enero de 2024

56

AHORA

Irina se adentra por la pequeña puerta sin el menor atisbo de miedo. Aún no comprende del todo los detalles ni las revelaciones que le ha hecho Julius, pero una idea bastante general se le ha grabado en la mente. Y no va a dejar que se salga con la suya.

La puerta es una especie de pasadizo secreto. Un pasillo estrecho de paredes gruesas y desiguales. Enciende la linterna de bolsillo. «Menos mal que la he traído», piensa.

Avanza y, de repente, a unos pocos metros percibe algo de luz tras un cartón colgado en la pared sujeto con un clavo. Lo voltea y detrás hay un agujero. Acerca un ojo y ve una habitación infantil.

«¡Por Dios! Lo usaban para espiar a los niños», se asquea.

Deja el cartón en su sitio y sigue por el pasillo. En la pared hay muchos cartones clavados a diferentes alturas. Al final del pasillo, ve una puerta entreabierta. Acaba de abrirla con cautela.

Esta habitación es roja. Un rojo que apunta a la perversión, a la lujuria. Irina ve las cuerdas, las esposas, artilugios que no sabe para qué sirven y una arcada trepa por su garganta quemándole el gañote.

Rebusca en el bolsillo.

«¡Bien!», exclama. Saca un par de pastillas y se las mete en la boca para que se disuelvan. Necesita estar calmada. Necesita concentrarse. Aunque solo será esta vez, se promete.

Irina revisa la estancia de un vistazo, pero ve que la puerta de la entrada está entornada. Anda hacia allí. Si Julius sale del edificio le costará lo suyo encontrarlo. Con el dinero y los contactos que posee, podrá abandonar el país sin que pueda ser sometido a un castigo justo.

Irina da un par de pasos hasta que un calambrazo procedente de su pierna izquierda se apodera de ella, de todo su cuerpo, tensando cada músculo como si se estuviera transformando en una escultura de granito. Piensa que está sufriendo un ataque al corazón o algo parecido. Se precipita al suelo y da un fuerte golpe en el parquet de linóleo rojo.

Solo entonces, cuando ve a Julius salir de debajo de la cama con una pistola táser en la mano, es consciente de lo que ha sucedido.

El hombre la voltea hacia arriba y se pone a horcajadas encima de su inmovilizado cuerpo. Le envuelve el cuello con las manos.

«Muévete», se ordena.

Sabe, por las prácticas en la academia y lo poco que ha usado ese tipo de arma eléctrica, que es muy efectiva, pero que Julius dispone de unos cinco segundos antes de que ella recobre el control del cuerpo.

Le aprieta tan fuerte la garganta que la falta de oxígeno empieza a hacerle mella. Su mente vuela hasta su casa. Sara, Laura, su madre. Solas, celebrando la Nochevieja sin ella. Y ya jamás regresará.

¿Ha sido una mala madre? No. Ha sido pésima. No ha sabido estar a la altura. Jamás se ha recuperado de la pérdida de Daniel y Abel. Y en lugar de volcarse con las hijas que sí viven, se alejó de ellas, obviando su responsabilidad. Las abandonó cegándose a afrontar el dolor. Y ¿ahora qué?

Y Bosch…, ¿hasta qué punto lo había usado? Se aprovechó de él y ahora está muerto.

El pecho de Irina se constriñe en una lucha por vivir. Ella se ha entregado, rendida y cansada.

El músculo de su bíceps se contrae y entonces sus ojos la envuelven en una visión más allá de Julius.

Allí están Sara, Laura y su madre. De pie. Se dan la mano y mueven los labios. Irina no es capaz de entender qué le están diciendo. ¿Qué hacen allí? No quiere que la vean morir.

Cierra los ojos.

Una lágrima le resbala por la comisura de los ojos.

Vuelve a abrirlos.

Ahora también están Daniel y su hijo Abel.

Otra lágrima se abre camino.

¿Es la muerte? ¿Así es como termina todo?

Y también está Bosch.

Todos le hablan.

Ella no entiende nada.

Una ligera curva aparece en sus labios.

«¿Acaso hay mejor manera de morir que junto a ellos?».

57

ANTES

Marzo de 1993

En cuanto los ruidos cesaron, escuchó el sonido característico del llavero.

Los cerrojos retumbaban detrás de la puerta.

Escuchó los pasos haciéndose cada vez más molestos y ruidosos.

Se detuvieron.

Estaba justo allí. Casi podría oler su aliento.

Luego percibió el temblor en su piel cuando el hombre abrió el candado.

Dentro de la habitación había un chico. Demacrado, flacucho, lleno de moratones y rasguños.

Miró al hombre y rompió a llorar en silencio. Luego murmuró:

—Hola, padre.

Entró y cerró la puerta. Se dirigió a la cama y se sentó junto a él.

—Te dije que debías comer más —apuntó sin tono alguno.

—Me esfuerzo, padre —dijo en un lamento.

—No lo suficiente.

—¿Va a castigarme, padre? —preguntó aterrado. Para él no era el hombre bueno, era el hombre malo. Y ni siquiera era su padre. Sí lo fue durante unos días, pero todo era una mentira, una ilusión. Era un monstruo de verdad. Y él su juguete.

—No —respondió.

Lo cogió de la cabeza y lo aproximó hasta su regazo. El chico se dejó hacer acomodándose en sus muslos. El hombre malo le acariciaba el pelo haciendo pequeños remolinos con los dedos.

—Muchas gracias, padre —agradeció con la voz rota ahogando un quejido—. Entonces... ¿puedo complacerle de algún modo, padre?

El chico puso su mano en la entrepierna de padre. Llevaba mucho tiempo encerrado, mucho tiempo anulado, mucho tiempo sirviendo al hombre malo. Y sabía que era mejor no llevarle la contraria ni quejarse. Dejarse arrastrar por lo que le gustaba a él. Lo que le hacía ser menos malo y le ahorraba una paliza.

—Eres un chico muy bueno —jadeó gozoso—. No hay duda.

El niño se animó. Padre no estaba de mal humor y el bulto endurecido de su entrepierna daba fe de ello. «Quizá sería una noche tranquila si podía satisfacerlo antes», pensó. Y se decidió a seguir, a pesar de que él no se lo había pedido. No esta vez.

Le desabrochó los pantalones, bajó la cremallera y se los deslizó hacia abajo liberando el duro pene de padre. Le dio unos lametones, imaginando que se trataba de una gominola de regaliz echada a perder y un poco salina, mientras padre fue desabrochándose la camisa.

Al chico le daba un miedo atroz provocar una sobreexcitación al hombre malo llamado padre. Si perdía el control volvería a ponerlo en volandas sobre la cama o sobre el escritorio y le abriría las heridas de las posaderas. No podría sentarse en días.

Tras unos jadeos incontrolados, el hombre lo agarró fuerte por los cabellos y el cogote, y empujó con fuerza. El roce del miembro con la garganta le producía arcadas. Las aguantó tal y como había aprendido a hacerlo. De lo contrario, el castigo sería peor.

En lugar de eso lloró. No podía controlar a sus ojos, que se quejaban una y otra vez, diciéndole que aquello no estaba bien.

En unos instantes, las sacudidas fueron más fuertes, apaisadas y con gemidos más prolongados e intensos. El brebaje caliente que le llenaba la boca y la garganta lo obligó a tragar en una deglución involuntaria.

—Has sido uno de mis mejores hijos —dijo padre con unos suspiros prolongados.

El chico se fregó las comisuras de los labios con los antebrazos. Se tumbó al lado del hombre y jugueteó enredando sus dedos con los pelillos del pecho.

—Me alegra saber que le complace mi compañía, padre —agradeció el chico.

El hombre malo lo atrajo hacia él poniéndolo encima de su enorme cuerpo y lo besó en los labios.

«No, por favor», suplicó con la mente el chico.

La excitación en la entrepierna volvía a ser evidente y el temor del chico creció con cada lengüetazo, con cada restregón. El hombre se incorporó en la cama sin soltar al chico del abrazo. Lo levantó con suavidad y lo dejó caer encima de su sexo. Introduciéndose con violencia en el cuerpo del chico. Se quejó de dolor, pero su «padre» no cesó. Al contrario. Cada embestida era más agresiva y apresurada.

Lo levantó de la cama y se lo llevó al escritorio.

«No. No. No. No puedo más. Basta ya, por favor», suplicaba en silencio, pero ya en carne viva.

Lo tumbó encima de la fría madera y siguió con la faena cegado de placer.

El chico dejó que su mente se perdiera en la oscuridad de la noche, en el jardín que había fuera, imaginándose allí, escapando de padre y llegando a una casa mejor. Con una familia de verdad. Con padres de verdad.

Imaginó el césped verde y su tacto agradable. La esponjosidad de la nieve y el calor de un rayo de sol. El olor de los árboles frutales en primavera.

Entonces lo vio.

Bajo el tronco de uno de los cerezos había un montículo de tierra y, justo al lado, un hoyo oscuro como la noche.

58

AHORA

Una opacidad como la noche envuelve a Irina. Las siluetas de sus seres queridos se están desdibujando, pero ahora sí puede oírlos.

«Te queremos», mascullan.

Un río de calor y energía la recorre por dentro. Ella también los quiere, aunque no haya sabido demostrarlo. Quizá no sea tarde. Quizá pueda tener una nueva oportunidad para redimirse y demostrárselo a ellos.

—Siempre fuiste especial, Irina —le dice Hastings—. Un precioso y bonito diamante.

«Diamante», le reverbera en la cabeza.

«Un precioso y bonito diamante».

—No lo recuerdas, ¿verdad? —se burla y carcajea.

Las manos de Julius siguen apretándole el cuello. Pero es ahora o nunca. O lucha o muere.

Irina concentra el calor en su pierna y la impulsa dándole un rodillazo en las costillas.

Julius se retuerce a un lado, suelta un gemido y sus manos se aflojan.

El oxígeno vuelve a llenar los pulmones de Irina y, en un

segundo, que se expande eterno, recorre cada célula de su cuerpo.

Ahora centra el calor en el brazo. Cierra la mano en un puño y lo lanza tan fuerte como puede sobre el rostro del hombre.

Le cruje la mandíbula. O quizá son los dedos de Irina. Qué más da. No hay tiempo que perder. Carga de nuevo toda la furia que contiene su cuerpo en un nuevo puñetazo.

Julius cae al suelo, sorprendido por el ataque de Irina, que salta encima de él como una fiera salvaje. Un puñetazo. Otro. Y otro más. El rostro de Hastings se moldea y deforma ante la violenta ira. Sangre de un escarlata intenso salpica en todas las direcciones.

Cuando Irina cesa el ataque, se percata de que quizá lo haya matado.

Se echa para atrás sin comprobar si le late el corazón y sale de encima del cuerpo ensangrentado. Se mira las manos. ¿Qué clase de furia ha salido de ella? ¿Es un monstruo como Hastings? ¿Son iguales bajo circunstancias diferentes?

Sabe que no puede permitirse ni una pizca de duda. Ese hombre ha matado a personas inocentes. Y ella ha hecho bien en defenderse. En ese momento, lo que estaba en juego era la vida de uno u otro.

La puerta de la estancia se abre con un fuerte estruendo y aparece un destello verde. Es Lao apuntando con el arma. Otea el espacio ante ella. Sus ojos se mueven a toda velocidad del cuerpo de Julius al de Irina.

Cuando se cree segura, da un brinco y se echa en el suelo, junto a Irina.

—¡Jefa! ¿Está bien?

—Sí —jadea—. Bosch está...

Es incapaz de decirlo en voz alta. Como si lo traicionase.

Como si se tratara de una superstición; «si no lo digo, no ha ocurrido». O algo por el estilo.

Tose y le cuesta respirar.

—¿Está herido? —pregunta Lao mirando de nuevo en la habitación.

Irina dirige la mirada a la apertura de la pared, niega y los ojos la traicionan.

—¡No, jefa! —grita Lao—. Ahora voy a ver. Seguro que está bien. Es un hueso duro de roer.

—Más le vale —amenaza Irina y una ligera sonrisa tuerce sus labios—. Si no...

No termina de decirlo cuando observa a Julius. ¿Se ha movido?

—¡Por Dios! —exclama—. Lao, ese malnacido sigue vivo. Debemos inmovilizarle.

Irina se incorpora mientras Lao deshace la cama y rasga la sábana formando unas tiras. Se mueve veloz y con soltura. No parece que los nervios le jueguen en contra.

«Rayo en internet y Rayo en la vida real —piensa Irina—. Es más, Rayo nervios de acero».

Le dan la vuelta al cuerpo de Julius, que reacciona con una tos flemática.

—Por cierto, Lao —inquiere Irina—. ¿Qué haces aquí? ¿Cómo sabías que estábamos en el orfanato?

—Bosch estaba desesperado por encontrarla —Irina siente un pinchazo en el estómago—, hubo alguna coincidencia curiosa con la pintura usada en el cuadro del bar y la compra fue enviada aquí. Eso me llevó a un puerto oculto en el que había información muy interesante. Magnolia Mortz era quien hacía los pedidos.

—¿Magnolia pedía pintura? ¿Para qué?

—No lo sabía entonces, y la llamada con Bosch se cortó,

pero había señales de que dichos pedidos habían salido del ordenador de Hastings. Así uní los puntos y… me temí lo peor.

—¿Y no nos llamaste? —interroga sin que la pregunta suene afilada.

—Vaya si lo hice, jefa. —Hace un gesto exagerado con el rostro—. Pero los dos estaban ilocalizables. Lo único que sabía era que Rocanegra constituía el centro de todo e imaginé que Bosch y usted estarían cerca.

—Bien pensado. ¿Y los refuerzos?

—Me aseguré de pedir patrulla y emergencias, por si acaso. Aunque no sé si podrán llegar con la que está cayendo. La carretera se encuentra, prácticamente, intransitable.

—¿Culebras está al tanto?

—De eso se encarga usted cuando salgamos de este vórtice espaciotemporal y cuando esté todo más claro.

—Muy generosa, Lao. Muy generosa.

—A mí déjeme los rastreos y quédese usted el lidiar con el comisario. Para eso es la jefa del equipo.

Irina está por replicar una respuesta afilada cuando, sin que puedan hacer nada ninguna de ellas, una fuerza se les clava en las costillas y las arremete lejos de Hastings.

El hombre se hacía el inconsciente. Y, justo antes de que pudieran anudarle bien la cuerda a las muñecas, les había propinado una fortísima patada a ambas.

El clonc de la pistola de Lao al caer al suelo se produce en una fracción de segundo. Suficiente para que Julius se haga con ella.

Lao le lanza una mirada lastimera a Irina. La cual, a su vez, se pregunta cómo ha podido ser tan imbécil ella misma.

Ahora Julius sonríe de pie apuntándolas con la pistola. Los dientes ensangrentados de un granate profundo, el rostro desencajado, hinchado. Un monstruo.

—Debo reconocer que sois bastante listas —dice y el cañón

baila de la una a la otra—. Y mirad que fui muy precavido a la hora de planear mi obra maestra.

—Deja el arma, Julius —ordena la inspectora—. Aún estás a tiempo de acabar con todo este dolor de otro modo. Nunca es tarde para tomar la dirección correcta.

—Eres tú, Irina Pons, la que debería aplicarse el cuento de los caminos y los cambios, del renacer y el olvido —escupe con rabia—. Lo hiciste bastante bien, lo reconozco, pero terminaste con Daniel. Un camino con muchas curvas, ¿quizá?

«¿Qué coño pasa con Daniel? ¿Por qué lo menciona?».

—Esto no tiene nada que ver con Daniel —murmura Irina.

—Anda, tú, la del pelo vómito, ponte a un lado, junto a Pons. —Gira la cabeza hacia ella—. En cuanto a ti, de verdad que puedo entender que quisieras olvidar parte de tu infancia, pero que no vieses a tu marido...

Ellas se han puesto juntas hacia la pared. El cañón de la pistola las apunta. Irina se encuentra desorientada y fuera de control. «Esto no tiene nada que ver con Daniel», se repite. No podría ser cierto.

—Venga, coño —escupe agresivo—, ya vale de tanta palabrería. Pons, coge la cuerda y ata a tu amiga. Y no intentes nada o te pego un tiro ahora mismo.

—¿Qué harás, Hastings? —pregunta—. ¿Nos matarás aquí?

—¿Acaso importa el lugar? —Levanta una ceja—. Es el punto y final de la historia. Para vosotras... con un final sin perdices.

Entonces, Irina mira a Lao, que le hace una lenta caída de párpados. Se gira juntando las manos a la espalda. Irina sigue la mirada. Con el movimiento, agachada en cuclillas, asoma de sus pantalones una Pocket gun. «Lao y sus manías», piensa. Aunque ahora les puede salvar la vida esa pistola enana.

—Hastings —lo llama Irina para ganar tiempo y distraerle—, hay algo que se me escapa y necesito saberlo.

—Pregunta mientras le atas las manos a tu compañera.

—Está bien. Dime, ¿qué ocurrió aquí? ¿Cómo acabó?

Irina ata las muñecas de Lao y desliza la miniatura metálica a la palma de su mano.

—¿Acabar...? Nunca terminó del todo.

Ahora Julius está dando pasos laterales en dirección a la puerta de la habitación, que ha quedado abierta tras la entrada de Lao. ¿Saldrá corriendo o las matará primero?

Ni lo uno ni lo otro. Habla.

59

ANTES

Marzo de 1993

A la mañana siguiente, Isi y Andi se despertaron con la música de fondo. Era una melodía que invitaba al baile, a la sonrisa fácil. Abrieron los ojos, aún desorientados por el cambio. Por la noche, cuando llegaron, la habitación les había parecido preciosa y ahora incluso lo era más.

El olor a tostadas recién hechas les alegró los rostros, y la barriga de Isi se pronunció con un «estoy muerta de hambre» parecido a un trueno largo.

Bajaron de las camas y abrieron la puerta con cuidado. El olor era más intenso y la música más fuerte. Anduvieron por el pasillo hasta la escalera. La puerta con el cerrojo estaba abierta. Isi echó un vistazo rápido, pero no vio nada. Sentía curiosidad y explorar la estancia parecía una tarea divertida. Pero su estómago le recordó que estaba hambrienta.

Bajaron las escaleras con sumo cuidado. A fin de cuentas, no tenían muy claro qué esperar de esa casa y de Nando, el hombre amable.

—Buenos días, preciosos —les sorprendió una vocecita

dulce y amable. Era una señora mayor. Con el pelo gris recogido en una coleta. Para nada lo que esperaban.

—Buenos días, señora —respondieron los dos chiquillos.

—Nada de señora, majetes. Podéis llamarme abuela Cati —dijo.

—¿Abuela?

—Eso es. Venga sentaos.

Obedecieron.

La mesa estaba abarrotada de comida: tostadas, mantequilla, mermelada de diferentes gustos, una jarra de leche, fruta y montones de cosas que ellos no habían visto jamás. De hecho, nunca habían estado ante tantísima comida.

Se hincharon como cochinillos y la abuela Cati no paraba de sonreír.

—Cuánto me alegro de teneros aquí. Vais a darme tanta vida...

Isi y Andi se miraron entristecidos. En realidad, no sabían si podrían quedarse. Habían huido del orfanato y el hombre amable les había ayudado a esconderse.

—Quizá nos vengan a buscar... —se lamentó Isi.

—Pamplinas —negó la abuela—. No os iréis de aquí.

—¿Lo dice en serio que podemos quedarnos? —preguntó Andi.

—¡Ajá! Fernando, que es mi hijo y el que os ayudó anoche, ha salido de buena mañana hacia Rocanegra.

Los chiquillos temblaron y se pusieron pálidos.

—Tranquilos. No temáis. No hay de qué preocuparse.

—Nos obligarán a volver —dijo Isi cortándosele la voz en varias ocasiones— a ese sitio.

—No, no. Fernando ha ido allí para tramitar de manera oficial vuestra acogida en su casa.

—¿Y podemos quedarnos aquí? ¿De verdad?

—Ese es el plan.

Se les curvaron los labios mostrando los dientes manchados de chocolate, mermelada y pedacitos de tostada.

—Desde hoy mismo seréis nuestros nietos postizos. Y Fernando será vuestro primer padre.

—¿Nietos postizos? ¿Primer padre? —Andi preguntaba como un robot estropeado—. ¿Qué significa eso?

—Que os quedaréis con nosotros, como si fuésemos una familia adoptiva.

—¿Para siempre?

—No, solo hasta que una familia os quiera adoptar definitivamente. —Los rostros volvieron a entristecerse. Y la abuela Cati, al ver su reacción, corrió a ponerle remedio—. Pero hasta entonces, sí, se puede decir que seremos una familia.

—¿Usted vive aquí... —le costaba terminar la frase. Se armó de valor, suspiró y luego dijo—, abuela Cati?

—En esta casa solo estaréis vosotros y Fernando, pero yo y el abuelo Dionisio vivimos justo aquí al lado.

—¡Qué bien! —exclamaron—. ¡Muchas gracias!

—A vosotros por darnos vida, preciosos.

Isi y Andi pasaron el día divirtiéndose en el jardín y en casa, jugando a juegos de mesa que nunca habían visto. La abuela Cati les explicaba las instrucciones y ellos lo hacían tan bien como podían.

Cuando Nando llegó del orfanato agitando una hoja de papel al aire, supieron que el trato había ido bien.

—¡Os podéis quedar!

Salieron al patio, plagado de árboles que los niños jamás habían visto. La abuela Cati y Nando, su primer padre, les contaron que eran frutales y que, en primavera, florecerían envolviendo el pequeño bosque con un aroma exquisito que más tarde daría sus frutos.

Perales, manzanos, limoneros... y cerezos. Cada uno de ellos con un pequeño montículo en la base sobre la cual crecía un césped muy bien cuidado. Concretamente en uno de ellos, Isi se paró y dijo:

—¿Por qué hay un agujero aquí?

—Es para el abono, cariño —respondió Nando—. Les pongo una mezcla especial a cada uno de ellos para que crezcan más sanos y den mejores, y más dulces, frutos. ¿Ves? —Extendió la mano por el bosque frutal.

Isi asintió sin más.

Por la tarde merendaron y luego cenaron tras una ducha relajante con agua caliente. Ese lugar era el cielo. Y ellos, como les había dicho Nando, los ángeles más hermosos.

Esa noche hubo luna llena.

Isi se despertó por la emoción de sentirse libre y cuidada. Algo que era nuevo para ella. Se sentía rebosante de felicidad.

La claridad lunar entraba por la ventana dándole un aire misterioso. Se levantó de la cama y se acercó pegando la carita al cristal. Los árboles estaban bañados en un plateado intenso y mecidos por una brisa invisible. A Isi le pareció que era una gran bestia.

De refilón, vio algo que se movía. Era algo que salía de la casa. Una sombra negra que, rápidamente, la luna iluminó. Era un hombre alto y fuerte. ¿Nando? Andaba con algo cargado a los hombros. ¿Una bolsa negra? Isi no llegaba a distinguir de qué se trataba, a pesar de que la claridad le daba cierta ventaja. Era algo negro y también brillante.

«¡Ah! —se dijo—. Es el abono especial para los frutales».

Nando tiró la bolsa al hoyo que estaba a los pies del cerezo, cogió la pala clavada al suelo y empezó a cubrir la bolsa con la tierra del montículo hasta ocultarlo por completo. Le dio unos golpes para aplanar el suelo y se secó la frente con la manga.

Luego se giró y alzó la mirada hasta la ventana desde la que Isi lo observaba.

Ella levantó el brazo y agitó la mano con una amplia sonrisa en los labios.

Los dientes de Nando parecieron brillar bajo la luz de la luna. Levantó el brazo y le devolvió el saludo. Luego le hizo un gesto con ambas manos que decía «a dormir», se llevó dos dedos a los labios y le envió un beso de buenas noches.

Isi, más feliz y contenta que nunca, se deslizó entre las sábanas calentitas de la cama. Tuvo un sueño bonito en el que aparecieron su primer padre y sus primeros abuelos.

A la mañana siguiente, Nando le diría que su nueva habitación sería la del candado, la que tenía el interior rojo como las cerezas.

Y también rojo como la sangre.

60

AHORA

Julius detiene la marcha hacia la salida y se pone a hablar.

—No fue nada sencillo vivir aquí —empieza—. Sufrimos lo que ningún niño debería vivir jamás. Y los motivos me sobran. Quizá... por ponerle una fecha, tomé la decisión el día que me trajeron a esta misma habitación.

Irina se pone a imaginar lo que le va a contar. ¿Un niño en esta habitación? Si parece un cuarto oscuro de torturas sexuales.

—Lo que puedas imaginar multiplicado por mil, Irina —dice él, que debe de haberle leído la mente—. Perdí a la persona que más quería en este mundo. A quien me daba fuerzas para luchar y seguir aguantando porque me hinchaba de esperanza.

Se calla unos instantes.

—Ese día, incumplimos la más importante de las normas de la casa, que, básicamente, se trata de «no escapar». Y nos pillaron. A mí me encerraron aquí y dieron barra libre a los invitados de honor.

Irina abre mucho los ojos. La expresión escrita en el cuerpo de Fernando Ayats.

—¿No recuerdas nada aún? —le pregunta de nuevo a Irina. Lao hace lo mismo, pero con los ojos.

—Me fui bastante pronto del pueblo, Julius —se defiende.

—No importa. Ahora ya he empezado y me apetece contártelo todo. Me gustará ver de parte de quién te pones al saberlo.

Lao vuelve su atención a Hastings después de asegurarse de que Irina sigue manteniendo la pistola enana bien empuñada.

—El orfanato se dividía en dos tipos de acogidas: los normales o especiales, así los llamábamos nosotros, y los prescindibles o juguetes. Nosotros.

»Los primeros eran la fachada, la cara visible de Rocanegra. Chavales bien alimentados, mimados y mostrados a los futuros padres. Habitualmente, personas con dinero y necesitadas de alguien en quien verter los cuidados.

»A los segundos nos mantenían separados en otra ala del edificio y, en apariencia, recibíamos los mismos cuidados. Sin embargo, las personas, si es que puedo llamarlas así, que se interesaban por nosotros no lo hacían para cuidar ni querer. Sus motivaciones buscaban la satisfacción del ego. Y sí, Irina. Cuando hablo de satisfacción me refiero a la sexual, al maltrato, la tortura, incluso cosas que me da vergüenza imaginar y nombrar, pero ellos lo hacían sin ningún reparo.

—¿Me estás diciendo que Rocanegra escondía un negocio de trata de blancas? —pregunta pensando en el tiempo que ella vivió allí. No recuerda nada.

—Sí, los que teníamos suerte.

—¿Qué?

Julius responde sin haber escuchado a Irina.

—Algunos simplemente desaparecían de la noche a la mañana y ya nunca los volvíamos a ver. Tampoco es que nos diesen muchas explicaciones ni nada. Lo veíamos con nuestros propios ojos y alguna frase escuchamos sin querer. La cuestión es que cuando no podíamos satisfacer a los que acudían en nuestra busca, se deshacían de nosotros y punto.

—Es terrible... —Lo piensa de verdad. Pero no está dispuesta a dejarse llevar a un estado de compasión. Ese hombre ha matado a sangre fría y ella debe detenerlo. Así que reconduce el relato al principio de todo—. ¿Y esa noche qué te hizo cambiar, Hastings?

—Como te iba diciendo, me encerraron aquí y abrieron las puertas a una cata oficial. Eso significaba que todo el que quisiera podría disfrutar de mi cuerpo a su antojo. Sin pago de por medio ni límites. Fue... —Toma una gran bocanada de aire y suelta un suspiro largo—. Me cuesta recordarlo sin sentir de nuevo los rasguños, los cortes, la humillación... Me anularon. ¿Sabes lo que sentí, Irina?

Ella no responde. Aunque se trate de un asesino, es muy duro estar oyendo lo que le hicieron a su niño. A todos esos niños.

Unos instantes después, responde igualmente.

—Sentí que la mente se desconectaba del cuerpo. Era como si todo lo que le hicieran no llegara a mí. Deseaba ver que el corazón de mi cuerpo inerte dejara de latir. Suplicaba que ya no entrara más aire en los pulmones. Pero no, Irina. Aquellos hombres y mujeres me hicieron cosas que jamás podrán ser escritas en ningún libro. Vejaciones que ninguna película se atrevería a mostrar. Y pensaba en ellos... Isi, Andi..., ¿qué les estarían haciendo? ¿Quizá lo mismo? No, a ellos les harían algo peor. Los escuché decir bien claro: «Nando se hará cargo de ellos».

—Te refieres a Fernando Ayats, ¿no?

—El mismo, Irina. Y ese hombre era lo peor de lo peor. Lo experimenté en mis carnes y ganaba a los demás con creces. Era un excelente actor.

—¿Por eso lo mataste?

—Efectivamente. Y solo me arrepiento de no haberle hecho sufrir más. —Levanta la mirada al techo—. Si pudiera volver atrás, lo mantendría con vida durante mucho tiempo y... le haría sufrir tanto como pudiese.

—Y ¿qué me dices de sus padres?, ¿merecían la muerte también? No puedo creer que abusaran de ti también.

Carcajea.

—Vaya si merecían la muerte. Reconozco que a la abuela Catalina le di algo más de misericordia. Aunque ella supiera lo que hacía su hijo, no se portó mal conmigo. Incluso llegó a suplicarme el perdón. Pero el abuelo Dionisio era un depravado reprimido al que le gustaba observar y pajearse. Nunca me tocó, pero sus ojos me hicieron el mismo daño que los actos de Nando.

—Hay algo que no me cuadra en tu historia, Hastings —inquiere Irina.

—Ah, ¿no, inspectora Pons? —pregunta con cierta rabia o quizá dolor—. Tú dirás.

—Afirmas que aquella noche cambió tu percepción del mundo y tomaste la decisión de cumplir este, tu gran propósito.

—Así es.

—Entonces, si estabas encerrado y en modo «barra libre» —afila las últimas palabras como cuchillos de carnicero—, ¿cómo saliste andando de Rocanegra en lugar de dentro de una bolsa de plástico?

Su rostro se vuelve agresivo, se muerde el labio inferior y balancea los brazos agazapándose ligeramente.

Irina cree que la bestia está lista para saltarle encima.

61

ANTES

Marzo de 1993

Toda clase de bestias habían entrado en el cuarto rojo. Bestias que andaban erguidas, vestidas con trajes lujosos y oliendo a perfumes carísimos.

Sin embargo, lo que más le dolía a Jota era imaginar lo que les estarían haciendo a Isi y a Andi. Por lo que había escuchado, se los habían llevado a la casa de Nando, y pocas noticias podían ser peores que aquella.

«Soy yo el que debería estar allí —pensaba una y otra vez— para salvarte».

Cuando la puerta gimió por enésima vez, lo arrancó del pensamiento llevándolo de vuelta a la habitación. No se giró a ver quién había entrado. ¿Para qué? No le importaba ya. Preferiría morir a cualquier otra opción. Había fracasado en la huida. Había fracasado en socorrer a quien tanto quería. Y había defraudado a Isi y a Andi. Quizá podría matarse él mismo de algún modo. Pero incluso para eso, estaba exhausto.

El olor del perfume del recién llegado era diferente a los

que había olido con anterioridad. Tenía una fragancia fresca, a flores y madera.

Sintió curiosidad mientras esperaba que el colchón se hundiera bajo el peso del hombre. O quizá le daría un bofetón antes de gritarle con insultos y palabras que él jamás usaría.

Nada de eso llegó.

Solo el silencio.

Por unos momentos pensó que quizá el hombre hubiera considerado mejor marcharse en lugar de abusar de un cuerpo estropeado como el suyo. Sin embargo, el olor perduraba en la estancia y... una respiración pausada.

Cuando el silencio se quebró, lo hizo con algo con lo que Jota no estaba preparado.

—¿Estás bien? —preguntó.

Era un hombre. Lo había acertado. Voz grave, pero afable. ¿Se estaba interesando por él en realidad? Imposible. En cualquier momento le exigiría algo. Estaba seguro.

—Me llamo Harry —se presentó.

«¡Y a mí qué me importa quién seas y cómo te llames!», gritó en su mente.

—Lamento que estés así. Esto no es bueno.

«¿Me lo dices o me lo cuentas?».

—Vuelvo enseguida —dijo.

«Por mí como si te metes un tiro en la frente».

El clac de la puerta le provocó un estremecimiento. ¿Había salido? Pero ¿por qué?

El dolor de los músculos, de los cortes y rasguños pareció desaparecer. Su lugar lo ocupó el misterioso hombre y su actitud. El olor, el silencio, la voz, su... ¿compasión?

Al rato, regresó el chirrido de la puerta y el golpe al cerrarse.

Jota se sorprendió al desear que se tratara del hombre de hacía un rato.

—Ya no debes preocuparte. —«¡Sí, era él!», se alegró—. Nadie volverá a molestarte.

El colchón no se hundió. Ninguna mano le recorrió el cuerpo desnudo, golpeado y ensangrentado. En lugar de eso, sintió un calor suave cubriéndole de los pies al cuello. ¿Lo estaba arropando con una sábana?

—¿Cómo te llamas? —preguntó.

—Jota. —El nombre se le escapó de entre los labios sin querer. No iba a hacerse ilusiones. No podía permitir que le quebrasen el alma de nuevo. En cualquier momento lo azotaría.

—Me gusta —afirmó el hombre—, pero quizá debamos encontrar uno más adecuado.

«¿Uno más adecuado? ¿Por qué? ¿Para qué?».

Respondió sin que él preguntara en voz alta.

—Si te parece bien, quisiera que te vinieras a vivir conmigo.

¿Estaba bromeando? ¿Se estaba riendo de él?

Jota se giró y lo miró al rostro por primera vez.

Era un hombre de mediana edad. El pelo castaño claro, la piel pálida sin broncear y unos ojos azul cielo.

—¿Por qué? —preguntó Jota sin fiarse—. Hay chicos más jóvenes que yo.

—Porque siento que tú me necesitas más que ellos —dijo—, y yo te necesito a ti, Jota.

Jota se destapó.

—Sírvase usted mismo. No hay problema.

—¡No, por Dios! —exclamó volviendo a cubrirle el cuerpo con la sábana—. No de este modo.

—Entonces ¿a qué ha venido?

—Si te parece, hagamos las cosas por orden.

El hombre llamado Harry le contó que había avisado a unos médicos conocidos suyos y que los esperarían a unos kilómetros de Rocanegra.

¿Saldría al fin de ese lugar?

Se sentó a su lado en la cama y le preguntó cosas que nadie le había preguntado antes. ¿Qué te gusta comer? ¿A qué juegas? ¿Te gusta el críquet?

—¿Qué es eso? —interrogó interesado.

El hombre sonrió y le explicó que era un juego extraño que no comprendió bien cómo se jugaba.

—No te preocupes —dijo riéndose—, le cogerás el gusto enseguida.

En poco rato, Harry se había ganado la confianza de Jota, quien le hablaba de su primer cigarrillo fumado a escondidas o de la suerte que tenían otros chavales.

Harry lo ayudó a vestirse con un chándal de colores brillantes que nunca había visto antes y unas zapatillas deportivas chulísimas.

Salieron del orfanato bajo la atenta e inquisitiva mirada de la directora, Magnolia Mortz. Segregaba odio por cada poro de su piel de víbora. Sus labios estaban curvados hacia arriba, pero él la conocía, estaba rabiosa.

Jota se apoyó en Harry y subió al asiento trasero de un despampanante todoterreno negro. Antes de partir, bajó la ventanilla, asomó el brazo por ella, hizo un puño y le sacó el dedo corazón a Mortz.

«¡A tomar por culo!».

62

AHORA

—Harry fue mi primer padre de verdad —repite Julius—. Estuvimos mucho tiempo en un lugar que era como una especie de hotel donde otras personas me curaron las heridas, me lavaron y alimentaron. No sé cuánto tardé en sentirme fuerte de nuevo. Supongo que unas semanas o así. Recuerdo que me costó mucho poder volver a sentarme sin miedo al dolor. Y en todo ese tiempo, Harry no se separó de mí ni un segundo.

Irina ha tenido varios momentos en los que Hastings ha desviado la mirada perdiéndose en sus recuerdos. Podría haberle disparado —quizá no entre ceja y ceja con la pistola mini—, pero sí haberle herido lo suficiente como para sorprenderle, que soltara el arma y saltarle encima.

No lo ha hecho.

—Comíamos juntos, jugábamos a juegos de tablero y hablábamos. No pensé que jamás pudiera volver a confiar en nadie, y mucho menos en un adulto, pero lo hice.

»En cuanto estuve recuperado, me llevó en avión a una casa enorme en otro país. Más tarde supe que estaba en las afueras de Londres. Era mucho más grande que el orfanato. Había sirvientes que limpiaban, cocinaban y hacían lo que se les pedía.

—Así que te tocó la lotería, ¿no?

—Si quieres verlo así, Irina. —Alza los hombros y hace una mueca con los labios—. Pasaba muchas horas conmigo y jamás me tocó. ¿Sabes lo que era eso para mí? Juro que pensaba que lo haría. Y tardé noches en poder pegar ojo imaginando que se colaría bajo las sábanas. No lo hizo nunca.

»Me enseñó todo lo que sé ahora de inversión y monedas virtuales. Por aquel entonces no eran más que meras especulaciones, pero Harry era un visionario y acertó de lleno. No tenía problemas de dinero, y gracias a esas inversiones, su cuenta corriente aumentó significativamente. Y, con el tiempo, yo mismo me ocupé de realizar los seguimientos y movimientos.

»Harry me cambió el nombre. Decía que Jota no aportaba una seguridad ni un estatus a mi altura. Así que pusimos varios nombres en una libreta amarilla en la que yo anotaba todo lo que iba descubriendo por lo que valía la pena luchar y vivir, y elegí, de entre todos ellos, Julius.

»Harry me dio un documento de identidad, pasaporte, número de cuenta bancaria y, más tarde, mi propia empresa. Para mí empezó como un juego. Y a él no le importaba que perdiera millones. Aunque nunca lo hice. Se me daba rematadamente bien. Mejor que jugar al críquet. —Sonríe.

—No comprendo entonces qué te llevó a regresar aquí. ¿Por qué matarlos a todos?

—Por venganza, Irina.

—Habías logrado cambiar de vida. Estabas bien.

—¿Y cuántos niños sufrieron después de marcharme? ¿Cuántos estarían sufriendo mientras tanto?

Irina no tiene respuesta para eso. Lao sí.

—Yo investigué la fundación y los registros de Mortz. No encontré nada.

—Y que no lo hayas encontrado, ¿significa que no lo hacían?

Lao no tiene respuesta para eso.

—La tecnología existente hoy en día les complicó solo un poco la ocultación de registros y pruebas. Sin embargo, esa misma tecnología les abrió las puertas de un mundo nuevo. Uno en el que ya no se limitaba a ricos de vacaciones y durante visitas esporádicas. Los magnates como los Ayats, presidentes de la junta autonómica, de diferentes partidos, incluso altos mandos del ejército o personajes públicos tenían acceso a los chicos. ¿Sabes lo que se paga por comprar una presa humana en la internet profunda? ¿Cuánto dinero mueve la tortura sexual?

Lao asiente. Julius cuenta la verdad. Hay infinidad de webs en las que se ofrecen servicios por el estilo. Todo es posible. Y ahora, pagado con criptomonedas, prácticamente anónimo.

—Bien. Analicé cada IP, cada compra, cada pequeño rastro. Me integré en clubes de caza clandestina, en grupos de pederastia infantil, en tugurios a la sombra. Siempre que los integrantes fuesen personas que me interesaran para lograr mi objetivo. Encontrar a la única persona que amaba.

—¿No dices que Harry te quiso como a un hijo?

—Lo hizo, pero mi mente y mis esfuerzos estaban en encontrar al pequeño chiquillo de mi grupo. A él le fallé como a ninguno y necesitaba la redención. Lo único que sabía era que él estaba acogido en casa de Fernando Ayats. Y que la noche que intentamos escapar, Isi y Andi fueron adoptados por él. —Baja la mirada al suelo. «Esta es la mía», piensa Irina—. Pero no encontré nada.

—¿Y quién es ese chico al que tanto adorabas, Julius? —pregunta Irina para desestabilizarlo mientras le guiña un ojo a Lao—. ¿Quizá un noviete juvenil?

Funciona.

—¿Qué demo...? —la pregunta queda en el aire.

Lao se lanza a por él como un increíble Hulk extraño y hace que se tambalee en el umbral de la puerta. Irina lleva sus manos al frente y apunta con la pequeña pistola. Julius trastabilla sin soltar el arma. Levanta el brazo y le propina un golpe en el cogote a Lao con la culata. Esta cae al suelo con un sonido hueco. Ha perdido el conocimiento.

Irina dispara.

Julius se aparta y hace lo mismo.

Ninguno de los dos ha dado en el blanco.

La inspectora se levanta y se lanza a la carrera cuando pierde de vista a Julius, que ha salido por la puerta, comido por la oscuridad del edificio.

Irina abandona la habitación en la dirección correcta, pero sus ojos se abren como platos cuando la figura gigantesca de Julius, quieta en el rellano del pasillo, la frena. El cañón de la pistola la apunta directamente a la cara.

Los músculos de Irina se niegan a moverse. Está congelada frente al hombre y el cañón, aún caliente por el disparo anterior, le quema la frente.

—Es hora de acabar con esto, inspectora Pons —le dice Julius en un susurro sin rabia—. Y te quedas sin el final de la historia.

»Adiós, Irina.

»Adiós, Diamante.

63

ANTES

Octubre de 1992

Esa noche, tras lo que vieron a través de la ventana, Jota y Ele se metieron en la misma cama, acurrucados y temblando.

Ele, que era el más pequeño, logró dormirse. La seguridad que le transmitía Jota y la promesa de protección lo relajaron lo suficiente como para que, incluso, se le curvaran los labios en una sonrisa durmiente.

Jota, sin embargo, no pegó ojo.

El miedo que le atenazaba el corazón y el vacío en el pecho que amenazaba con devorarle entero no lo permitieron. ¿Cómo podría evitar que el hombre malo les hiciera lo mismo? ¿No era mejor lo que les hacían en Rocanegra que acabar bajo un árbol frutal? Ese hombre no era un padre ni nunca lo sería.

Pensó toda la noche en un plan de fuga. Un golpe en la cabeza cuando el hombre entrara en la habitación y salir corriendo. Una patada en la espinilla. Clavarle un tenedor.

Cualquier cosa antes que permanecer impasibles.

Por la mañana, cuando el sol empezó a llenar el vacío oscuro que llevaba consigo la noche, el olor a tostadas hizo rugir el estómago de Jota.

El hombre malo fue a por ellos, pero solo se llevó a Ele.

—Tú te quedas aquí —dijo—. Luego te daré algo de comida. Antes de que vengan a buscarte.

Jota chilló y pataleó, pero nada podía hacer. Sí, era el mayor, aunque eso no significaba nada ante aquella mole.

Pegó la oreja a la pared.

No escuchaba nada más fuerte que el gruñido de su vientre.

Al rato, unos pasos subiendo las escaleras.

Luego la voz del hombre.

—Esta es tu habitación —le dijo a Ele.

—Yo quiero estar con Jota —se quejó lloriqueando.

—A él se lo llevarán hoy, precioso. No puedo hacerme cargo de los dos. Pero no te preocupes, estarás como un rey conmigo. Seré tu primer padre de verdad.

—Es que debemos estar juntos... —suplicó—. Además, señor. No me gusta el color rojo y en esta habitación todo es del mismo color.

—Verás, precioso. Voy a dejarte las cosas muy claras desde ya. Para que estés bien deberás cumplir ciertas normas. Sabes lo que son las normas, ¿verdad?

Jota no oyó nada, pero imaginó a Ele asentir.

—Bien, buen chico. Es muy sencillo. Harás todo lo que yo te diga en el momento en que lo haga. Sin quejas. Sin gritos. A cambio tendrás una cama mullida en la que dormir, una alimentación variada y un padre al que complacer. ¿Entendido?

Silencio.

—No te oigo.

Una bofetada retumbó en el pasillo y atravesó la puerta.

—¿Entendido? —preguntó otra vez.

—S-sí —tartamudeó Ele.

—Debes responder: «Sí, padre». Porque ahora soy tu padre. ¿Lo vas pillando?

Ele tardó un par de segundos. Luego dijo:

—S-sí, pa-dre.

—Está bien, ahora descansa mientras me ocupo de la recogida de tu amigo.

Jota intentó hacer frente y oponerse a una separación forzosa a la que él se negaba. Nada sirvió. Lo recogieron y se lo llevaron de vuelta a Rocanegra con un agujero negro y vacío en sus tripas.

Cuando lo metieron en el coche miró las ventanas con la esperanza de ver a Ele aunque fuese una última vez. Una última vez antes de que Jota acudiera a rescatarlo.

«Volveré a por ti…».

Se lo llevaría lejos y, juntos de nuevo, comenzarían una vida nueva empezando desde cero.

Ese sería su sueño, su motor y la gasolina que alimentaría la esperanza de hallar el modo de lograrlo.

«… y te protegeré siempre, Ele», le juró mentalmente.

«Te quiero, hermano».

64

AHORA

«¿Diamante?».

La mente de Irina es un hervidero de destellos fugaces e imágenes. El cañón de la pistola le quema la frente y el aliento de Hastings susurrando le hace arder la piel.

Los pelillos de la nuca se le erizan y unas descargas luminosas de color azul y rojo entran por los grandes ventanales.

El tiempo se ha ralentizado desde que Julius le ha dicho adiós. Irina se siente en medio de una gran espiral que gira y da vueltas. Ella en el centro. La visión emborronada y una lágrima.

Luego...

... el bang del percutor de la pistola.

No siente dolor, ni calor ni frío.

¿Es así como se percibe la muerte?

Irina aprecia un ligero movimiento lateral en su campo de visión. Algo enorme que se precipita a su lado. Pone más atención y ve que se trata de Hastings. Está cayendo al suelo.

¿Cómo es posible?

Los sentidos la rescatan del estado de inmovilidad en el que se encuentra. Y la mente le dice: «Alguien ha disparado a Hastings».

Es cierto. Ella no ha muerto. Y Julius no ha caído fulminado. El disparo le ha dado en un costado. El hombre se ha tirado al suelo por voluntad. Por protegerse y escapar.

«No —se dice Irina—. No te dejaré huir».

—¡No te muevas, Julius! —grita con su recobrada voz.

No se detiene.

—¡Último aviso!

Apunta con la miniarma.

Y le dispara en una pierna.

Hastings pierde el equilibrio y se desploma escaleras abajo.

Irina se incorpora y corre para asomarse a la baranda. En el piso inferior, el cuerpo de Julius permanece inerte en una posición antinatural cuando la puerta principal estalla en pedazos y entran los agentes uniformados.

65

Ya de madrugada...

—Lo lamento, señor. —Irina se disculpa mientras extiende frente al comisario Culebras su arma y su placa policial—. Sé que el protocolo manda otro orden, pero actué por instinto.

—Es usted una cabezota, Pons —afirma él—. Pero soy yo quien decidirá cuándo debe irse.

Irina lo mira sorprendida.

—Pensaba que tenía ganas de echarme del equipo. No lo entiendo.

—Entienda que deberá dar explicaciones y, en cuanto termine, se le abrirá un expediente sancionador si lo considero oportuno. —Los labios se le curvan con un temblor. «¿Quizá se le está escapando?», piensa Irina—. Por el momento, conserve eso.

Irina se guarda la placa y la pistola.

—Gracias, señor.

Un enfermero pasa con unos vasitos de papel. La hora de las medicinas. Al fondo, un hombre con equipo verde cirujano se acerca a ellos. El rostro de Irina se tensa y Culebras recobra cierto abatimiento en el semblante.

—¿Y bien, doctor? ¿Bosch...?

El doctor se quita la tela que le hace de gorro y su mirada cansada no parece traer malas noticias.

—Su compañero es un hueso duro de roer —dice e Irina piensa en si eso es bueno o malo. Enseguida la saca de dudas—. Ha superado la operación con éxito.

Culebras sonríe y exclama:

—¡Ese es mi chico!

—¿Podemos verle? —pregunta Irina aguantando las ganas de llorar.

—Está muy agotado y un poco dormido aún por la anestesia, pero si prometen no exaltarlo les doy un par de minutos.

Irina asiente.

—Será suficiente —responde.

—¿Usted es Irina? —pregunta el doctor.

Vuelve a afirmar.

—No paraba de repetir su nombre. —El doctor la mira enternecido y ella se sonroja—. Debe de tenerle mucho aprecio.

El box es todo menos un lugar apacible. Los pitidos de las máquinas, los susurros de ventiladores y ese olor que le recuerda tanto a la morgue de Pérez.

Bosch está tumbado en la cama con tubos que le salen por todos los lados. El pecho descubierto con un vendaje enorme.

Irina se acerca con cuidado a él y cuando sus ojos se abren se le acelera el corazón.

—Así que me has echado de menos —dice.

—Una eternidad —murmulla. Luego tose y se le retuerce el rostro del dolor.

—No digas nada —se apresura a interrumpirlo Irina.

Le coge una mano y la envuelve con las suyas.

Ahora que lo tiene allí, ¿por qué no le dice lo que siente en su interior? Se ha quedado quieta, muda y congelada como si él le hubiese lanzado un hechizo.

—El caso… —murmura y vuelve a toser.

—Lo tenemos todo, Bosch. En cuanto te recuperes te pongo al día.

Los ojos se le cierran. Está agotado.

Irina le da un beso en la mejilla y se va.

—¡Inspectora! —un grito de Lao la detiene en cuanto abre la puerta de su coche.

—Lao. —Sonríe—. Si no me llamas por mi nombre, te echo del equipo.

Sus ojos se le agrandan y el reflejo verde del pelo se mueve como un oleaje extravagante. Luego se le ilumina el rostro.

—Entonces ¿sigue siendo la jefa?

—Por lo que parece… hasta que el comisario cambie de opinión.

—No lo hará. —Levanta las cejas con un par de movimientos rapidísimos.

—¿No? —Se extraña Irina—. ¿Qué sabes tú?

—Verá, inspectora. —Irina frunce el ceño y los labios—. Digo, Irina.

—Así está mejor.

—Tenemos datos fehacientes que inculpan a Hastings en los asesinatos. Sí es cierto que no como quisiéramos, pero lo suficiente para poder entrar en su ordenador y hallar lo que necesitamos saber de su pasado en Rocanegra.

Irina se ha puesto pálida. El pasado en Rocanegra también le afecta.

Lao sigue hablando.

—Ya es mucho que podamos relacionar a Magnolia Mortz y a Hastings en la escena del crimen del centro social y en el cuerpo de Fernando Ayats. Además, el trazo del dibujo de las botas es el mismo que en las escenas de los crímenes.

—Aun así, Lao, Julius se tomó muchas molestias en esconder sus pasos.

—No las suficientes, Irina. A pesar de que lo adoptó Harry Hastings y le cambió tanto el nombre como todos los documentos, pude dar con él a través de sus amigos, por aquel entonces ingresados en el orfanato, Andrei Janovick e Isabel Ragàs. Y el punto que prendió la mecha final fue su hermano, Eloy.

—Jota y Ele —murmura Irina.

—José y Eloy Montero —especifica Lao—. Sus nombres reales. Ingresaron en Rocanegra el verano de 1992 y Fernando Ayats los acogió en octubre del mismo año, aunque solo se quedó con Eloy de manera... semioficial, digamos.

—Y José, Julius para entendernos, regresó al orfanato.

—Así fue hasta marzo del año posterior, cuando lo adoptó Harry y empezó una nueva vida como Julius Hastings. Su padrastro intentó hacerse con el hermano, pero nunca se le reveló.

—¿Y cómo descubrió que Ayats hijo lo mató?

—Haciendo lo mismo que yo, pero con Magnolia. Se la ganó con dinero y la convenció de que le traería nuevos ingresos y negocios sucios.

—Me extraña que una víbora como ella picase.

—En cuanto tengamos todos los datos de sus ordenadores y discos duros, podremos saberlo con certeza.

—¿De cuántas adopciones ilegales hablamos?

Lao resopla.

—Ni siquiera podemos estipular un número aproximado,

Irina. Piense que no solo estaríamos hablando de adopciones, sino de compras. ¿Para qué? Terrorífico pensarlo. En algunos ya tenemos nombres, apellidos e, incluso, fechas de nacimiento y destinos, pero muchos más son los que han sido tratados con seudónimos y palabras sin sentido. O al menos para nosotros.

—¿Puede ponerme un ejemplo?

—Tenemos a Luna, Saltamontes, Perezoso, Rata o Diamante, solo para que se haga a la idea.

«Diamante otra vez», piensa Irina.

«¿Qué se me está escapando?».

«¿Estaré yo en los archivos?», se pregunta.

Quiere decirlo en voz alta, pero no le salen las palabras. No puede hacerlo. Sí debe conversar con su madre. Ella debe contarle lo que sabe. Además, Julius mencionó a Daniel. ¿Qué sabía de él? ¿Qué no sabe ella?

—Irina —llama Lao—. ¿Está usted bien?

—Sí, Lao —miente—. Cansada, pero bien.

—Vaya a casa, dese una ducha y duerma un poco. Nosotros nos encargamos de todo.

Irina asiente y se sube al coche. Lao da un paso atrás y se queda observando a la inspectora.

—Por cierto, Lao —añade Irina bajando la ventanilla del automóvil—. ¿Qué sabemos de Mortz?

—Lo que usted dijo —confirma Lao—. Que el cadáver en la habitación del orfanato pertenecía a una de las sirvientas personales de Mortz. La confusión inicial fue normal. Llevaba puesto un vestido de la directora y el mismo peinado. Incluso con el maquillaje parecía haber querido simular ser ella.

—¿Algún tipo de obsesión por parte de la sirvienta o preparado aposta?

—No lo sabemos aún. Igual que desconocemos el paradero de Magnolia y cómo ha podido desaparecer sin más.

—Un trabajo excelente, Lao —felicita Irina—. Sois un gran equipo.

Sube la ventanilla y arranca el motor.

Irina da gas al coche y piensa en la nota que «encontró» el primer día en Rocanegra. ¿Quién la puso allí? ¿Por qué no hay rastro de ADN de ninguno de ellos? Mortz, Ayats, Hastings. Tampoco se ha encontrado ninguna niña en el orfanato.

Se sacude la idea de la cabeza y deja que el aire helado del exterior le centre los pensamientos en llegar a casa y abrazar a sus hijas. Ya tendrá tiempo de profundizar en los detalles que quedan sin unir.

Los focos emiten una luz blanca y cegadora que transforma los colores en un deslumbrante paisaje. Los sonidos de los hombres cavando con las palas en el helado subsuelo parece un resquebrajar de huesos.

—¡Aquí! —grita un agente.

—¡Por Dios bendito! —exclama el encargado de la excavación al mando en el momento que se dirige al lugar.

Las pisadas crepitan y reverberan en el incómodo silencio.

—¿Cuántos llevamos? —pregunta otro hombre con su traje protector.

—Siete —responde—. Y por cómo van las cosas —levanta la mirada a lo lejos; la hilera de árboles frutales llega casi al infinito—, parece que encontraremos muchos más.

—¡Esto es el infierno!

—Sí. Esos pobres chavales sufrieron un tormento inconcebible.

—¿Dónde está el reverendo Casellas? ¿No se supone que debería exonerarlos o algo así?

—Ni idea, chico. Han dicho que no han podido localizarlo.

—¡Qué raro!

—Pues sí.

Siguen extrayendo tierra, materiales y tejidos.

—¿Y eso qué es? —pregunta uno de los de la científica que observa atónito—. Parece un dibu...

—Un dibujo —concluye el otro—. Una mariposa. Y todos la tienen esbozada.

Cuando Irina llega a casa hay un coche patrulla con una pareja de agentes. Los saluda y ellos le devuelven el gesto.

—¿Venís por el chico? —pregunta.

—Así es, inspectora Pons —afirma el agente con bigote—. El comisario nos ha pedido que la esperásemos a usted antes de actuar.

«Gracias, Culebras», agradece para sus adentros.

Randall Hastings. El noviete de Sara y que tanto le disgustaba a Irina. Ahora siente que las tripas se le han anudado. ¿Qué futuro le espera? ¿Quién es capaz de aceptar que tu padre es un asesino en serie? ¿Quién puede superarlo y seguir adelante?

La puerta principal se abre antes de que Irina introduzca la llave en el cerrojo.

Elvira, Laura, Sara y Randall tienen los rostros pálidos y las bolsas de los ojos, oscuras e hinchadas.

—¿Cómo estás, cariño? —pregunta su madre sin esperar una respuesta. La mira de arriba abajo. La abraza.

Irina les dice que está bien. Se deja abrazar.

Laura, la distante, también lo hace.

Sara no. Ella se mantiene pegada a Randall. Cuando Irina cruza la mirada con ella, le habla.

—Lo siento, mamá. —Sara tiene los ojos llenos de lágrimas que no terminan de salirle—. Debí avisarte de que vendría.

Se refiere a él, a Randall. Tiene una mirada triste, casi ausente.

—Está bien, cariño —le dice Irina—. Soy yo quien siente no haber podido estar aquí con vosotros.

«Estaba ocupada matando al padre de Randall», su cabeza termina la frase torturándola.

—¿Qué ha ocurrido? —pregunta su madre señalando con la mirada a los agentes, que ahora están de pie detrás de Irina—. Llevan horas aquí sin decirnos nada.

—Vienen a por él —responde Irina.

—¿¡Qué!? —se indigna Sara— ¿Por Randall? Él no ha hecho nada, mamá. Ha estado aquí toda la noche. No dejes que...

—Sara, ha ocurrido algo de suma gravedad —dice. Luego mira al chico—. Ellos te acompañarán y te informarán.

El chico asiente, visiblemente aturdido. Pero no dice nada.

—¡Mamá! ¡No dejes que se lo lleven! —grita Sara.

Randall se pone la chaqueta.

—Tranquila, Sara —le dice—. Cuando sepa qué ha ocurrido, te llamo, ¿vale?

—No, no, no. Quédate conmigo.

A Irina se le rompe el corazón en dos. Escuchar y ver a su hija quebrándose por el chico que a ella no le apetecía aceptar. Su instinto le dice que se oponga, que no le deje subir al coche con los agentes. Pero no puede hacerlo. Hay unas reglas. Unos protocolos que seguir.

¿Qué manera es esta de empezar el año?

Algunos dirían que tal y como lo empiezas es el preludio de lo que vendrá. Si eso es cierto, ¿qué puede esperar Irina de su mañana? ¿Y de su familia? ¿Y de Bosch?

Cuando la imagen de Randall detrás de la ventanilla desaparece en la lejanía junto a las luces del coche patrulla, Irina conduce con un abrazo a su familia al interior de la casa.

—Te caliento un poco de sopa enseguida, cariño —indica Elvira.

Irina la mira a los ojos antes de decir:

—Tenemos mucho que contarnos.

66

—Mi dulce Diamante. Mi dulce y codiciado Diamante. —Un largo y profundo suspiro—. Pronto nos volveremos a encontrar.

Agradecimientos

Quiero dar las gracias a todos los que, directa o indirectamente, me han ayudado a dar forma a esta novela, que tanto he disfrutado escribiendo.

Gracias a mi familia, por el apoyo continuo e incesante, por darme fuerza, ánimos y por quererme tantísimo; a Pili, una palabra que lo abarca todo: «siempre»; a Ivan, a Linnette y a Max, mis tres vidas, lo mejor que me ha pasado en este sueño llamado vida. Os quiero por todo.

A mi padre, por darme tanto. El tiempo nos ha separado, pero sé que no estás lejos.

A mi madre y a mi abuela, por cuidarme tanto y tan bien. Os siento a mi lado todos los días.

A Lorena y a Yolanda, gracias por aguantarme. ¡Se os quiere a mares!

A las correctoras que han participado, por cuidar mis textos hasta el último detalle. Consejos, correcciones, apreciaciones... Me siento orgulloso de teneros en mi equipo. Gracias por aguantarme. ¡Se os quiere a mares!

Al equipo de diseño, por darle al libro y a Irina una brillante portada con tanta profesionalidad.

A Mikel Santiago, por ser la llave que me faltaba y un amigo que no quiero perder jamás. *Harrigarria zara. Maite zaitut lagun. Mila esker, Mikel.*

A Carmen Romero por confiar en mí, darme la oportunidad de llevar mis historias un paso más allá y demostrarme que «Jefaza» no define a la gran persona que es.

A Toni Hill, mi editor, mentor, consejero y amigo hasta el infinito. Tenerte a mi lado es como un sueño del que no quiero despertar. Cada una de tus apreciaciones, buen ojo y criterio han hecho de *Primer padre* un mejor libro. Gracias por confiar, apreciar y cuidar tanto de esta historia.

A Arantzazu Sumalla, conocerte ha sido una conexión que nada ni nadie podrá romper jamás y has sembrado un campo de buena energía. Espero poder trabajar contigo en un futuro no muy lejano.

Un gracias especial para todos los que han trabajado en la sombra del anonimato para que este proyecto se convierta en una realidad palpable. Todo el equipo de Penguin Random House y del sello Grijalbo, sois maravillosos y habéis hecho un trabajo excelente. Me siento honrado y agradecido de poder ser parte de esta gran familia.

A todos y cada uno de los *booktubers*, *bloggers*, grupos de lectura y literatura, por tratarme tan bien y hacer de mis obras (ya vuestras) ese algo especial que irradia amor y cariño. ¡Vuestra pasión y trabajo son extraordinarios! Os leo siempre. Y estaré allá donde queráis para lo que queráis.

A los lectores (nuevos y antiguos), ya amigos, que siempre estáis ahí, esperando un nuevo título, empujando el carrito invisible y recordando mis libros en las redes sociales con ese cariño que me emociona: Magda, Marisa, Rocío Carmona, Francesc Miralles, Sílvia Tarragó y Albert Calls, Coia Valls y Xulio Ricardo Trigo, Christian, de *Surfeando entre libros*; David lee libros, María, del blog *Krazy Book Obsession*, Virginia, la *Lectora Dreams*, Natalia, de *Vitellaliber*, Vicente y Bea, de *La librería de Vicente y Bea*; a *Ana, de AnaMomentsMetro*; Yolanda, de *Mi vida por un libro*; a *VerdeLectora*; Esther de *Los libros de Minny*; al grupo de lectura *Pasión por la Lectura*; a Leo Shaddix, de *Shaddix_books*; y tantos otros que espero me disculpéis al no mencionaros, pero todos tenéis un pedazo muy grande de mi corazón y siempre estaré para vosotros.

Y por último, y no menos importante, a ti, lector, lectora, GRACIAS por hacer que Irina Pons, Roger Bosch y el resto de los personajes de *Primer padre* hayan cobrado vida con tu lectura. Deseo de corazón que hayas disfrutado de esta novela y espero que nos reencontremos en la siguiente historia. De no ser por ti, no habría historia.